書下ろし

長編時代小説

遺《い》恨《こん》

密命・影ノ剣

佐伯泰英

祥伝社文庫

目次

『密命』主な登場人物

金杉惣三郎

元豊後相良藩二万石徒士組。五十三石深井家より御右筆方百十石の金杉家婿養子に。
直心影流綾川道場に学び、寒月霞斬りを体得。
故あって現在は市井に暮らし、荒神屋にて帳付けを務める。

前妻 あやめ（死去）
しの
結衣（二女）
清之助（長男）
みわ（長女）

◇荒神屋（火事場始末御用）
喜八（主人）
松造（小頭）

◇冠阿弥（札差）
膳兵衛
一人娘・お杏は纏持ちの登五郎と再婚、二人合わせて芝鳶の養子となる。

◇芝鳶（め組）
辰吉
つや
登五郎とお杏の間に長男半次郎誕生。

◇南町奉行
大岡越前守忠相
西村桐十郎（同心）
花火の房之助（岡っ引き）

◇豊後相良藩
斎木高玖（当主）

序章

（巨星墜《お》つ）

その報に接した金杉惣三郎《かなすぎそうざぶろう》は、暗澹《あんたん》たる思いで車坂《くるまざか》の石見《いわみ》道場の玄関先に立ち尽くした。

「旦那、行ってもいいかねえ」

常陸《ひたち》鹿島《かしま》と江戸を往来する飛脚が忘我とした惣三郎に問いかけた。

「すまぬ、ちょっと待ってくれ」

惣三郎は玄関先から控え部屋に向かうと財布を持って、再び玄関にゆっくりと戻った。

その間に心を鎮《しず》めた。

「よう知らせてくれたな」

一分金を飛脚に差し出した。

「旦那、法外だ」

と飛脚屋は金を受け取ろうとしなかった。

「それがしの気持ちだ、受け取ってくれ」

無理に握らせると惣三郎は念を押した。

「梶山隆次郎《かじやまりゆうじろう》どのの使いは、米津寛兵衛《よねつかんべえ》先生が身罷《みまか》られたことを、この金杉か石見銕太《てつた》郎《ろう》先生に告げよとだけ申されたのだな」

「へえ、それだけにございます。なんとも大慌《おおあわ》てしておられたな」

「患《わずら》っておられたのであろうか」

「さてな、米津道場の使いが鹿島を出るわしに伝えたのはそのことだけだ。詳しくは手紙で知らせるそうだ」

「相分かった。ご苦労であったな」

鹿島からの飛脚屋がぺこりと頭を下げて車坂の石見道場から走り消えた。

その背を見送った惣三郎は、道場主の石見銕太郎の下《もと》に向かった。

銕太郎は見所《けんぞ》で大勢の門弟たちの稽古《けいこ》ぶりを見ていた。が、惣三郎の蒼《あお》ざめた顔を見ると、

「なんぞございましたかな」

と異変が起こったことを承知で穏やかに声をかけた。

「石見先生、悲報にござる。鹿島の米津寛兵衛先生が亡くなられました」

「な、なんと」

石見銕太郎の顔に驚愕《きようがく》の色が走り、腰を浮かした。

「先生が……」

二人は顔を見合わせ、しばし言葉を失った。

鋏太郎の腰ががくりと落ちた。

静かにも漲《みなぎ》る気迫がふいに薄れていった。

「剣術界からまた一つ日輪が消えた。寂しくなり申す」

石見鋏太郎の口からこの言葉が漏れた。

「石見先生、それがし、明日にも江戸を発《た》って鹿島に参ろうと思います」

「それがしも同行しよう」

二人の気持ちは即座に一致した。

米津寛兵衛は天和《てんな》から享保《きょうほう》にかけて、鹿島を拠点に、

「この人あり」

と剣名を謳《うた》われた鹿島一刀流の達人であった。

鋏太郎にとっては師匠であり、惣三郎にとっては倅清之助《せがれせいのすけ》の大師匠であった。むろん清之助の師匠は石見鋏太郎だ。

清之助はこの石見道場から剣の道を志《こころざ》し、鋏太郎の推挙で鹿島の米津道場に住み込んでの稽古を続けてきた。そして、今、諸国回遊の武者修行の途次にあった。

日ごろ多忙な石見鋏太郎が即座に鹿島行きを決めたのは、正月十一日の鏡開きを終えていたということもあった。

鏡開きは具足《ぐそく》開きともいい、武家では欠かせぬ行事、車坂でも門弟一同が集まる年始めの習わしであった。

「それがし、これにて御免蒙《こうむ》り、処々方々に留守を断わって参ります」

金杉惣三郎は石見銕太郎道場と老中水野忠之《みずのただゆき》の江戸藩邸と、隔日交代で剣術指南を務めるとともに大川端《ばた》の火事場始末荒神屋喜八《こうじんやきはち》方で帳付け仕事をしていた。

鹿島行きとなると六、七日は往復と滞在にかかる。その間の留守を断わり、許しを受けねばならなかった。

「ならば、金杉さん、明朝小網町《こあみちょう》の船着場で会いましょうかな」

「一番船でようございますか」

「承知しました」

惣三郎と銕太郎は頷《うなず》き合い、同時に立ち上がった。

翌朝明け六つ（午前六時）、二人の剣客は日本橋小網町の船着場から本行徳河岸《ほんぎょうとくがし》行きの船に乗った。

いわずと知れた成田詣《なりたもう》での行徳船だ。

石見銕太郎と金杉惣三郎は江戸と古利根《ことね》川縁《べり》を往復する便に乗り込み、ほっと息をついた。

車坂で道場を開く鋏太郎は江戸の剣術界の要人、いろいろな世話役やら付き合いがあり、多忙の身だった。江戸を数日間、留守にするなどこの数年滅多になかったことだ。それだけに昨日は方々に使いを立て、手紙を届けさせ、さらには道場の手配りなどに追われて、旅仕度も内儀に任せたほどだ。

惣三郎は惣三郎で西丸下《にしのまる》の水野邸で明日からの欠席を家老の佐古神次郎左衛門《さこがみじろうざえもん》に願った。

米津寛兵衛は、水野が主催した享保の大試合の世話役を引き受けており、佐古神らとも知り合いの間柄だ。

「ご高齢ではあらせられたが、先の大試合にはまだまだ矍鑠《かくしやく》としておられた。なんとも残念なことにござる」

と惣三郎に香料を託した。

水野邸の後、大川端に急ぎ、荒神屋喜八に事情を話すと、

「清之助さんががっくりされる姿が目に浮かびますよ」

とそのことを気にしてくれた。さらに惣三郎はめ組、冠阿弥《かんあみ》と廻って留守の間の家族の世話を願った。

芝七軒《しばしちけん》町の長屋に戻り着いたのは夕暮れ前のことだ。夕餉《ゆうげ》の仕度をしていた女たち三人に惣三郎が知らせると悲しみに沈んだ。

しのは仏壇の前に座すと、米津寛兵衛の冥福を倅の清之助に代わって祈り始めた。それを見た長女のみわが、

「父上、仕舞い風呂に間に合いましょう。湯屋に行かれましては」

と言い、結衣《ゆい》が手拭や着替えを用意した。

惣三郎が町内の湯屋から戻ってきても、しのは未《いま》だ仏壇の前にいた。

沈み込んだ夕餉の後に旅仕度をして、寝に就《つ》いたのが夜半のことだ。

慌《あわただ》しく江戸を発つ二人にとってようやく落ち着きを取り戻したのが船中であったのだ。

「それがしが最初に寛兵衛先生とお会いしたのは、先生が五十路《いそじ》に差しかからんとする年齢でございました。覇気《はき》と気力に満ち満ちて、小柄な体からあのような力が湧き出るものかと信じられなかったものです。以来三十有余年、先生はずっと鹿島にありて、さらに未来も永劫《えいごう》に生き続けられるものとばかり思うておりました」

石見銕太郎は還暦に近く、金杉惣三郎も五十路に差しかからんとしていた。

「金杉さん、寛兵衛先生の最後の弟子が清之助でありましたな」

当時、惣三郎は清之助が石見銕太郎に推挙されて鹿島に発ったことを知らなかった。その頃、惣三郎は将軍吉宗《よしむね》暗殺の命を帯びた七人の刺客と戦うべく、京から江戸へと苦闘を続けていたのだ。

米津寛兵衛の薫陶《くんとう》を受けた金杉清之助は、先の享保の大試合で二位の栄誉を得て、武者

修行の最中にあった。

「生者必滅、会者定離が世の習いとは申せ、胸の中にぽっかりと空《うつ》ろな穴が開いたようです」

鋏太郎の言葉は惣三郎の気持ちであった。

二人は一泊二日の旅の間、飽くことなく寛兵衛老先生の思い出を語り合って鹿島に急いだ。だが、語り合う二人の脳裏には寛兵衛が、

「天命尽きて亡くなられた」

という考えしかなかった。

鹿島神宮近くの米津道場に到着した二人は、住み込みの師範梶山隆次郎らの憔悴《しょうすい》し切った顔に迎えられ、早速その足で道場近くの総雲《そううん》寺の墓地に参った。

米津寛兵衛が数多《あまた》育てた弟子の出世頭が石見鋏太郎だ。その一番弟子を迎えて、霊前で読経《どきょう》が上げられ、追善の法会《ほうえ》が行なわれた。

「隆次郎、老先生の最期は穏やかであったろうな」

石見鋏太郎が弟弟子に聞いた。

すると梶山は、
がばっ
とその場に這《は》い蹲《つくば》り、頭を地面にすりつけた。

「なんの真似《まね》か、隆次郎」

「申し訳ございませぬ。それがしの未熟さによって先生を、先生を……」

と言うと号泣した。

「いかがした、隆次郎」

梶山は答える術《すべ》を知らず、ただ泣き崩れたままだ。

銕太郎の視線が道場の住み込みの老爺《ろうや》雨三《あまぞう》に向けられた。

「石見先生よ、寛兵衛先生は旅の武芸者と立ち会われて、試合に敗れ、死になさっただよ」

「なんと……」

予想もしない雨三の言葉に、石見銕太郎も金杉惣三郎も驚愕して色を失った。

「なんと老先生は旅の武芸者と立ち会われたというか」

「へえっ」

「雨三、詳しく話せ」

「へえ」

鹿島の米津道場の玄関先に影ノ流鷲村《わしむら》次郎太《じろうた》兵衛《ひょうえ》と名乗る剣術家が立ったのは、正月松の内が開けた八日のことであったという。

年の頃は三十三、四歳。背丈は五尺六寸（約一六八センチ）余の痩身であった。顔に無精髭《ぶしょうひげ》が生えていなければ白面の貴公子といえたかもしれない。だが、その素顔を髭と旅塵《りょじん》が隠していた。

応対に出た若い弟子の江成真吾《えなりしんご》に、

「諸国回遊の途中の未熟者にございます。米津寛兵衛先生のご高名を聞いて一手ご指南を仰《あお》ぎたく参上致しました」

と丁寧な挙動で申し述べた。

江成は二十三歳、下総関宿藩《しもうさせきやど》久世《くぜ》家から住込み修行に来ていた若者だ。

「老先生はすでに齢《よわい》八十を越えられた高齢にございますれば、直接の指導は適《かな》いませぬ。ですが、当道場は来るを拒まず、去るを追わずが先生の教えにございますればわれらと一緒に稽古をなされてもかまいませぬ」

訪問の修行者があれば申し述べるのと同じ口上を江成は伝えた。

「それにて結構にござる」

鷲村次郎太兵衛は爽《さわ》やかに一礼すると草鞋《わらじ》を式台の隅《すみ》に揃えて脱いだ。

道場では狭い見所に寛兵衛が座して、住み込みや通いの門弟たちが二十数人ほど稽古に励んでいた。

「先生、旅のお方にございます」

江成が寛兵衛に声をかけ、訪問者が道場の隅に正座して頭を下げた。

「回国修行はお長いかな」

寛兵衛が慈眼を向けて聞いた。

「一年前に始めたばかりにございます」

と答えた次郎太兵衛は肩に負った道中嚢《のう》を下ろし、羽織を脱ぐと野袴《のばかま》のまま持参の木刀を手に立ち上がった。

殺伐《さつばつ》とした相貌《そうぼう》に変わっていた。

ぎらぎらと眼光が鋭く尖《とが》って辺りを睥睨《へいげい》した。

「米津寛兵衛どの、尋常の立会いを願おう！」

次郎太兵衛の声が道場じゅうに響き渡った。

「なんと」

と驚きの声を上げて、次郎太兵衛の下に向かったのは江成真吾だ。

「真吾」

寛兵衛の制止の声が発せられたとき、次郎太兵衛が突進し、木刀が翻《ひるがえ》って江成の脳天を叩き割っていた。

どさり
と江成が道場の床に倒れ込んで、血と脳漿《のうしょう》をぶちまけた。

一瞬の間だ。

震撼《しんかん》とした静寂が漂った後、ゆっくりと寛兵衛が立ち上がった。

「そなた、ただの武者修行の者とも思えぬな」

枯《か》れた声が問うた。

「武芸修行に齢は関わりなし。流儀は畢竟《ひっきょう》強いか弱いかにて真価が問われる。それがし、米津寛兵衛を倒して剣名を上げとうてな」

「そなたの剣の目指す道か、青いのう」

「問答無用」

寛兵衛が梶山隆次郎に木刀をというように手を差し伸ばした。

「先生！　それがしが立ち会いまする」

「この御仁、寛兵衛を名指しで来てござる」

寛兵衛のきっぱりとした言葉に梶山隆次郎が木刀を差し出した。

愛用の木刀を握った寛兵衛の腰が、
ぴーん
と伸びた。

次郎太兵衛と寛兵衛は江成真吾の亡骸《なきがら》が転がるかたわらで二間の間合いで対峙《たいじ》した。

相正眼で見合い、両者は凍《こお》りついたように動きを止めた。

次郎太兵衛は武芸修行に齢は関わりなしと言うが、技を保持するには体力が要《い》る。それは当然のことながら年齢に帰結する。

対峙が長引けば寛兵衛の不利は否《いな》めない。

四半刻《とき》（三十分）、半刻（一時間）、時が経過した。

ふうっ
と寛兵衛が息をついて誘いをかけた直後、同時に両者が動いた。

二間の間合いを一気に詰めて、次郎太兵衛の木刀が引き付けられ、寛兵衛の眉間《みけん》に、寛兵衛の木刀は次郎太兵衛の肩へと落とされた。

二人の木刀は同時に振り下ろされたかに見えた。

だが、次郎太兵衛の一撃が寸余早く届いて、寛兵衛の眉間を二つに割っていた。

「先生！」

道場に悲鳴が上がり、崩れ落ちた寛兵衛の下に門弟たちが駆け寄った。

その騒ぎの隙《すき》を突くように鷲村次郎太兵衛は姿を消していた。

「……銕太郎先生よ、金杉先生よ、あやつは人間じゃねえや。化け物だ。すぐに師範代たちが後を追われたがどこに消えたか、煙みてえによ、鹿島界隈《かいわい》から姿を消しただ」

雨三が寛兵衛の死の模様を語り終えた。

隆次郎の慟哭《どうこく》はまだ続いていた。
しばし石見銕太郎も金杉惣三郎も無言で寛兵衛の真新しい卒塔婆《そとうば》を見詰めていた。
惣三郎は胸の中に、
（影ノ流鷲村次郎太兵衛）
の名を刻み付けた。

第一章　葉月の災難

一

石見鋏太郎は江戸に戻ると方々に通告し、師米津寛兵衛の法要を享保八年（一七二三）正月二十一日に催した。

剣術家米津寛兵衛は、その生涯の大半を鹿島で過ごした。だが、先の享保の大試合で顧問を務めたこともあり、温厚な人柄と剣技を慕った大勢の人々が車坂に回向《えこう》に集まった。

享保の剣術界に二人の重鎮がいた。

一人は江戸に在住する心貫流《しんぬきりゅう》奥山佐太夫《おくやまさだゆう》であり、鹿島の鹿島一刀流の米津寛兵衛であった。

もう一人の重鎮、奥山佐太夫の嘆きは深く、法要の後、道場で開いた斎の席で、

「もはや寛兵衛どのに会えぬと思うと」

と言うと言葉を詰まらせた。

広い道場では、佐太夫のような老練の剣術家から孫弟子にあたる若い門弟までもが、い

くつもの車座になって米津の思い出を語った。

銕太郎の周りには大岡忠相《おおおかただすけ》の内与力織田朝七《おだちょうしち》、水野家の家老佐古神次郎左衛門、用人の杉村久右衛門《すぎむらきゅうえもん》、江戸柳生《やぎゅう》宗家の家老三宅丹之丞《みやけたんのじょう》、冠阿弥膳兵衛《ぜんべえ》、江戸町火消し総頭取の辰吉《たつきち》、石見道場の客分棟方新左衛門《むなかたしんざえもん》、師範の伊丹五郎兵衛《いたみごろべえ》、金杉惣三郎らが集まり、いつまでも老剣客の記憶に浸った。

だれもの胸の底に黒々と沈潜していたのは、米津寛兵衛を倒した旅の剣術家鷲村次郎太兵衛という人物についてであった。

むろん一対一で立ち会った以上、鷲村に恨《うら》み辛《つら》みを持つ謂《いわ》れはない。だが、

「尋常の勝負」

と言いながら、若い門弟の江成真吾を叩き殺した経緯《いきさつ》があった。

米津寛兵衛を引き出す手段とはいえ、この非情さは真っ当な剣術家の行動とも思えなかった。それがだれもの心に引っかかり、釈然としなかった。

金杉惣三郎は、

「影ノ流」

に拘《こだわ》っていた。

「かげのりゅう」

と呼ばれる流儀を惣三郎は二つ知っていた。

その一の「影之流」は薩摩《さつま》藩に伝承している。祖は川上忠兄であり、代々家伝として伝えられる剣法だ。型は居合立技八本、坐技四本、小太刀六本、心刀之型・法定之型四本、八相発破、一刀両段、右転左転、長短一味の四本である。

今一つ惣三郎が知る「影ノ流」は尾張《おわり》藩の流儀新陰《しんかげ》流と柳生流の別称である。

金杉親子はこれまでも尾張柳生の刺客《しかく》団と死闘を繰り返してきた。

もし鷲村次郎太兵衛が尾張柳生の息がかかった者だとしたら、と銕太郎との間で話題になった。

石見銕太郎も金杉惣三郎も不審を抱きつつも鷲村次郎太兵衛が尾張の命を受けた者と断定できずにいた。そこで鷲村が、

「影ノ流」

と名乗ったことはごく一部の人間を除いて公表しないことにした。

「金杉氏《うじ》、武者修行の清之助どのがこのことを知られたら、大いに嘆き悲しまれようのう」

奥村佐太夫がぽつりと漏らした。

「寛兵衛先生に可愛がっていただきましただけに」

と答えた惣三郎は、

「それにしても清之助は幸せ者にございました。石見銕太郎先生の手解《てほど》きを受け、さらに大先生の米津寛兵衛先生の下で修行をさせていただいたのですからな」

と心境を語った。

「鹿島に清之助を送ったとき、寛兵衛先生に託す最後の弟子と思うてはおりました。それがまさか本当になるとは銕太郎、なんとも無念にございます」

それが石見銕太郎の正直な気持ちだった。

「石見どの、老人がふと思いついたことがある。聞いてもらえるか」

佐太夫が銕太郎に言いかけた。

「改まってなんでございますな」

一座が二人の問答を注視した。

「一代の剣客米津寛兵衛、旅の武芸者に敗れて身罷《みまか》ったとはいえ、これはこれで剣術家の本望にござろう」

一同が小さく頷いた。

「寛兵衛どのの剣名になんら差し障《さわ》るものでもない。さてそこでじゃ、米津寛兵衛の業績を思い出すためにも一年に一度、ここ車坂の道場で流派を超えて剣客を参集し、試合を行なわぬか。いわば法要代わりにな」

一座が、

どおっ

と沸《わ》いた。

「米津寛兵衛どのの遺徳を偲《しの》んで互いが切磋琢磨《せっさたくま》し、親睦《しんぼく》を図る試合でござるよ」

「奥山先生、それは有意義な趣向にございますぞ」

早速口火を切ったのは水野家の江戸家老佐古神次郎左衛門だ。佐古神は先の剣術大試合で苦労していただけに、その感激と収穫とを身をもって承知していた。

「また先の大試合の興奮が再現されますか」

と応じたのは織田朝七だ。

「むろん先の大試合のような大がかりなものではござらぬ。またあのような大試合は石見道場だけで出来るものではない。老いぼれが考えるのは江戸の流派がその垣根を越えて、刺激しあえる場だ」

どうかな、という風に佐太夫が鋏太郎を見た。

「奥山先生、それがしの道場でそのようなことを催しておこがましくはございませぬか」

「なんの、米津寛兵衛どのの業績を思えばおこがましくなどあるものか。そなたは寛兵衛どのの一番弟子だ、だれが文句を言うものか」

迷う風の鋏太郎に、江戸柳生宗家にして大名柳生家の国家老の三宅丹之丞も、

「それがし、大いに賛成にござる。俊方《としかた》様もおそらくよき考えなりと賛同なされると思わ

れます」

と賛意を示した。

「鹿島にも相談せねばならぬことですが」

と言いながら鋏太郎の視線が惣三郎にいった。

「金杉どの、いかが思われますな」

二人は鹿島からの帰路、鷲村次郎太兵衛の一件は別にして心にかけてきた一事があった。

米津寛兵衛亡き後、鹿島の道場をどうするかということであった。

住込み師範の梶山隆次郎らは老先生の死に動揺して未だそのことを考えられずにいた。

そこで鹿島の道場をどうするか、この一件も石見鋏太郎に託されていた。

鋏太郎は当座梶山隆次郎を中心に道場を続けていくことを命じ、将来、道場を閉鎖するか新たな形で存続するか、その結論を出すことを保留してきていた。

「石見先生、一座のご一統様、それがし、奥山先生のお考えに大いに賛成にござる。幕臣であれ、大名家家臣であれ、それがしのような浪々の身であれ、武士の表芸は武道にございます。流儀を超えて練達の機会が新たに設けられるとなれば、どなたにも刺激にござろう」

と答えた惣三郎は、

「ただひとつ、それがしにお願いがございます。米津寛兵衛先生の遺徳を偲ぶ剣術大会を若い方々の登竜門の場と考えとうございます。出場者を剣の道を志す若者に限ってはいかがにございますか」

石見銕太郎が膝《ひざ》を打った。

「それはよき考えかな。名のある剣術家が集《つど》って競えば、時として恨みも生ずることもござりましょう。だが、若い連中なればそのようなこともございますまい」

その言葉に勇み立ったのは水野家家臣の佐々木三郎助《ささきさぶろうすけ》だ。

「石見先生、金杉先生、若者と申されますが兄者《あにじゃ》と弟のそれがしでは年もだいぶ違います。兄者も若い連中のうちにございますか」

「三郎助、そなた、すでに出る気じゃな」

上役の杉村久右衛門が呆《あき》れ顔で言い出した。

「むろんにございます。それに若いと申されても金杉清之助どののように先の剣術の大試合で二位になられ、すでに剣名も実績もある方もございます。もし清之助どのが出るとなれば、それがしに勝ち目はございませぬ」

「これは驚いた。佐々木三郎助め、まだ話が纏《まと》まらぬうちから勝つ気でおるわ」

杉村の嘆息に満座に笑いが起こり、急に和《なご》やかな空気と変わった。

「三郎助どの、諸々《もろもろ》はこれからにござるよ。ともあれ、関東剣術界の最長老奥山先生のご発案、さらにそれがしの師、米津寛兵衛の遺徳を偲ぶ剣術大会となればなんとしても実現させとうございます。石見銕太郎、この場におられるお歴々のご理解とお助けをお願い申し上げます」

銕太郎が頭を下げて、また一座が沸いた。

奥山佐太夫の提案が一座に話題を提供して、米津寛兵衛の悲劇的な死を頭から薄れさせることが出来た。

それが寛兵衛の法要を和やかなものにした。

金杉惣三郎はこれもひとえに米津寛兵衛と石見銕太郎の人徳の賜物《たまもの》と、この場に同席できたことを神仏に感謝した。

二

金杉惣三郎にいつもどおりの暮らしが戻ってきた。

大川端の荒神屋の帳場で溜《た》まりに溜まった帳簿と惣三郎が格闘していると、女人足のとめが作業場から顔を覗《のぞ》かせて、

「親方、旦那、ちょいと相談事があるんだがねえ」

と言い出した。

もはや夕暮れも近い刻限だ。

荒神屋喜八もこの日は惣三郎と向かい合うように小机の前に座り、手紙を認《したた》めていた。

「なんだね、改まって」

喜八が手紙を書く手を止めて聞いた。

「倅の芳三郎《よしさぶろう》のことだ。そろそろ奉公に出す年だ。上の坊主二人が左官と大工に弟子入りしただろ、芳も職人になれねえかって、兄いから誘いがあるんだがさ、芳三郎は大工にも左官にもなりたくないとさ」

「芳三郎はいくつになった」

「つい年を忘れていたが十四だ。私が四十近くで生んだ恥かき子だねえ」

「末っ子は手放したくないか」

「わたしゃ、一人が気楽さあね。だが、芳三郎の奴、他人の飯は食いたくないとさ」

「とめどの、芳三郎にはなんぞ望みがあるのか」

惣三郎が口を挟んだ。

「そこだ、親方のところで働きたいと言うのだがどんなものだろうか」

「おや、若い者がうちみたいな汚れ仕事を自分から望むとはねえ」

喜八が嬉しいような、訝《いぶか》しいような顔をした。

「親方、芳三郎は末っ子だ。おっ母さんと離れたくないのではあるまいか」

惣三郎の言葉に頷《うなず》いた喜八が、

「芳三郎がうちで働くとなれば亡くなった親父の権六《ごんろく》、とめと三代だ。うちは一人働き手が増えたくらいはなんともないが、十四歳となればまだ体も出来ていまい」

とそのことを心配した。

火事場始末は力仕事だ。それに危険も伴《ともな》った。

「とめ、一度、芳三郎を連れてこい」

と親方が命じた。

「それがさ、来ているのさ」

「おやおや、早手回しだ」

喜八親方が驚き、惣三郎も苦笑いした。

「ならば話は早い、呼べ」

「あいよ」

とめが作業場に戻っていった。

荒神屋の仕事は、
第一に火事に遭《あ》った大店《おおだな》などの後始末をして整地する事
第二に燃え残った木材建具を引き取って、再生する事
第三に再生も出来ない焼けぼっくいを適当な長さに引き切り、湯屋に卸《おろ》す事

の三つだ。それが稼ぎだ。

火事と喧嘩《けんか》は江戸の華《はな》と呼ばれる徳川の御代《みよ》だ。仕事はなくなることはなかった。

今も小頭の松造《まつぞう》たちは二日前から新材木町の材木問屋の始末に入っていた。なにしろ材木屋の後始末だ、敷地も広い上に燃え残りも多く、あと二、三日はかかりそうだという。

大川端の荒神屋の作業場に残っているのは、年寄りの人足と女人足ばかりだ。それらの者たちが、火事場から運んできた材木を再び使えるものと湯屋の薪《たきぎ》に分ける作業をしていた。

「親方、芳三郎だ」

とめが三男坊を連れてきた。

「おや、いつの間にこんなに大きくなったんだ」

喜八親方が驚くのも無理はない。しばらく見ぬ間に芳三郎の背丈は母親のとめをはるかに超して五尺三寸はありそうだ。だが、節のない竹のようにすうっとしていた。

「芳三郎、うちで働きたいというがほんとうか」

「へえ、おれは大川端を離れたくねえ。それによ、おっ母さんも年だ。そろそろおれと代替わりさせてやりてえ」

芳三郎の言葉を聞いたとめがいきなり、
わああっ

と泣き出した。

「親孝行な言葉だが、うちの仕事はきついぞ」

「おりゃ、兄さんと違って作るより壊すのが性に合ってらあ」

十四歳にしてはしっかりとした答えの芳三郎だった。

「金杉さん、どう思う」

親方が惣三郎を見た。

「まあ、一、二年は作業場でおっ母さんと一緒に働くことだな、体が出来てから現場に出ればよい」

「そんな具合かな」

喜八親方も賛同した。

「おれはすぐにも火事場に出てえ」

芳三郎が言い張った。

「火事場を舐《な》めちゃいけないぞ。体さえ出来ればいつだって現場には出られる。ゆっくりゆっくり仕事を覚えるのだ。それでよいな」

親方の言葉にしばらく考えていた芳三郎がぺこりと頭を下げた。

ようやく泣き止んだとめに、

「浜町《はまちょう》裏の長屋に住み始めて何年になる」

と喜八が聞いた。

「権六と所帯を持ったとき以来だから、もう三十何年かねえ」

とめが若い時代を思い出すように答えた。

「引っ越す気はないか」

親方が聞いた。

「引っ越すってどこに」

聞いたのは芳三郎だ。

「うちの長屋がちょうど一間空いておる。とめと芳三郎が承知なら住まわせてもよい」

喜八親方は大川端に借地を借りて火事場で貰い受けてきた材木を使い、自分たちで長屋を二軒建てて、人足たちを住まわせていた。

それは火事場始末がいつ何時《なんどき》入るか分からない仕事だからだ。夜中に半鐘《はんしょう》が鳴れば、すぐにも大川端の作業場に駆けつける要があった。そこで喜八は人足たちを作業場近くに住まわせるために長屋を造ったのだ。

荒神屋の長屋では小頭の松造が大家の役を任じていたが、ちょうど一間空きが出来ていた。

「親方、女のおれでもかまわないかね」

「ついうっかり忘れていた。権六もとめも長いこと働いてきたんだ、今度、芳三郎が加わるとなれば、うちの長屋に住むほうが便利だろう。それに店賃《たなちん》だけは浮くことになる。どうだ、とめ」

「ありがたい」

「ならばいつでも引っ越してこい」

親子が頭を下げて出ていったのと交替に帳場の戸口に立った者がいた。

南町奉行所定廻《じょうまわ》り同心の西村桐十郎《にしむらとうじゅうろう》に花火の房之助《ふさのすけ》親分だ。二人して小者も手先も連れてなかった。

「野衣《のえ》様の具合はいかがですかな」

「また一段と腹がせり出したようです。ですが、当人はいたって元気、お産の日まで体を動かすとせっせと貧乏所帯を切り盛りしています」

桐十郎が喜八の問いに実に嬉しそうに答えた。

恋女房の野衣は夏前にお産を控えていたのだ。

「西村さんの跡継ぎに会えるのももうすぐだ」

「名は考えてございます」

「まだ男とも女とも分からぬうちからですかな」

「娘が生まれるということは旦那の頭には、はなっからねえんで」

房之助が苦笑いして答えた。

「子煩悩《こぼんのう》な父親になられような」

と答えた喜八が、

「金杉さん、お迎えが来た。時間も頃合だ、今日はこのくらいにしよう」

と気を利かせてくれた。

「朝から精を出しましたので、いくらかは溜まっていた仕事が片付きました」

惣三郎は自分に言い聞かせるように言うと帳簿を閉じた。

「御用というわけではございませんので。新材木町の火事場に立ち寄りましたら、松造さんらが頑張っておられた。そこでなんとなく大川端に足を伸ばしたというわけです」

帰り仕度を始めた惣三郎にとも喜八にとも付かぬ風に房之助が言った。ということは、途中で小者たちを役宅に先に帰したということだ。

「小頭たちの帰りも待たずに仕事を上がるのは恐縮だが、本日はこれで失礼致す」

惣三郎は親方に挨拶《あいさつ》すると荒神屋を出た。

「ととやに寄りますか」

大川端から土手を上がりながら、惣三郎が聞いた。御用なれば馴染《なじ》みのととやに立ち寄る暇《ひま》などないはずであった。

「わっしらもそのつもりで参ったので」

「西村さん、野衣様はよろしいのか」

近頃、桐十郎は御用が終われば早々に八丁堀《はっちょうぼり》の役宅に引き上げると聞いていた。

「金杉さんとお会いすると、野衣には断わってきました」

桐十郎が律儀に答えた。

「結構結構」

惣三郎らは新川端に面したととやの縄暖簾《なわのれん》を分けた。

肴《さかな》が安く酒が旨《うま》いととやは、この界隈《かいわい》にある武家屋敷の中間《ちゅうげん》小者、船頭、駕籠《かご》かき、職人たちで相変わらず込み合っていた。

「いらっしゃい」

主の源七《げんしち》が惣三郎たちの顔ぶれを見て、奥を使いなせえと去年の暮れに建て増しした小上がりを指した。

ととやでは台所を使い勝手がよいように改装した。その折、四畳ほどの小上がりの客席を増築したのだ。

「初めて上がらせてもらうな」

惣三郎は腰の高田酔心子兵庫《たかだすいしんしひょうご》を抜いて、小部屋に上がった。男三人が卓を囲むと空樽に腰掛けるよりもしっくりきた。

「これはよい、落ち着きそうだ」

「奥の小上がりはないかと評判は上々なんで」

源七の顔も得意げだ。

小女《こおんな》のつねが早速熱燗《あつかん》の徳利《とつくり》を運んできて、挨拶代わりにまず一杯傾け合った。

「公私ともに御用繁多な西村さんや花火の親分が、大川端までただ立ち寄ったとも思えぬ。なんぞ気がかりなことでも出来《しゆつたい》したかな」

盃《さかずき》を卓に置いた惣三郎は二人に聞いた。

「いえね、わっしの下っ引きが小耳に挟んできたことで、はっきりしたわけではございませんので。そんならうちから金杉様にお聞かせしてよいかと迷いましたが……京橋《きようばし》の伊吹《いぶき》屋さんのことですよ」

下っ引きとは、髪結いなど諸々の本業を持ちながら、陰でお上の御用を務める者のことだ。ふと漏らした相手の一言がなにか犯罪に関わりがあると思えば、親分に通告して密かに探索に乗り出し、犯罪を未然に防いだりする役目を負っていた。

「伊吹屋さんになにかござるのか」

京橋に薬種問屋の看板を掲げる伊吹屋の先祖はその昔、近江《おうみ》から江戸に出てきて、故郷伊吹山のもぐさを売り出して財を築き、今では江戸でも名高い薬種問屋の老舗《しにせ》であった。

当代の伊吹屋金七《かねしち》と最初に縁を持ったのは、今は亡き米津寛兵衛と清之助だ。

金七一行が成田山新勝寺《しんしようじ》外れの街道で金目当ての暴漢らに襲われた。そのとき、その場を通り合わせたのが寛兵衛らだ。

寛兵衛の命で暴漢たちから伊吹屋一行を救ったのが清之助だった。

その事件がきっかけで娘の葉月《はづき》が清之助に心を寄せるようになり、今では家族ぐるみの付き合いだ。

「いえね、葉月さんにご縁談が進んでいるというのです」

「なに、葉月さんに」

惣三郎の胸が騒いだ。

葉月は清之助に好意を寄せ、清之助もまた葉月のことを憎からず思っていることはだれの目にも明らかだった。

そのことを伊吹屋金七も認めていると惣三郎は考えていた。

だが、二人の間にあるのは淡い思慕の情だけであり、両家が話し合って約束を交わしたわけではない。

なにより清之助は、いつ終わるとも知れぬ武者修行の旅に出ていた。そのことを伊吹屋が考え、葉月を嫁にやったとしてもだれも文句のつけようがない。

「金杉様、伊吹屋さんは持ち込まれた縁談に当惑なされておられるというんでございますよ」

「伊吹屋さんが承知で進めている話ではないのか」

房之助が顔の前で手を横に振った。

「なんでも得意先のお屋敷の御用人が葉月様に目をつけて、うちの若様にどうかと言ったとか言わぬとか。義理のある仲だけに伊吹屋も困惑しているということなんです」

「相手は武家か」

「ところがどこの家中か分かっておりませんので」

房之助が面目《めんぼく》なさそうに頭を掻き、ふと惣三郎と桐十郎の空の盃に気づき、

「ささ、酒が冷えねえうちに」

と徳利の酒で満たしてくれた。

「こんなうちから金杉さんの耳に入れるのはどうかと思ったが、清之助さんと葉月さんのことを考えましてねえ、お節介ながら雁首《がんくび》揃えて立ち寄ったというわけなんです」

友の心遣いが痛いほど分かった惣三郎は、二人に頭を下げて感謝した。

「どうしたものかな」

惣三郎の迷いは父親のものだ。

「下っ引きにもう少しはっきりしたことを調べてこいと尻は叩いてあります。ですが、火種は小さいうちに揉《も》み消すのが一番だ」

「とは申せ、伊吹屋は江戸でも名代の老舗、うちは未だ長屋暮らしの一家だぞ。釣り合いがとれぬからな」

「金杉様ともあろうお方がそんな情けねえ言葉を吐かれるなんて可笑《おか》しゅうございます

ぜ。金杉惣三郎様は南町奉行の大岡様の懐刀《ふところがたな》、吉宗様にも拝謁《はいえつ》なされたお方だ。清之助様は先の大試合で第二位の栄誉を得て、上様直々《じきじき》に清之助宗忠《むねただ》と名乗ることを許され、手ずから脇差まで授けられたんですぜ。俗に三百諸侯旗本八万騎というが、どこにそんな武家の家系がございますので」

房之助がいきり立つように一気に言った。

「それもこれも親分だから、承知のことだ」

「まあまあ」

と二人の間に桐十郎が割って入り、

「私も房之助も清之助さんと葉月さんが互いに心を寄せ合っていることを大切にしたいのです。私と野衣のことを皆さんが親身になって心配し、一緒にしてくれたようにです。伊吹屋も金杉さんが長屋暮らしをしていることなど承知で付き合ってこられたのです。ここは静かに推移を見守りましょう」

「つまらぬことを申したな」

惣三郎は友二人に詫《わ》びた。

その話題に蓋《ふた》をした三人は心おきなく、ととや自慢の肴と酒で時を過ごした。

惣三郎は京橋で東海道に出た。

その視界に伊吹屋の間口十六間の店構えが飛び込んできた。すでに表戸は下りていたが、店の前に乗り物が一梃《いっちょう》止まっていた。かなりの身分の武家が乗る乗り物と遠目にも分かった。

先ほど聞いた話が話だ。

惣三郎の心が立ち騒いだ。

(未だ金杉惣三郎、人間が出来ておらぬ)

そう己《おのれ》の未熟を恥じた。

同時にこの話、家の女たちに話してはなるまいと心に決めた。

だが、芝七軒町の長屋に戻ると新たな展開が待っていた。

板の間に角樽が置いてあるのが見えた。

「どなたか見えられたか」

「昼下がりに伊吹屋の手代さんが新年のご挨拶にと立ち寄られました」

としのが答え、

「おまえ様にお暇の節に一度お立ち寄りください。ご相談がございますとの伝言を残されていかれました」

と使いの趣《おもむき》を告げた。

「相談とな」

惣三郎は桐十郎と房之助からもたらされた話と結びつくことかと考えた。

「父上、どなたとお酒を召《め》し上がられましたな」

妹の結衣が惣三郎から大小を受け取りながら聞いた。

「西村どのと花火の親分が御用の帰りに大川端に立ち寄ってくれたでな、ととやで飲んだ」

「野衣様はお元気と申されておられましたか」

姉のみわが妊娠の野衣の身を案じた。

「大きくお腹がせり出てきたそうだが、母子ともにいたって壮健だそうな」

「なによりでございます」

居間の火鉢の傍《そば》に座ると、しのが、

「熱いお茶がようございましょう」

と惣三郎にまず茶を淹《い》れてくれた。

「父上、私どもからお願いがございます」

「みわ、改まってなんだ」

「母上が飛鳥《あすか》山の屋敷を訪ねたいと申されております。近々一家で訪ねてみませぬか」

「久しく飛鳥山の屋敷のことを忘れておったな。よい考えだ、明日にも喜八親方に許しを得よう。うまく行けば一夜くらいは泊まってこられるかもしれぬ」

「泊まってもよいのでございますか」

しのが嬉しそうに笑った。

飛鳥山の屋敷とはしのの父、豊後《ぶんご》相良《さがら》藩の江戸留守居役寺村《てらむら》重左ェ門《じゅうざえもん》が病に倒れた後に隠棲した居宅だった。

重左ェ門は惣三郎の上役でもあったし、後年には重左ェ門の役職を惣三郎が継いだ経緯もあった。

しのは、重左ェ門の看護のために飛鳥山に引き籠ったとき、惣三郎との子、結衣を身籠っていた。だが、しのはそのことを惣三郎に黙って飛鳥山に引き籠ったのだった。

数年後、思わぬ事件が惣三郎としのを再会させ、惣三郎はわが娘の結衣がこの世にいることを知った。

金杉惣三郎としのは夫婦になり、一家は一挙に五人になった。

そんな思い出の屋敷だが重左ェ門が亡くなり、しのは惣三郎と所帯を持つために江戸に戻った。その折に、いったんは屋敷を土地の名主に売り渡したものの、重左ェ門としの親子の思い出の屋敷だけに、再び買い戻したのだ。以来、土地の者に管理を任せたままに放置されていた。

「桜の季節には早かろうが、梅は咲き誇っていよう」

「久しぶりに一家でのんびりできますな」

しのは心から笑みを顔に浮かべた。

翌朝、石見道場の朝稽古を早く切り上げた金杉惣三郎は、大川端に向から途中で京橋の伊吹屋に立ち寄った。

「御免、お呼びにより参上致しました、金杉惣三郎にござる」

惣三郎の姿を認めた番頭が、

「これはこれは、金杉様、よう見えられました」

とすぐに奥へと取り次ぎ、葉月が顔を見せた。

「金杉様、お呼び立てして申し訳ありませぬ」

と言う葉月の顔色がどことはなしに曇っていた。

「なんの、そのような斟酌《しんしゃく》は無用ですぞ」

努めて明るく答えた惣三郎を、葉月が伊吹屋の奥へと案内してくれた。

京橋際に間口十六間奥行き二十一間余、三百三十六坪余の敷地の奥へと金杉惣三郎は初めて入ったことになる。

主の金七と内儀のお玉《たま》が、手入れの行き届いた庭に面した座敷で惣三郎の到来を待ち受けていた。

二人の顔にも憂《うれ》いがあった。

「金杉様、ご多忙の身を申し訳ないことにございます」

金七が詫びた。

「なんのなんの、それがしで役に立つなれば、なんなりとお申し付けくだされ」

「聞くところによると鹿島の米津寛兵衛先生が亡くなられたとか。知らぬこととは申せ、申し訳ないことにございました」

車坂での法要に参加した町人は冠阿弥膳兵衛と辰吉くらいで、あとは武芸に関わりがある者ばかりであった。

「それがしもまさか寛兵衛先生の訃報《ふほう》を正月早々に聞くとは思いも致しませんでした」

「清之助様がお知りになればさぞがっくりとお力落としのことにございましょう」

「いつ終わるとも知れぬ回国修行の身なれば、その覚悟は出立《しゅったつ》の時につけて出たはずにございます」

惣三郎は当たらず触らずの返答で金七が用事を言い出すのを待った。だが、金七はなかなか用件に踏み込もうとしなかった。

そこで惣三郎はずばりと問うた。

「伊吹屋どの、本日の御用、葉月様の縁談についてではありませぬか」

「な、なんとご存じにございましたか」

葉月も呆然《ぼうぜん》とした顔を見せた。

「いえ、詳しくは知りませぬ。ですが、昨日、南町の西村桐十郎どのと花火の親分が、伊吹屋さんにはお目出度《めでた》い話が舞い込んでおると知らせてくれたのです。伊吹屋どの、もし、われら一家のことを思うてお悩みなれば、どうかそのことはご無用に願います」

葉月が小さな悲鳴を上げ、金七が、

「金杉様、誤解にございます。私どもは持ち込まれた縁談を喜んだり、進めようとは考えておりませぬ。先方が一方的に話を進められるものですから、困惑しておるところです」

「さようでしたか」

惣三郎はほっと安堵《あんど》して、葉月に顔を向けた。

「お父《とっ》つぁんが申す通り、私は嫁になど行きたくございませぬ」

首肯した惣三郎は、

「それがしが役に立てるかどうか、お話を聞かせていただけますか」

と言った。

伊吹屋金七とお玉の夫婦、それに娘の葉月が頷いて、金七が話し出した。

三

「私の先祖が近江の出というのはご存じにございますな」

「伊吹山のもぐさで財を成されて、現在の薬種問屋の基礎を築かれたそうな」

「そのとおりにございます。わが先祖の国許、江州宮川《ごうしゅうみやがわ》藩は有為転変《ういてんぺん》の大名家にございます」

と領主のことから話を始めた。

「藩主の堀田《ほった》家は元々尾張国中島郡堀田村の豪族にございまして、正利《まさとし》様が徳川家康公に仕え、その子、正盛《まさもり》様は幼少より家光《いえみつ》公に奉公して老中まで昇り詰められ、寛永《かんえい》十九年（一六四二）には佐倉《さくら》藩十二万石を領する出世をなされました。ですが、家光様の死に伴い、殉死されて、その子、正信《まさのぶ》様が遺領のうち十万石を継がれたのです。ところが、万治《まんじ》三年（一六六〇）に老中松平信綱《のぶつな》様の横暴に怒りを感じられたとか。正信様は幕府に訴えを提出した上に無断で江戸を離れて帰藩し、所領を没収されたのでございます」

「なんとのう」

金杉惣三郎は身につまされる話に相槌《あいづち》を打った。

豊後相良藩の江戸留守居役として苦労した日々を思い出したからだ。

「その嫡子、正休《まさやす》様が天和《てんな》二年（一六八二）に一万石を改めて与えられて上野《こうずけ》国吉井に封じられ、さらに元禄《げんろく》十一年（一六九八）に近江四郡に転じられて、宮川に陣屋を設けられました。老中を務めた十二万石の大名から一万石の小名へ、その悲しみはいかばかりであったかとお察しします」

金七は小さな溜息をついた。

「宮川藩は定府大名でございまして参勤は行ないません。正休様、正朝《まさとも》様を経て、ただ今の正陳《まさのぶ》様の代を迎えております」

金七はさらに吐息をついた。そして、気を入れ直したように話し出した。

「正陳様は宝永《ほうえい》六年（一七〇九）のお生まれ、享保四年にわずか十一歳で藩主の地位に上がられ、ただ今は十五歳にございます。私どもの先祖は領内の坂田郡に代々住み暮らして参りましたが、四代前が伊吹山のもぐさを江戸で売り出さんと坂田を離れました。その後、堀田家が宮川藩として再興され、うちとのつながりが出来たのでございます。私は親父に連れられて、正休様の浅草の上屋敷にお伺《うかが》いして以来の出入りにございまして、正休様、その子の正朝様、そして、ただ今の正陳様の三代とお出入りを許されております」

惣三郎は未だ伊吹屋に降りかかった危難が予測できなかった。

「堀田家との関わりを正直にお話し申します。それでなければこの話、ご理解いただけませぬでな」

惣三郎は黙って首肯した。

「伊吹山のもぐさで売り出したのがうちの商《あきな》いの始まり、それがありますゆえに堀田家にはなにかとこれまでも都合を聞いて参りました。お貸しした金子《きんす》も二千両以上に上っております。主家ともいえる堀田家になにかとお世話できるのは私どもも張り合いにございました。ところが正朝様がお亡くなりになり、十一歳で正陳様が藩主の地位に就かれたあたりから、堀田家の様子がおかしくなりました」

「幼君をよいことに腹の黒い家臣どもがよからぬことを考えておられるかな」

「はい。それも二派が争っておられます」

「たかだか一万石、争ってもいたし方あるまいに」

まったくと言った金七は、

「先君の正朝様ご兄弟の一人、職勝《もとかつ》様は旗本三千四百石の花房《はなぶさ》家に養子に出されました。このお方と宮川藩の家老職板取五郎左衛門《いたどりごろうざえもん》様が正陳様の後見役を争い、なにかと屋敷内に波風を立てておいでです」

「此度《こたび》の縁談はどちらからの申し出かな」

「板取様が昨年の暮れに参られまして、正陳様の側室に葉月を出せと強談判《こわだんぱん》なされるのでございます」

「なに、側室とな」

「はい。側室として正陳様のお傍にお仕えして、お子をなせば正室の道が開かれようと申されるのでございます」

「なんとも無体な申し出ですな」

「板取様の魂胆は分かっております。うちと血のつながりをつけて借財をなしにしたうえに、手元不如意をなんとかしようという腹にございましょう」

惣三郎はようやく伊吹屋に降りかかった災難を理解した。

「うちが宮川藩内の出であることは確か、伊吹山のもぐさで財を築いたもそのとおりにございます。だからこそ、これまでもなにかと堀田家のご面倒を見て参りました。ですが、いきなり側室に差し出せとは乱暴にございます」

父親の嘆きに葉月も、

「私は嫌にございます」

と口を添えた。

「おそらく正陳様はなにもご存じあるまい。正陳様の後見を任じる者どもが若い藩主の気を引かんと愚かな策を考え出したのであろう」

「私もそう考えております」

「昨夜、前を通りかかったとき、お駕籠が止まっておったが家老板取どのの来訪であったか」

「いえ、それが違うのでございますよ。花房家の用人島村杉平《しまむらすぎへい》様でございましてな、正陳様の側室として上がるなれば、花房家に筋を通せとの談判にございました。なあに花房家の魂胆も板取様と同じですよ」

金七は金子だと言った。

「なんとのう」

惣三郎はしばし沈黙して考えた。

「金杉様、うちは内輪もめが見え見えの大名家に娘を妾《めかけ》にやる気はさらさらございませんぬ。とは申せ、先ほども申しましたように宮川藩とのつながりも無下《むげ》には出来ませぬ。そこをなんとか穏便に収める方法はないかと金杉様にご足労願ったのでございます」

「相分かった」

と返事した惣三郎に葉月が、

「お願い申します」

と平伏した。

「葉月さん、頭をお上げなさい」

と命じた惣三郎は、

「そなたも承知のように金杉惣三郎、一介の浪人にござれば、この話、それがしの力だけではなんともなり難《がた》い。また無闇《むやみ》に他人に願ってもよい話でもあるまい。お若い正陳様の将来にも関わるやも知れぬ話だからな、なんとか円満に収める途《みち》を考えてみよう」

「よかった」

と葉月の顔にようやく笑みが戻り、話題を転じた。

「金杉様、清之助様からはお便りございませぬか」

「武者修行にござればそうそうに便りも出せまい。今頃はどこを歩いておるのであろうかな」

それまで黙っていたお玉が、

「葉月は三日とあげずにあちらこちらの社寺にお参りして、清之助様のご無事をお祈りしておるのでございますよ」

「なんとそのようなことを。葉月さん、清之助は幸せ者だな」

惣三郎の言葉に葉月が顔を赤らめた。

金杉惣三郎の一家と伊吹屋の葉月、それに供の格好でめ組の鍾馗《しょうき》の昇平《しょうへい》が加わり、総勢六人が飛鳥山を目指したのは、伊吹屋を惣三郎が訪問した二日後のことだ。

葉月には江戸を離れることも気晴らしになろうと惣三郎が勧め、葉月は一も二もなく賛同した。

すると師匠一家の飛鳥山行きを知った昇平が、

「師匠のほかは女ばかりだぜ、荷物持ちにおれもいこう」

と言い出した。

「め組の御用があるではないか」

「火事の多い冬場は過ぎたぜ。頭取と若頭に断わるからさ、連れていってくんな」

と昇平が熱心に願い、お杏《きょう》を通してさっさと辰吉と登五郎《とうごろう》の許しを得てきた。

そんなわけで総勢六人の賑《にぎ》やかな飛鳥山行きになった。

飛鳥山なら朱引《しゅびき》地のぎりぎり境界内、江戸の外というわけでもない。

それでも六つ半（午前七時）には、鍾馗の昇平が長屋に迎えに来た。すでに仕度を整えていた金杉惣三郎一家と昇平は、京橋の伊吹屋に回り、旅仕度も初々《ういうい》しい葉月を迎えて、五つ半（午前九時）前には伊吹屋を出立して、日本橋を抜けて上野寛永寺《かんえいじ》下に向かった。

「師匠、旅にはもってこいの日和《ひより》だねえ」

六尺三寸（約一九〇センチ）を超えようという昇平が天を仰ぐ。一行の頭上には雲ひとつない青空が広がってなんとも気持ちがよい。

昇平は杖《つえ》を突き、竹籠を背負っていた。友達の万作《まんさく》がその朝に江戸前の海で釣り上げた金目鯛《きんめだい》が入っているという。

「しの様、お誘いいただきましてありがとうございました。もやもやしていたものが皆さんとお会いしたらすっきりしました」

葉月がしのに言い、さらに言葉を継いだ。

「金杉家が飛鳥山にお屋敷をお持ちとは知りませんでした」

「父上はお屋敷など持つほど金持ちじゃないわ。母上の持ち物なのよ」

と結衣が答えた。

「まあ、しの様のお屋敷にございますか。考えもしませんでした」

「そう、私の爺様が隠居なされたときにお求めになったのよ。母上はそこで一人で私を生み、菊を丹精しながら過ごしていたので、近所では菊屋敷と呼ばれていたわ」

「お一人で結衣さんをお生みになったとはどういうことでございますか」

「父上は無責任なんです、母のお腹《なか》に私がいることなど知らずに江戸で能天気に過ごされていたんですからね」

「そのようなことが」

結衣のあっけらかんとした説明に葉月は戸惑い、答える術《すべ》を知らない。

「父上の好き放題に迷惑しているのは母上ばかりではないもの。いつだって私たちが犠牲になっているわ」

みわのきつい言葉にしのが、

「これこれ、みわ、結衣、そううちの恥を天下の大道で言いふらすものではありませんよ」

と注意した。

「だって、母上は迷惑ではないのですか」

「私はそなた方の父上を信じておりますから、迷惑になぞ感じたことはございませぬ」

「呆れた夫婦だわ」

結衣の返事に全員がころころと笑った。

葉月はそんな会話の中にいるだけで嬉しかった。

「師匠、女は三界《さんがい》に家なしというが、師匠はどこにも居場所がねえな」

「昇平にまで同情されては金杉惣三郎、確かに立つ瀬もない」

また笑いの渦《うず》が起こった。

東叡山《とうえいざん》寛永寺下の寺町を過ぎると江戸も鄙《ひな》びた風景と変わった。そこはかとなく漂う梅の香りを楽しみながら、田端《たばた》村から中里《なかざと》村へと差し掛かる。

飛鳥山の菊屋敷からしのが金杉惣三郎と所帯を持つために去った後、大きな変化があった。

それは吉宗が享保五年に二百七十本の桜を、さらに翌年には千本の桜を植え増して一躍飛鳥山は桜の名所になっていた。

石神井《しゃくじい》川河畔の飛鳥山から王子稲荷《おうじいなり》にかけて急に、

「旗亭《さかや》、貨食舗《りょうりや》、或《ある》いは互いに対し、或いは水に臨んで軒端をつらねたり」

という活況を呈していた。

「しの、屋敷に行く前に王子稲荷に参詣して、お昼を扇屋《おうぎ》で食せぬか」

「名物の釜焼き玉子にございますね、久しぶりにございます」

としのが賛成し、鍾馗の昇平が、

「噂に聞いたことはあるがまだ食ったことがねえ。そんなに美味《うま》いものか、師匠」

「なかなか美味の上に量もあるぞ。もっともそなたなれば一人でひとつは食べられよう」

「試してみてえ、師匠、しの様」

昇平がよだれを垂らさんばかりの顔をして、女たちが笑った。

扇屋は慶安《けいあん》元年（一六四八）、三代将軍家光の御代に創業した掛け茶屋で、音無《おとなし》川（石神井川）河畔にあり見晴らしと釜焼き玉子が名物だった。

「私も噂に聞くばかりで未だ食べたことはございませぬ。美味ならば父母に土産に持って帰りとうございます」

葉月が言い出し、

「ならば師匠、早手間にお狐《きつね》様にお参りしようぜ」

と昇平が足を早めた。

菊屋敷を横目に王子稲荷にお参りした一行は、扇屋に向かった。

ちょうど刻限も九つを過ぎた時分で腹を空かせていた。

「師匠、おれの勘違いかねえ。背中あたりがむずむずするのはよ」

と小声で昇平が惣三郎に聞いた。

「鐘馗様の偉丈夫《いじょうふ》に王子村の娘たちが熱い視線を向けると申すか」

「ちえっ、師匠、悪い冗談はなしだ」

「昇平もなかなか侮《あなど》れなくなったな。どこいら辺りから感じたな」

「下谷《したや》広小路辺りからかねえ」

金杉惣三郎もその目を意識したのは日本橋を過ぎたあたりからだ。昇平はほぼ同じ頃合から訝《いぶか》しく思っていたことになる。

「どうやらわれらご一行に気がある御仁がおるようだな」

「師匠、正体見たり枯れ尾花ってな、幽霊なんぞは出てみりゃ大したことはねえのが通り相場だ。昼酒でもなんでも飲んで構わないぜ、鍾馗の昇平様がお相手してくれよう」

「それは助かる」

惣三郎は笑って答えたが、車坂の石見道場でも鍾馗の上段打ちに太刀打ちできる門弟はそうはいなかった。

新しく入門した剣術自慢の門弟など、

「剣術は体格《なり》でするものではないわ」

と昇平と竹刀を交えた。だが、脳天を打ち込まれて、二、三日頭痛に苦しめられ、それが道場の名物になっていた。

「鍾馗の昇平、畏《かしこ》まって候《そうろう》」

扇屋に一行が到着し、

「おや、お珍しい、しの様ではありませぬか」

と知り合いの女将《おかみ》に迎えられて、六人は座敷に通った。

釜焼き玉子を始め、名物料理を数々頼み、惣三郎は酒を頼んだ。

「昇平、付き合わぬのか」

「最前の約束だ」

「お化けが出るのは日が落ちてからと相場が決まっておるわ」

と誘惑したが昇平は頑として酒を口にしなかった。

「ちとだらしないが、それがしだけ昼酒を馳走になろう」

「金杉様、不調法でございますが葉月がお酌を」

「それは恐縮」

惣三郎は葉月に酌をされて相好《そうごう》を崩した。

「父上、飲む前からよだれが垂れておりますぞ」

「美女四人に囲まれて父上は幸せ者にございますな」

みわと結衣に茶化されて惣三郎の笑いは止まらなかった。

「まったくもって美酒だぞ」

釜焼き玉子が運ばれてきて、今度は昇平が啞然《あぜん》とした。

「これは確かに大きいや」

「どうだ、食えるか」

「まあ、なんとかなろう」

女たち四人で食べ分けた釜焼き玉子を、ひとりでご飯ごとぺろりと食べた鍾馗の昇平が、

「これはしの様、なかなかの美味だ」

と満足そうに言い、みわが、

「腹も身のうちと申し上げたいけど、鍾馗様には言わずもがなね」

と呆れた。

四

扇屋を満足の体《てい》で出た一行は昼下がりの道を少しばかり江戸の方角に引き返した。

道祖神の祀《まつ》られた辻で左手に曲がり、枯れ芒《すすき》が生えた小道を行くと長屋門が見えてきた。

かつて寺村重左ェ門、しの、そして結衣の三人が暮らした菊屋敷だ。

主が不在だったわりには荒れた様子もなく、手入れが行き届いていた。

しのが土地の百姓一家に管理を託していたからだ。

「しの様」

と長屋門を潜《くぐ》る一行を菊屋敷の玄関先からおみつが声をかけてきた。

おみつはしのが菊屋敷で菊作りに精を出し、江戸へ出荷するほどの腕前になった折、手伝ってくれていた娘の一人だ。すでに所帯を持って近くに住んでいた。

しのは、菊屋敷の管理をおみつとその家族に託していたのだ。

「手紙をいただきまして、屋敷には風を通してありますし、夜具も干しておきました。風呂も火を点《つ》けてございますよ……」

と言うおみつの言葉がふいに切れた。

「結衣様、このように大きくなられましたか」

瞼《まぶた》が潤《うる》み、見る見る涙が盛り上がって零《こぼ》れた。

「おみつさん」

結衣もおみつの胸に飛び込んでいった。

二人が抱き合って泣き笑いする光景を見た惣三郎は、

(しまった！　滝野川《たきのがわ》の人々に不義理をしてきたわ)

という後悔の念が頭に渦巻いた。

ひとしきりおみつと結衣の泣き笑いの再会の情景が繰り返され、一行は屋敷に落ち着いた。

屋敷はその昔、滝野川の庄屋の持ち物だったものを重左ヱ門が手に入れ、隠居所として住みやすいように大工を入れて改装していた。母屋に囲炉裏《いろり》が切り込まれた板の間に畳の間が四つ、さらに離れがあった。

おみつが何日も前から掃除をしていたというだけにどこもきれいさっぱりとしていた。

「おまえ様、屋敷を見たら、時にここで過ごしたくなりました」

「つい江戸の暮らしに追われ、寺村様とそなたの思い出の屋敷をおろそかにしておったと反省しておるところだ。これからは夫婦でこちらに過ごすことも考えようか」

「師匠、隠居するにはちと早いと思うぜ」

昇平が夫婦の会話に入り込んだ。

「隠居する気はさらさらない。そう思うてもどなたかがお認めにもなるまいて」

金杉惣三郎には南町奉行大岡忠相の懐刀として将軍吉宗を護《まも》る影仕事があった。

あっ、と声を上げた昇平が、

「いつまでも金目を背に負っていたぜ。井戸端で下拵《したごしら》えをしてこよう」

と再び土間に下りると、

「鍾馗様、井戸を教えてあげる」

とみわが案内に立った。

「菊屋敷をご案内しますよ」

結衣が葉月を誘い、囲炉裏端には惣三郎としのだけが残された。

おみつは茶の仕度に竈《かまど》の前にいた。

屋敷の天井から座敷を改めて見回したしのが、

「菊屋敷は変わりませぬが、私どもは年を取りましたな」

としみじみ呟《つぶや》いた。

「清之助もすでに一人前の武芸者、みわも結衣も娘盛りだ。親のわれらが馬齢を重ね、相応に老いるのは致し方あるまい」

「それが人間の来し方にございましょうか」

「寺村様が身罷れて六年に相なるか」

夫婦はしばらく懐旧の情に浸った。

茶を運んできたおみつが、

「しの様、菊作りに熱心であった頃が懐かしく思い出されます」

「おみつさん、この秋には腰を入れて菊を作りましょうかね」

「ならば堆肥《たいひ》なぞを用意しておきますよ」

「お願い申します」

しのは江戸から担いできた土産の数々をおみつに渡すと、

「米は研いでございます」

とおみつは夕餉《ゆうげ》の下拵えが終わっていることを告げて、菊屋敷から消えた。

「さて、今宵はなにを造りましょうか」

しのが姉様被《かぶ》りをして立ち上がった。

惣三郎だけが囲炉裏端に残されて、ぱちぱちとはぜる粗朶《そだ》を見ていた。

燃える火を見ているだけで惣三郎の心が落ち着いた。そして、寺村重左ェ門から米津寛兵衛まで、彼岸のかなたに去った人々の面影を懐かしく思い出した。

(次はこの金杉惣三郎の番か)

生あるものはいつか滅びる。

(その滅び方を考えるとき)

が惣三郎に迫っていた。

「師匠、万作が釣った金目鯛は造りと鍋にするように捌《さば》いたぜ。こいつで一杯飲むと堪《こた》えられないぜ」

昇平の大声が響いて、昇平とみわが笊《ざる》に捌いた金目を運んできた。

「父上、大ぶりの金目が二尾もございました」

みわの声も弾《はず》んでいた。

「ならば母上に造りにしてもらえ」

葉月も結衣も戻ってきて、夕餉の仕度が始まった。

台所に女が四人も立っているのだ、華やかであり壮観だ。

「みわ様、火の番でもしようか」

竈の前に座ろうとする昇平をみわが、

「鍾馗様にでーんと居座られたんじゃあ、動きがつかないわ。昇平さんと父上はお風呂に入ってきてくださいな。手拭はほれここに、父上の着替えはあちらに」

とみわに仕切られ、男二人は風呂場に向かった。

母屋の一角に風呂が造られたのは足腰が弱くなった寺村重左ヱ門のことを考えてだ。

「おおっ、こいつは立派な五右衛門風呂だぜ」

大きな風呂を見た昇平が叫び、

「師匠、背中を流すぜ」

と手桶《ておけ》に加減をした湯を汲んで流しかけてくれた。

「極楽極楽」

先ほどまで人生の行く末を考えていた惣三郎は、ひと掬《すく》いの湯にこの世の極楽を感じて、幸せ気分に浸りきった。

湯船に浸《つ》かった惣三郎に流し場の昇平が、

「江戸からの連れは、五人か六人だぜ。二人ほどが屋敷者のように見えたがねえ、残りは無頼《ぶらい》の剣術屋だ。覚えがあるかい」

と言った。

「昇平、うちの一家が目当てではなかろう」

と差し障りのないところで伊吹屋に降りかかった災難を説明した。

「なんてこった。馬鹿げた考えを起こす野郎は後を絶たねえな」

「そういうことだ」

「まさか押し込み強盗の真似《まね》もすまい」

「と思うがな」

交替で汗を流し、体を温めた男二人が囲炉裏端に戻るとすでに造りがきれいに出来上がっていた。

「しの、そなたらも交代で湯に入ってこぬか。さっぱりして夕餉を食そうぞ」

惣三郎の言葉に、

「ならば葉月さんと結衣が入りなされ」

「いえ、しの様がお先にございます」

と遠慮する葉月の手を引いて、結衣が湯殿に連れていった。

「よし、おれが酒番だ」

男所帯のめ組で酒の燗《かん》のつけ方から叩き込まれた昇平は、手際よく燗をつけた徳利二本を惣三郎の下に運んできた。

「おみつさんが春大根の浅漬けを届けてくれました」

しのが当座の菜を運んできた。

「師匠、まずは一杯」

大ぶりの盃に昇平がたっぷりの酒を注いだ。

「そなたも付き合え」

「大丈夫かねえ」

江戸からの尾行者を昇平は心配した。

「身元が知れておる。まあ、愚かな真似はすまい」

と言う惣三郎の言葉に、

「ならば少しだけ相伴《しょうばん》させてくだせえ」

と昇平の盃にも酒が満たされた。

口に含んだ酒が陶然と喉《のど》を落ちる。

「うめえ、湯上がりの酒は格別だ。いや、江戸で飲む酒と違うようだぜ」

「菊屋敷で飲む酒の味を忘れておった」

惣三郎は江戸の長屋暮らしに追われて、つい忘れていたことをほろ苦く思った。

「おまえ様、先ほど井戸端に参りますと梅の香りが馥郁《ふくいく》と漂っておりました」

「もはや子供たちも大きくなった。しの、本気で菊作りを再開せえ」

「そうでございますな」

竈に火が入り、囲炉裏も赤々と燃えていた。

それが夫婦の心を温もりのあるものにしていた。

賑やかに葉月と結衣が湯から上がってきて、交替でしのとみわが風呂場に行った。

囲炉裏端に娘が二人座って明るくなった。

町育ちの葉月は囲炉裏が嬉しいらしく、

「温かいものにございますね。それに火を見ていると心が落ち着きます」

と言う。

「葉月さんの年頃はなにかと悩みが多いんじゃねえか」

「鍾馗様はもう悩みの年頃を過ぎましたか」

「結衣様、こう見えても鍾馗の昇平、どっしりと腹が座って達観の境地よ」

「おや、まあ、達観なされたのは姉上の我儘《わがまま》に付き合ってきたからかしら」

「大きな声では言えぬがそんなところだ」

結衣が手を叩いて笑った。

「みわは気が強いでな、鍾馗もお守りに苦労しよう」

「昇平様はみわ様のお守り役にございますか」

「葉月さん、姉上は昇平さんに頼り放題甘え放題なんです」

「まあ、頼られるのは悪い気持ちじゃない、結衣様」

「昇平さんがそんな風に甘いから姉上が図《ず》に乗られるのよ。しっかりしなくちゃあ」

結衣に注文を付けられた鍾馗が大きな体を小さくした。

「だれが図に乗っているって」

みわが湯から上がってきてさらに囲炉裏端が賑やかになった。

その夜、金目の刺身に金目の粗《あら》で寄せ鍋にした。

「江戸前の海にはなかなか金目が上がらないそうだが、美味いな」

昇平は友達の万作が釣り上げた金目鯛をしゃぶるように食べ尽くした。

「ほんとうに美味《おい》しゅうございますね」

葉月たちも夢中で食べた。

「こんな風に賑やかに食べるのは初めてのことです」

「葉月さん、うちではいつもそうよ」

「お武家様の家ではもっと静かに食膳を囲まれるかと思っておりました」

「武家といっても長屋暮らしの素浪人金杉惣三郎の一家だもの、こんなものよ」

みわが応じて、しのが、

「それでは我が家が礼儀知らずのようではありませんか」

と苦笑いした。

女たち四人が奥座敷二つに四つの床を並べて就寝し、囲炉裏のある板の間近くの座敷に金杉惣三郎と昇平が寝た。

「師匠」

と惣三郎に昇平が声を掛けたのは夜半過ぎのことだ。

「愚かなことはすまいと思うたが」

呆れたような声で惣三郎が応じた。

「ここは昇平に任せてくんな」

「怪我《けが》はさせるでないぞ」

師弟が言い合い、二人は床から出た。

二人が待ち受けているとも知らず、江戸からの尾行者たちが菊屋敷の周りをうろついたあげくに裏戸を持ち上げて外した。

埋《うず》み火《び》になった囲炉裏端に風が吹き付けた。

だが、すぐには侵入してくる気配はない。さらに間があってようやく土間に影が差した。

昇平が道中に観察していたとおり、影は六つ。

金杉惣三郎が埋み火を掻いて火を立てた。

「あっ」

という悲鳴が上がった。

金杉惣三郎が燃え上がった火を利用して、引き寄せていた行灯《あんどん》に明かりを移した。すると侵入してきた者たちの風体をぼおっと浮かび上がらせた。

「なんぞ御用かな」

独《ひと》り囲炉裏端に座す惣三郎が問うた。

「引き上げましょう」

と頬被りした屋敷奉公の若い侍が怯《おび》えた声を上げた。もう一人の侍が、

「馬鹿を抜かせ、娘を連れ出すぞ」

と応じると、先生方、と浪人剣客に呼びかけた。

「承知した」

四人の剣術家たちを率いる巨漢が答えると、

「この家に伊吹屋の娘がおろう。おとなしく渡してもらおうか」

と惣三郎に言った。

「屋敷者の二人は旗本花房職勝どのの奉公人か、それとも家老板取五郎左衛門どのの手先か」

惣三郎の推量の言葉に二人の屋敷者が仰天《ぎようてん》して、若い侍が思わず聞いた。

「な、なぜそのようなことを」

「この屋敷の主がだれか承知で押し入ったとは思えぬな」

惣三郎の問いかけに若い侍が、

「島村様、ここは引き上げを」

と年長の侍に言った。

惣三郎は、花房家の用人どもかと胸の中で頷いた。

年配の者が用人の島村杉平だった。

「多野村三五郎《たのむらみつごろう》、この期に及んで引き上げなどできるか。相手は一人だ、先生方、叩きのめして娘を予定どおりに江戸に連れ帰りますぞ」

名前を呼び合うなど、なんとも不注意な侵入者たちだ。

「よかろう」

浪人剣客たちが剣を抜きつれた。

「愚か者どもが」

剣客の一人が土間から板の間に飛び上がろうとしたとき、

「待て待て、おめえらの相手は師匠じゃねえや。この鍾馗の昇平様が車坂一刀流石見道場仕込みの面打ちをお見舞えするぜ」

と昇平が土間の暗がりから姿を現わした。

その手には江戸から突いてきた五尺ほどの棒があり、それをぶんぶんと振って見せた。

女四人の供だ、荷があれば天秤棒《てんびんぼう》代わりに使おうと考えて持参したものだ。

「おのれ、町人風情が」

浪人の頭分も巨漢だが昇平ほど背丈は高くなかった。だが、貫禄十分の体格で胸が厚く、横幅もあった。

「おめえの名を聞いておこうか」

昇平が棒を上段に振りかぶりながら聞いた。

巨漢が、

「東軍《とうぐん》一刀流海部又兵衛《かいふまたべえ》、剣の錆《さび》にしてくれん」

と喚《わめ》くと昇平に応じたように上段に構えた。

三人の仲間が海部の左右に散り、二人の奉公者がその後方で戦いの行方を見守った。

惣三郎は囲炉裏端から動く気配もない。そのかたわらには愛刀の高田酔心子兵庫も見当たらなかった。

昇平と海部が対峙する菊屋敷の土間は広く、梁《はり》も高くて巨軀《きょく》の二人が手にした刀や棒が当たる心配はなかった。

間合い一間で睨《にら》みあった二人は、しばし動かなかった。

海部は昇平が名乗った車坂一刀流石見道場の名をどう考えるべきか迷っていた。猛稽古で鳴る石見道場の試練を町人が受けるわけもない、またその構えとも思えなかった。

昇平は上段打ちの構えをわざと隙だらけにしていた。

金杉惣三郎が自在鉤《かぎ》に掛かった鉄瓶《てつびん》を摑《つか》み、手近にあった茶碗に湯を注いで、喉を鳴らして飲んだ。

「甘露甘露」

酒のせいで喉が渇いていた。

「ふうっ」

と一つ惣三郎が息をついた瞬間、

「ほれ、来ねえなら鍾馗様から参るぜ」

と昇平が間仕切りを切って突進した。

海部もまた昇平に呼応するように踏み込んだ。

一瞬の裡《うち》に二人の上段からの振り下ろしが互いの脳天を捉《とら》えんと雪崩《なだ》れ落ちた。

だが、石見道場で、

「鍾馗の一撃は神業、目にも留まらぬ」

と評判の振り下ろしは海部又兵衛の剣の動きよりもはるかに勝っていた。

こーん
と乾いた音が響いて、海部の巨体が押し潰されるように土間に転がった。

昇平が再び上段に戻した棒を威嚇《いかく》するように動かしつつ、

「お次はだれだえ」

と聞いた。

三人の仲間は昇平の上段打ちに圧倒されて尻込みした。

「島村とやら、この次は相手のことをよう調べて参れ。それとも鍾馗様を今少し暴れさせようか」

惣三郎ののんびりした声が響き、ついでに欠伸《あくび》をした。

「眠りを邪魔されて、ちと機嫌も悪うなってきた。早う又兵衛を連れて引き上げよ」

惣三郎の声に浪人たちが剣を納め、三人がかりでずるずると土間から外へと引き出した。

島村と多野村が呆然とその様子を見ていた。

「これに懲《こ》りてな、宮川藩や堀田正陳様の沽券《こけん》に関わるような悪さはせぬものよ」

惣三郎の言葉を頰被りした二人が聞くと、脱兎《だっと》のごとくに外の闇へと飛び出していった。

「師匠、他愛もねえ連中だぜ」

「今どき、剣で飯を食おうという手合いだ、あの程度のものよ」

惣三郎がまた欠伸をした。

「昇平、眠るか」

第二章　追立屋手妻《てづま》の侘助《わびすけ》

一

江戸の町に残寒の日が続いた。

そんな寒さの中、火付けが横行した。

風の強い夜には風烈昼夜、廻り同心たちだけではなく、定廻り、臨時廻り同心も狩り出されての警戒が続いていた。

ちなみにこの年、享保八年（一七二三）だけで江戸の放火件数は七十六件を数えることになる。

江戸いろは四十七組の町火消しの総頭取辰吉は各組の頭取と連日のように会合して、夜回りの警戒など火付けを未然に防ぐ策に追われていた。そんなわけでめ組の御用は実質的には若頭の登五郎の手に移っていた。

辰吉はすでに隠居の年だ。だが、

「こう火付けが多くちゃあ、隠居なんぞしていられるかえ」

とお杏の心配をよそに余寒の残る江戸の町を駆けずり回っていた。

大川端の荒神屋でも小頭の松造が中心になって、臨戦態勢を敷いていた。いつ火付けが起こり、火に巻き込まれた得意先から再建の手伝いをと火事場始末を頼まれないとも限らないからだ。

火事場始末は人の不幸で飯を食う商いだ。半鐘が、
じゃん
と鳴って火事が広がり、顔見知りの大店《おおだな》が類焼してようやく仕事の注文を受ける。なんとも複雑な商売なのである。

とめと芳三郎の親子が大川端の荒神屋の二軒長屋に引っ越してきた日の昼下がり、長屋ではささやかな引越しの祝いが催されることになった。

喜八が図面を引き、松造や元大工の千代松《ちよまつ》が火事場の燃え残りの材木で建てた長屋は二階屋二棟だ。

とめと芳三郎の親子が引っ越してきたのは木戸口に近い長屋であった。俗に江戸の長屋の代表を棟割《むねわり》の九尺二間というが、荒神屋のそれは変わっていた。

二棟のうち、一軒の一階は古材の置き場で、二階が住居という珍しいかたちだった。その上、奥の四畳半はそのままだが、竈のある板の間が九尺二間の長屋よりも広かった。また夜具や道具を収納する戸棚も設けられていた。

「おう、こいつは広くて使い勝手がいいやね」

引越し祝いの仕度をするとめが何度も同じ言葉を繰り返しては喜んだほどだ。

二階長屋二棟の間に井戸があり、そのかたわらに荒神様を祀《まつ》った祠《ほこら》があって梅の木が三本ばかり植えられ、女たちのおしゃべりや子供たちの遊び場に使われる小さな空き地になっていた。せいぜい十坪ほどだが、松造がご大層にも荒神屋広小路と名付け、だれもが、

「広小路」

と呼び習わす広場に筵《むしろ》が敷かれ、ちゃぶ台が持ち出されて、その上に豆腐田楽《でんがく》などが並べられ、長屋全員が集まった。

荒神屋喜八と金杉惣三郎が連れ立って広小路に顔を出すと、

「これで顔ぶれが揃ったぜ」

と松造がすぐに二人に茶碗を持たせて、酒を注いだ。

「とめさん、挨拶しねえか」

荒神屋の大家を任じる松造の声に、

「えっ、挨拶をするのかえ」

と驚いたとめが、

「大川端の作業場は長いが、長屋は新入りだ。よろしくお願い申します」

と神妙にぺこりと頭を下げた。

「任せておきなって」

「よろしくね」

の声が呼応して宴が始まった。

とめは一杯の酒に真っ黒に日焼けした顔を赤らめ、

「あんな亭主でもいればどんなに喜んだか」

と瞼を曇らせた。

もともと、荒神屋の人足だったのは亭主の権六だ。酒が好きで体を悪くして、早死にした権六を惣三郎もよく知っていた。

「とめさんさ、あれだけ苦労させられた権六じいさんでも懐かしいかねえ」

松造がからかうと、

「小頭、私が肌身を許したただ一人の人だからね」

と惚気《のろけ》られて、

「権六じいさんがあの世で照れているぜ」

と言う松造と掛け合いに一座が笑いで揺れた。

「親方、長屋造りは英断でございましたな」

「前の作業場上の小屋は大水が出れば、おちおちと寝てもいられませんでしたからな」

大川端の荒神屋の作業場の二階に人足のための宿泊場があったのが、そもそも長屋の始まりだ。それを土手の上に借地を見つけて、二棟の長屋が建てられたのだ。一軒の二階屋は家族持ち、古材置き場のある方は夫婦者や独り者と分けられた。

住人たちはすべて荒神屋の人足で、ここにいれば職と住が保証されていた。

「建てて二年、ようやくしっくり馴染んだというやつだ。それもこれも大家の差配がいいからだねえ」

松造が自画自賛した。

「おまえさん、大家らしいことを一度だってやったことがあるのかい。屎尿《しにょう》の始末から出入りの棒手振《ぼてふ》りの仕切りまですべて女衆がやっているんだよ」

「そうだそうだ。小頭が張り切るときは飲み会のときだけだ」

女房のお由《よし》や女たちに突っ込まれて、松造もたじたじとなった。

「だからさ、おれは皆を表に立ててさ、陰でひっそり差配をしているんだよ。こいつが簡単なようでなかなか難しい」

「へえっ、それは知らなかったねえ」

とさらに追い討ちを掛けられ、

「親方、小人と女は養い難しだぜ」

とぼやいた。

「芳三郎、どうだ、荒神屋の仕事には慣れたか」

豆腐田楽を頬張るとめの三男に惣三郎が尋ねると、

「焼けぼっくいを引き切る仕事なんぞはつまらねえ。おれも火事場に出てえや」

「まあ、何事もな、最初が肝心。つまらないと思う仕事がこうやって皆さんの暮らしを支えているのだ。しばらく辛抱して体をつくれ」

芳三郎はただ頷いた。

惣三郎は帰り道、南八丁堀の花火の親分の家に立ち寄ってみた。

連日、夜回りが続いていると聞いたからだ。すると房之助親分と西村桐十郎が火鉢の前で酒を飲んでいた。どうやら外回りから帰ってきたばかりの様子だ。

「ちょうどよいところに来られた。一杯付き合いませんか」

「親分、酒はすでにいただいた」

惣三郎はとめの引越し祝いのことを二人に話した。

「おや、とめの一家も荒神屋の長屋の住人になりましたかえ」

台所にいた静香《しずか》姐《ねえ》さんが惣三郎の話を聞いて、茶を淹れてきた。

「火付けが流行《はや》っているというが、今のところ大事に至らずに済んでおるようですな」

「金杉さん、今度の火付けは様子がおかしい」

と言い出したのは、盃を手にした西村桐十郎だ。

「いえね、火付けなら年の暮れに集中するものだが、昨年の秋ごろから流行り始めた。それにさ、嫌な噂が頻《しき》りに流れてやがるんで」

「嫌な噂とはなんですね」

「火付けに遭ったのは府内の目抜き、どこも商いをするには絶好の角地だったりするんですよ。そこにはねえ、昔から住人が住んでいる。そんな場所ばかりが狙《ねら》われて火付けに遭っている」

「どういうことにございますかな」

金杉惣三郎は桐十郎の言葉の意味が理解できなかった。

「火付けに遭ったうちのいくつかは、家作の持ち主が出て行けだの店子が出て行かぬなど揉め事になっていたところが多い。火付けをして焼き、店子を追い出しても新たには長屋を作らない。そうこうしているうちにいつの間にか土地がだれぞに買い取られているという、そんな具合なんで」

「だれかが陰でそのようなことを画策していると言われるのですか」

「どうもそんな按配《あんばい》なんで。噂によると上方から下ってきた追立屋《おいたて》がいるらしいのです」

追立屋とは初めて聞く言葉だ。

限られた江戸の一等地を舞台に火付けをして更地にし、その後、転売する組織的な仕事師が追立屋だと桐十郎は言った。

「この手口、大坂で流行ったのが最初らしく、江戸にも飛び火したのです」

「許せぬな」

「許せませぬ」

桐十郎が言い切った。

「大岡様もそのような者の暗躍を許すなとわれらに檄《げき》を飛ばしておられますが、なにしろ今のところ正体が摑めない。ここのところ夕餉は、花火の親分ともどもこの刻限になるのです」

「それはご苦労にございます」

この夜は、火付けの話はそんな問答で終わった。

「火事場で鍾馗様から聞きましたが、葉月さんに災難が降りかかっているのだそうでございますね」

「こちらは宮川藩と相手が分かっておる」

惣三郎は二人に経緯を話した。

「いずこも金に詰まると、つまらねえ考えを起こしやがる」

「まあ、過日、昇平に痛い目に遭わされたでそれ以上のことはすまい」

「昇平が威張ってましたよ、脳天を一発軽く撫《な》でたら、腰砕けだとね」

「親分、あやつの脳天打ちは車坂の名物だからな。まあ、数日は耳鳴り、頭痛に悩まされよう」

「金杉様、これで無事に終わるとよいのですが、わっしの勘だとまだ二幕目がありそうだ。伊吹屋さんはご町内のようなもの、わっしも精々顔を出しましょうか」

「そう願うと心強い」

男たち三人の話が途切れたとき、静香が、

「しの様からうちまで扇屋の釜焼き玉子をいただきました。話には聞いてましたがおいしいものですね」

「うちもいただいたが美味でした。野衣と二人では食いきれませぬ、ちょうど訪ねてきておった産婆に半分上げたほどです」

桐十郎も言い添えた。

ことの起こりは葉月が、

「お父つぁんとおっ母さんに食べさせとうございます。土産に買っていけましょうか」

と言い出し、昇平も姐さんに買っていくと口を揃えたのである。

そこで伊吹屋、め組、花火の親分、西村家と四つ釜焼き玉子を注文して、昇平が江戸まで背負ってきたのだ。

「静香どの、しのがまた本腰を入れて菊作りを始めたいと言い出しましてな、時折、飛鳥山通いをするようです。姐さんも時に南八丁堀を離れて、のんびり飛鳥山で過ごされてはいかがかな」

「飛鳥山か、上様が桜を植えるようお命じになった新名所だそうですね。まだ訪ねたことはございません」

「静香、いい話じゃねえか。しの様を手伝って菊作りをするなんぞはよほどのんびりするぜ」

「すると稽古を休むことになるね」

静香は手踊りの師匠でもあった。

「時に稽古を休むのも弟子孝行だぜ。女だけで泊まりがけで春の桜見なんぞはいいな。お杏さんも半次郎《はんじろう》さんを連れてきっと行くというぜ」

め組の登五郎とお杏の間に生まれた半次郎は三つになって可愛い盛りだ。

「しの様や姐さん、お杏さんが行くとなりゃあ、うちの野衣も行きたいでしょうな」

「旦那、野衣さんは春にはお産ですよ、秋口になれば赤ちゃんと一緒に駕籠で行けましょう。それまで辛抱ですよ」

「そうだな、その前にお産が控えていたな」

ひとしきり飛鳥山行きで話に花が咲いた。

「しの様がそんな気になられたのは、みわ様も結衣様も手が掛からないほどに育たれたからですよ」

房之助が言い出した。

「そういうことかな。親としてはちと寂しい気もするな」

「そんなものですか、親の気持ちは」

初めての子をこの春に持つことになった桐十郎が応じて、

「こればかりは私ども夫婦には生涯分からぬ気持ちですね」

と静香が寂しそうな顔をした。

花火の房之助と静香夫婦に唯一つ欠けているものが子供だったのだ。

「静香、こればっかりは仕方ねぇやな」

房之助がさらりと躱《かわ》して、

「これは湿っぽい話になったね。熱い茶を淹れようか」

と静香が立ち上がった。

金杉惣三郎が南八丁堀の花火の親分の家を出たのは、五つ（午後八時）過ぎのことだ。

いつものように白魚屋敷の脇から京橋口に出て、無意識のうちに伊吹屋の様子を眺めた。

むろん刻限が刻限だ、大戸は閉じられていた。

（変わった様子はないな）

独りごちた惣三郎は、東海道を南に向かって進んだ。まだ町内の木戸は開けられている刻限だ、通りには往来する人や駕籠があった。

（清之助はどこを旅しておるか）

筑前《ちくぜん》福岡藩の木下図書助《きのしたずしよのすけ》から尾張柳生七人衆の木場柳五郎《きばりゆうごろう》と清之助が決闘した様子を知らせてきたのが最後の報だった。

福岡を発った清之助がどちらに足を向けたか、惣三郎には想像のつかぬことであった。

（神明社に清之助の武運をお参りしていこうか）

と思い立った金杉惣三郎は宇田川町《うだがわ》から三島町《みしま》への裏町に入り、芝神明《しばしんめい》の北側の門から拝殿に向かおうとして、人の通りの多い東海道を外れた。

その瞬間、尾行者の気配に気付いた。

性懲りもなく花房家の連中が付きまとうか、と惣三郎が考えたのは、京橋口でしばらく伊吹屋の表を見ながら佇《たたず》んでいたからだ。

まあ、それならば致し方ない、出てきたら出てきたところだと芝神明の境内に入っていった。

いまや芝神明と土地の人間に言い習わされる飯倉《いいぐら》神明宮は金杉家の守り神ともいえた。

特にしのはなにか不安に思うとき、お百度を踏んだりして寛弘《かんこう》二年（一〇〇五）に勧請された芝神明に助けを求めていた。

惣三郎は、手洗い場で口を漱《すす》ぎ、酒の残り香を消した。

拝殿の前で回国修行中の清之助の武運と一家の安全を祈願して、社殿を後にした。

(違うな)

金杉惣三郎は思った。

尾行者は過日、飛鳥山の菊屋敷に襲いきた連中とはまるで違う、凄《すご》みのある殺気を漂わせていた。

その上、どこの闇に潜んでいるのか、推量もつかない。

惣三郎は、高田酔心子兵庫の鯉口《こいぐち》を静かに切って、その瞬間に備えた。だが、ゆっくりとした歩みは止めなかった。

芝神明の門前は南に、増上寺《ぞうじょうじ》の大門に向かって開かれていた。

その門前が近づいてきた。

金杉惣三郎は足を止めた。

尾行者を長屋まで誘いたくはなかった。

「闇に潜めし方にもの申す。金杉惣三郎、襲われる覚えなし。そちらに仔細《しさい》あらば姿を見せられよ」

闇は森閑として動かなかった。

だが、数瞬後には気配も見せずに殺気は消えていた。

(恐るべき相手かな)

惣三郎は小さく息を吐いて、切った鯉口を戻した。

二

金杉惣三郎が長屋の木戸を潜る前に力丸が吠えて、主の帰宅を一家に告げ知らせた。すると戸が開いて、

「父上、早く早く」

と結衣が呼びかけた。切迫した様子はなく、なにか異変が起こった風もない。どことなく末娘の顔に期待の感じがあった。

「なんぞはしゃぐ出来事があったか」

「母上が昼過ぎより父上の帰りを今か今かとお待ちにございます」

「なにがあった」

「当ててご覧なさい」

惣三郎は腰から大小を抜いて結衣に渡し、敷居を跨《また》いだ。するとしのとみわが惣三郎を迎えに上がりかまちまで出ていた。

「悪い話ではなさそうだ」

「おまえ様、清之助から手紙が参っております」

しのが待ちかねたように叫んだ。

「そういうことであったか」

三人の女たちに引き上げられるように惣三郎は居間に連れていかれた。

長火鉢の上に、油紙に真田紐《さなだひも》がかけられた包みがあった。

「手紙ばかりではなさそうだ」

「なにが入っているのか触っても分かりませぬ」

と言ったみわが、

「父上、紐を解いてもようございますか」

と許しを乞《こ》うた。

しのが惣三郎のかたわらにぴたりと座り、結衣が行灯を運んできた。

「これ以上、待たせるわけにはいくまい」

みわが手立てを何度も考えたかのように手際よく真田紐を解いて、油紙を開いた。すると書状ともう一つ小さな紙包みが出てきた。

「まずは兄上の手紙を読んでくだされ」

書状を渡された惣三郎は、封を披《ひら》いた。

「父上様、母上様、みわ様、結衣様、ご壮健にお暮らしの事と遠き伊予《いよ》の地より拝察致しております……なんと清之助は四国の伊予におるそうだぞ」

「おまえ様、先を」

しのに催促されて惣三郎は、続きを読み上げた。

「江戸を出てより一年有余、周防《すおう》の三田尻湊《みたじりみなと》から島伝いに便船、漁師船を乗り継ぎ、伊予の宇和島《うわじま》湊に上陸、ただ今も御城下に滞在致しております。四国は遍路八十八箇所の霊場巡りの地にございますれば清之助も遍路の方々に混じり、菩提《ぼだい》の道場と称される伊予路を宇和島から大洲《おおず》、松山へと向かう所存にございます。四国の遍路道は阿波《あわ》の発心《ほっしん》の道場を経て、土佐の修行の道場を巡り、菩提の道場の伊予にと順に回るのが常道にございましょう。ですが、清之助はいきなり『あらゆる煩悩を断ち切って得られるという悟りの境地』の遍路道から霊場巡りを始めることと相なりました。これも未熟者の清之助らしい行為かとお笑いください……なんと大人になったことよ」

惣三郎が囁《ささや》き、しのの目はすでに潤んでいた。

「父上、さあ早く」

みわに急《せ》かされた。

「父上、母上、清之助は五体壮健にて遅々たる歩みながら武者修行の道に邁進《まいしん》致しておりますればご安心くだされ。これまでの道程はあちらを放浪し、こちらをさ迷う日々にございまして、清之助の行動はすべて天が下せし啓示にて動かされているようにも思えます。

宇和島は伊達《だて》様十万石のご城下にて当代様は伊達村年《むらとし》様、仙台藩主の伊達政宗《まさむね》様お血筋ゆえに文武両道の気概満ちて、武術も弓術、馬術、水軍と盛んにございます。剣術は田宮《たみや》流、飯篠《いいざさ》流、真蔭《しんかげ》流が競い合って切磋《せっさ》なされております。

清之助は飯篠流杉山賢太郎唯成《すぎやまけんたろうただしげ》道場に寄寓して教えを請う毎日にございます。

さて過日、修行の合間を縫って藩士の方々が霊場の一、平城山観自在寺《へいじょうざんかんじざいじ》に案内くだされ、詣でて参りました。その折、求めましたお札を母上に買い求めましたゆえに同封して送ります。母上がいつまでもお健《すこ》やかにお暮らしなされますように護摩《ごま》を焚《た》いていただいてきましたもの、清之助の無事修行の印にございます……」

「清之助がそのようなことを」

と言うと、しのがわあっと声を上げて泣き出した。

「兄上は未だ母離れがしておりませぬな」

とみわが厳しい口調で言った。

「姉上、母上が子離れしておられぬのかもしれませぬよ」

「まったく母上は兄上に甘く、兄上も母上に甘えることを心得ておられる。父上、先を読んでください」

よし、と応じた金杉惣三郎が最後の文面を読んだ。

「父上、旅に出て一代の剣術家金杉惣三郎の偉大さが身に染みましてございます。とは申せ、父上もまもなく五十路、どうか無理をなさらぬよう控え目にお暮らしください」

と読んだ惣三郎が、

「己の心配をしておればよいものを、父親にまで説教しおって」

と呟く惣三郎の声音もどこか嬉しそうだ。

「父上、先を」

「みわ、そなたは気が強い気性ゆえ、ものを言う前、行動する前にはとくと思案して言葉を発し、行動なされよ。結衣、いつまでも末っ子に甘えてはならぬ。母の手伝いをなし、力丸の散歩を忘れるでない……」

「なんとまあ、甘えておられるのはどちら様にございましょうな。姉上と私にもご注意にございますか」

「最後になりましたが石見銕太郎先生、師範代ご門弟衆、冠阿弥ご一家、め組の面々、荒神屋ご一統、大岡忠相様を始め南町奉行所の方々、花火の親分ご一家、伊吹屋の皆様方によろしくとお伝えください……清之助」

「なんとまあ、兄上の如才なきこと」

とみわが呟く。

「姉上、葉月様の名は上げてございませぬが、最後に伊吹屋の皆様方にと書かれたところが憎うございますよ」

「まったく素直に名を上げて一言添えればよいものを」

姉妹が言い合ったがどちらの顔も清之助の無事と心遣いに紅潮していた。

「母上、包みを開けてようございますか」

結衣が包みに手をかけて開いた。

そこにはしのばかりか、みわ、結衣、そして、葉月とそれぞれに宛てたお札とお守りが入れられていた。

しのが自分の名の書かれたお札を胸に押しいただいて、またひとしきり涙を流した。そして、仏壇の前に行き、灯明《とうみょう》を点《とも》して先祖の霊に清之助の無事を祈り始めた。

「清之助の筆跡がしっかりとして参ったな。父は清之助の年にはかようにも堂々とした字は書けなかったぞ」

「父上は豊後相良藩でも名高いかなくぎ惣三にございましたからな」

みわが言うかなくぎ惣三とは、惣三郎が右筆《ゆうひつ》としてご奉公のみぎり、あまりにも下手な字を分家の当主が蔑《さげす》んだ言葉が藩内に広がり、当人も、

「このかなくぎ流では揶揄《やゆ》されるのも致し方なし」

と納得していたことに由来する。

「兄上はそっと葉月様のお守りまで同封されるなど、なかなかやりまするな」

「結衣、母上は別格にして、私ども二人は付け足しです。葉月様にお札を送られることこそ兄上の真意です」

姉妹はいつまでも清之助の気持ちをあれこれと言い合った。

清之助が回国修行に出立して初めて寄越した手紙に、みわも結衣も興奮していたのだ。

「まずは無事で修行に勤《いそ》しんでおる様子、一安心致した」

惣三郎もほっとして安堵の言葉を漏らした。

「みわ、父に熱い茶を淹れてくれぬか」

「夕餉はどうなされますか」

布巾《ふきん》がかかった膳が残されていた。

「とめどのと芳三郎の引越し祝いで馳走になったで、腹は空いておらぬ」

みわが手際よく茶を淹れてくれた。

惣三郎は先ほど芝神明で襲われそうになったことなど清之助の手紙ですっかり忘れていた。

「いやはや、倅に五十路になるゆえ無理をするな、控え目に暮らせなどと言われるようでは金杉惣三郎も終わりだな」

「父上、えらく嬉しそうに聞こえます」

みわが笑いかけ、結衣が、

「明日、伊吹屋さんを訪ねて葉月様にお札を届けてようございますか」

「そうしてくれるか。葉月さんはいつも清之助のことを案じておられるからな」

結衣に許しを与えた。

「父上、兄上がおられる伊予国はどんなところにございましょうな」

「豊後水道に面して、相良と向かい合った土地だ。父も訪ねたことはないが温暖の地と聞いたことがある。四国の霊場巡りをしながらの修行、後々よき思い出になろう」

と答えた惣三郎はふと思いついた。

どこぞの霊場に手紙を送れば、ひょっとしたら清之助の手に渡るかも知れぬという考えだ。というのも米津寛兵衛の死を知らせたいと思ったからだ。

（そうするか）

金杉惣三郎はその夜二通の手紙を書き上げた。

一通は伊予松山城下の五十番札所の東山繁多寺《ひがしやまはんたじ》の僧坊に宛てた手紙で、寺を訪ねるはずの金杉清之助に知らせを張り出してくれぬかというものだった。そして、もう一通は清之助自身に宛てた手紙であった。

その翌朝、石見道場の稽古の後、鉄太郎、棟方新左衛門らといつもの朝餉《あさげ》の膳に着いたとき、惣三郎は清之助から届いた手紙のことを一座に告げた。

「どうりで今朝の金杉さんは一段と張り切られたわけでございますな。倅から無理をするななどと言われては立つ瀬もございますまい」

鉄太郎が笑った。

「まったく父親を年寄り扱いにしくさって」

そう言いつつも惣三郎の綻《ほころ》んだ顔に新左衛門が、

「清之助どのは一段と腕を上げられたようですね」

「さてそちらはどうですかな」

惣三郎は米津寛兵衛の死を告げる手紙を書いたことと、その手紙を五十番札所気付にしたことを告げた。

「金杉さん、それを聞いて、それがしにも一つ考えが浮かんだ。宇和島の飯篠流杉山賢太郎唯成道場で修行なされたということは、松山城下の新当《しんとう》流久坂信佳《くさかのぶよし》様の下を訪ねられるは必定《ひつじょう》。それがし、その昔、回国修行の折、お二方と京において同じ釜の飯を食ったこともござればな、よく二人を承知しております。一筆、久坂どのに宛てて手紙を認《したた》め、繁多寺を訪ねて父の手紙を回収せよと言い付けましょう」

「それなれば万全にございますな、お頼み申します」

惣三郎は鉄太郎に願うことにした。

しのと結衣はその昼前に伊吹屋を訪ねた。

葉月のお札を届けて、清之助の無事を知らせるという結衣に、

「母も一緒しては迷惑ですか」

としのが言い出した。

「迷惑もなにも、結衣はかまいませんけど」

そんなわけで京橋まで親子一緒に出向くことになったのだ。

店先に立ったしのと結衣にちょうど居合わせた伊吹屋金七が、

「これはしの様、先日は葉月がえらくお世話になった上に、なんでもまたよからぬ者たちが飛鳥山まで押しかけたとか。お詫びにと思うていた矢先にございます。ささっ、奥へどうぞ」

と招じ上げようとした。

「いえ、今日は小さな届け物に参っただけにございます」

「おや、なんでございましょうな」

「清之助が初めて手紙を寄越しまして、なかに葉月様へとお札が入っておりました」

「それは大変だ、ともかく上がってくだされ。このままお帰ししては葉月に叱られます」

「それではご迷惑」

「いえ、葉月に会っていただかねば、後でなんと言われるか」

押し問答をする二人に、

「母上、葉月様にお会いになる気で参られたのでございましょう。かたちばかりの遠慮は可笑《おか》しゅうございます」

と結衣が言うと赤面したしのが、

「ではちょっとだけ」

と店先から奥へと通った。

清之助の近況とお札を貰った葉月の喜びようときたら、顔に笑みが浮かぶのを抑えきれないでいた。

「伊予というところはどんなところにございますか」

「父上が申されるには四国八十八箇所の霊場巡りの伊予道が通っておるそうです」

「江戸から遠いのでございましょうね」

「陸路と海路を使い、二百七十八里と覚えているがな」

金七が商いの取引でもあるのかすらすらと答え、

「二百七十八里にございますか」

と葉月が深い溜息を吐いた。

しのが話題を転じた。

「伊吹屋さん、飛鳥山以来、あちらの方からはなんぞ働きかけはございますか」

「それがですよ、め組の昇平さんにこっぴどい目に遭わされたのがよほど堪《こた》えたか、どちらからもなんの挨拶もございませぬ。これで終わるとよいのですが」

飛鳥山の深夜の訪問者らを相手したのは惣三郎と昇平二人だけだ。だが、しのは気配で承知していた。

翌朝、そのことを知らされた三人の娘たちは、

「なんということでしょう。ぐっすり眠り込んで気付かなかったわ」

と驚いた後、みわが、

「鍾馗さん、なぜ私どもを起こしてくれなかったの。昇平さんのお手並みを拝見したかったわ」

と真剣に言ったものだ。だが、昇平は、

「みわ様を起こすほど大した相手じゃなかったよ」

と笑って取り合わなかった。

「ともかく金杉も、葉月様を勾引《かどわか》そうという手合い、どのような考えを起こすとも限らぬ、今しばらく葉月様にはご辛抱を、と申しております。外出は遠慮なされてくださいな」

「ならばどうか今日はうちでゆっくりしていってくださいな」

と葉月に頼み込まれた。

惣三郎は石見道場から大川端に向かう途中で、東海道に大きな間口を広げた芝神明町の札差《ふださし》冠阿弥に立ち寄った。

小売りをするわけではないから、人でごった返すことはないが大商いをする緊張が店にぴーんと漂っていた。

冠阿弥では本業の札差を中心に海運業などに手広く投資していた。その商いの実権を倅の治一郎《じいちろう》が掌握して、老番頭の忠蔵《ちゅうぞう》らが補佐していた。

「おや、近頃お見かぎりでしたな。もはや冠阿弥など忘れておいでかと思うておりました」

忠蔵が眼鏡越しに惣三郎を睨んだ。

「忠蔵どの、ちとお知恵を拝借に上がった」

金杉惣三郎は伊予に宛てた自分の手紙と石見銕太郎の手紙の二通を出して事情を告げた。

「むろん飛脚屋に頼めばよいことだが、冠阿弥様ならいろいろと便船を動かしておられる。伊予まで早く着く船がないかとお願いに参上した」

「簡単なことにございますよ、お預かり致しましょうかな」

忠蔵は明後日、摂津《せっつ》を経て、今治《いまばり》に向かう早船があると言った。

「お願い申す」

「清之助様は伊予におられますか。寛兵衛先生の訃報にはびっくりなされましょうな」

「不憫《ふびん》だがそれも宿命、旅の空の下で独り哀しむのも回向《えこう》の一つと思うてな」

惣三郎は用事を済ませて店先から立ち上がった。

「大旦那様は寛兵衛先生の弔《とむら》い以来、めっきり年をとられたようにございます。金杉様は多忙の身とは承知しておりますが、時に四方山《よもやま》話に立ち寄ってくだされ」

「膳兵衛様がのう、承知した」

惣三郎は頷くと店から東海道へと出た。

三

その日、昼過ぎから江戸に東風《こち》が吹き始めた。海から陸地へと吹きつける強い風だ。

「嫌な風になったな」

大川に波立つ白波を見て松造が言った。

生暖かい風はどこか心地悪かった。

「火が出なければよいがのう」

惣三郎も松造と並んで呟いた。

流れを行く荷足《にたり》船の船頭も櫓《ろ》を操《あやつ》るのに苦労していた。

喜八は外回りをして、留守だ。それだけに松造は風を気にした。

火事場始末は確かに火事があってなんぼの商いだが、大火事では商いどころではない。

そこそこの火事が商いの種なのだ。

「小頭、とめたちは長屋に慣れたか」

「知らない仲ではねえや。来た日から親子で長屋の主みてえな顔をしているぜ」

松造が笑った。

夕暮れ時、心配していたことが起こった。

川向こうの深川、仙台堀と小名木《おなぎ》川に挟まれた寺町から火が出た。

この界隈は浄心寺、雲光院、万浄寺、霊巌寺と大きな寺に囲まれて小さな寺が櫛比《しっぴ》していた。そんな寺町に住職もいなければ檀家もいない一軒の破れ寺があって、そこから火が出たのだ。

寺町の西側に門前町が広がり、下総関宿藩の下屋敷があったが、火は東風に煽《あお》られて寺地や町家に燃え広がろうとしていた。

半鐘の音が響き、火消したちが押し出す気配があった。

「小頭、様子を見てこようか」

人足の久八郎《きゅうはちろう》が荒神屋の持ち舟で大川を横切ろうかと聞いた。

「かなり波が立っているが大丈夫か」

「このくれえならなんてことはねえや」

久八郎の櫓の腕前は、船頭はだしだ。

「千代松、おめえも一緒にいけ」

松造は若い久八郎に元大工だった千代松をつけて、大川を横切らせた。

惣三郎らは、東風に乗って火の粉《ひこ》が大川の流れの上を飛び始めた様子を心配げに見ていた。

もし、こちら側に飛び火するようなことがあれば、町家を燃やしつくして御城に迫ることになり、大火事に発展しそうだ。

松造はとめら女人足は家に戻し、男衆を待機させた。

火が出て一刻余りもしたか、風向きがふいに変わり、夜空を焦がす炎も力を弱めたようだ。

「まずは火の勢いが落ちた。どうやら鎮火しそうだ」

「火消したちの出動が早かったのかねえ。あの界隈は水路が多いや、そいつが火除《ひよ》け地の代わりを果たした上に寺町、屋敷町で緑も多いからな。それが幸いしたのかもしれねえぜ」

と惣三郎と松造が言い合っているところに、長屋に帰ったはずのとめが血相変えて走ってきた。

「芳三郎はいないかえ」

「いないもなにも、おまえと一緒に戻ったじゃねえか」

「それがさ、夕餉の仕度をしているうちに姿を消したんだ」

「まだ遊びたい盛りだ。長屋の餓鬼《がき》と遊んでいるんじゃねえか」

「小頭、だれも芳三郎と遊んだ者などいないんだよ」

とめの狼狽《ろうばい》ぶりに惣三郎が口を出した。

「とめ、なんぞ心配事がありそうだな」

「それなんだ。芳の奴、火事場に出たいと言っていただろう。なんだか川向こうにすっ飛んでいったようでさ、気になるんだ」

「なんだって！　まだ餓鬼の芳三郎が火事場なんぞにいったら、火に巻かれるぜ」

折よく久八郎らの小舟が戻ってきた。

「火事はなんとか鎮まりそうだ。それにうちが顔を突っ込むような店はねえな」

久八郎の口ぶりはなんとも残念そうだった。

「久八、千代松、おれと代われ」

松造は火事場に芳三郎を探しに行く気だ。

「それがしも行こう」

惣三郎も飛び乗った。

松造が櫓を握り、

「芳三郎の姿が見えないんだとよ。おめえらもこの界隈を手分けして探せ」

と言い残すと小舟を流れに乗せた。

松造は小舟を永代《えいたい》橋の下流から上流へと斜めに突き上がるように漕ぎ進め、仙台堀に入れた。上之橋を潜《くぐ》り、海辺橋へ進むと堀には町奉行所の御用船が並び、両岸には町火消したちが押し出していた。

「小頭、南町の御用船だ」

惣三郎の言葉に松造は南町奉行所という提灯が掲《かか》げられた御用船のかたわらに着けた。

すると岸辺から、

「早や仕事の算段ですか」

南町奉行所定廻り同心の西村桐十郎の声が飛んできた。かたわらには花火の房之助、信《しん》太郎《たろう》や三児《さんじ》ら手先たちの姿もあった。

「そうではないのだ。とめの倅の芳三郎がどうも火事見物に来たらしいのだ。母親が心配しておるで、探しに来た」

「この騒ぎに子供が巻き込まれたらえらいことですぜ」

房之助が三児らに芳三郎を探すように命じ、それに松造も同行した。

「無闇に動いてもまだ火消したちの仕事に障りますからな」

桐十郎はでんと構えていた。

「火はどこから出たのです」

「宗光寺と昔は呼ばれていた破れ寺からなんですがねえ、どうも火付けの臭いがぷんぷんだ。門前町近くに立ち退け立ち退かぬと揉め事を起こしている家作が何軒かあるのです。そいつがきれいさっぱり燃えちまった」

「例の追立屋の仕事と申されるか」

「どうもそんな様子なのです」

桐十郎が答えた。

「門前町裏の長屋を追い立ててなにをしようというのだ」

「そのへんがまだ分からない。だが、追立屋の仕事なら必ずからくりがありますって」

桐十郎がおれたちの仕事はこれからだという顔をした。

惣三郎たちは、火消したちが引き上げた後も火事場付近に残り、三児たちが芳三郎の行方を捜し当てるのを待った。

三児や松造が戻ってきたのは一刻後だ。

松造が顔を横に振った。

「どうもこうも火事場の騒ぎの最中だ。子供が一人紛れてもだれも気がつかないや」

「小頭、ひょっとしたらすでに長屋に戻っているやも知れぬ。いったん大川端に帰ろうか」

惣三郎の提案に南町奉行所の御用船と荒神屋の小舟は連なって大川を渡った。荒神屋の作業場のある川岸で待ち受ける影があった。

「お手数をおかけします」

喜八親方が西村らに詫びた。

「親方、芳三郎は帰ったか」

「小頭、未だ戻ってこない。だが、はっきりしたことがある。長屋の子供に火事見物に行くんだ、おっ母には黙っていろと口止めして長屋を出ている。永代橋を渡ったことだけは確かだ」

「今一度火事場に戻るか」

と花火の房之助が三児たちの顔を振り返った。

「親分、握り飯とごった汁を作らせてある。火事場に戻る前に腹拵えをしていってくれ」

「そいつは助かる」

荒神屋の作業場では火ががんがんと熾《おこ》され、握り飯と大鍋で魚の粗と野菜を炊き込んだごった汁が出来上がっていた。

荒神屋の人足たちも芳三郎探しに待機していた。

「よし、まずは腹拵えだ」

房之助の言葉に手先たちと人足たちが握り飯を摑み、ごった汁で空き腹を満たした。

惣三郎はとめが悄然《しょうぜん》と作業場の片隅で座り込んでいるのに目を留めた。

「とめ、若いうちはいろいろと考えるものだ。芳三郎は朝にも戻ってくるかも知れぬ。そのときはあまり怒らんで迎えてくれ」

惣三郎の言葉にとめがわあっと泣き出した。

「旦那、芳がいなくなったらどうしよう」

今度は二手に分かれて深川の火事場に戻ることにした。

御用船と荒神屋の小舟の水上組と永代橋を渡る人足組だ。

「皆さんばかりに苦労をかけてはすまねえ、おれも行く」

と、とめも言い張ったが、

「餅《もち》は餅屋に任せねえ」

と花火の親分に説得されて残った。

荒神屋の作業場には喜八が陣取り、とめは一旦長屋に帰された。また西村桐十郎も役宅に戻り、明日に備えることにした。

芳三郎捜索の現場に出たのは花火の房之助一行と惣三郎、それに荒神屋の人足たちだ。

門前町の火事場には雑多なものが燃えた臭いが漂っていた。そんな中、提灯を点《つ》けた一行は、

「芳、芳三郎！」

と声をかけながら歩いたが、芳三郎の姿はどこにもなかった。

夜明け、海辺橋下に止めた御用船に次々に捜索隊が集まってきたが、どの顔も疲労の色を漂わせて、手がかりがないことを示していた。

「まあ、暗いうちは仕方あるまい。一息入れて明るくなったら聞き込みだ」

房之助の言葉に全員が頷いた。

仙台堀の水面を煌《きらめ》かせて朝の陽光が差し込んだ。

惣三郎は房之助と一緒に、火が出た宗光寺という破れ寺に立った。無住だった寺はすっかり焼け落ちていた。その西側が門前町の町家だ。およそ六、七百坪が焼けて、広がっていた。

「追立屋め、うまく仕事をしのけたってやつだ」

房之助が腹立たしそうに吐き捨てた。

「半年一年と寝かせておいて、だれぞが店を建て始める寸法だ。だが、もうそのときには追立屋との関わりを見つけるのが難しい」

「このような場所で追立屋を使ってまで商いをしようというのはだれであろうな」

惣三郎の声が空《うつ》ろに響く。

「さて、そこですよ」

朝がきて、花火の房之助の一行は火付けの探索に戻り、惣三郎と松造に指揮された荒神屋の人足たちが芳三郎探しに従事することになった。

「旦那、ここは若い者に任せて、うちの舟で大川端に戻りなせえ」

松造の親切に惣三郎は自ら櫓を握り、再び大川を横断することになった。今朝方も川端に喜八の姿があった。

「長屋に戻っておりませぬか」

「そちらも手がかりがないようですね」

「火に巻かれて死んだ子供はいないそうだ。それが救いと言えば救いだ。とめはどうしてます」

「長屋に戻して女たちに面倒をみさせてます」

「芳三郎には兄が二人いたようだが、そちらに行ったということはないかな」

「大工と左官の住み込みの兄貴ですね。二人のところに使いをやったが、どちらにも姿を見せた様子はございません」

そう言った喜八は、

「金杉さん、朝湯に行ってらっしゃいな。私の勘じゃあ、この騒ぎ長引くようだ」

「そうさせてもらうか」

惣三郎は八丁堀の大黒湯に行った。

十四年も前、宝永六年に江戸暮らしを始めたのがこの界隈、太兵衛《たへえ》長屋だ。湯屋も八百屋も顔見知りだ。

「旦那、珍しいね」

湯屋の主の熊五郎《くまごろう》が言った。

顔が大きいので大熊と呼ばれる熊五郎は、ととやの常連であった。

「荒神屋で徹夜したでな、湯に浸かりにきた」

「川向こうで火事だってな、大事にならずによかった。仕事は取れたかえ」

「寺町ではだめだな」

と答えた惣三郎はとめの末っ子が火事見物に行って行方が分からなくなったことを話した。

「なにっ、とめさんちの芳坊がかえ。とめさんは身の置き所もあるまいな」

「なんぞ話を聞いたら教えてくれ」

と頼んだ。湯屋、床屋ほど情報が集まるところはないからだ。

「心得た」

と大熊が胸を叩いた。

惣三郎は徹夜の疲れを湯で洗い流し、大川端に戻った。

女人足たちは仕事に出てきていたがとめの顔はない。まあ、芳三郎の無事が知れるまで仕事にはなるまい。

惣三郎は茶碗酒で一杯飲み、帳場の隅で仮眠した。

「父上」

という声で揺り起こされた。

結衣が風呂敷包みを持って立っていた。

「荒神屋で徹夜ゆえ、着替えを持っていきなさいと母上に命じられました」

「それは有難い。火事は収まったが別の騒ぎが起こっておる」

「親方から聞きました。とめさんは心配でございましょう」

「結衣、そんなわけで車坂の稽古を無断で休んでしまった。帰りに石見道場に立ち寄ってお詫びをしておいてくれぬか」

「承知しました」

惣三郎は風呂敷包みを受け取り、結衣を土手まで送っていった。

刻限は昼を過ぎているようだ。

「気をつけて戻れ」

結衣の背を姿が消えるまで見送った惣三郎が大川端に下りると、喜八親方が川向こうを見ながら立っていた。

「親方の言葉に甘えて仮眠させてもらった。今度は親方が休む番だ」

「いい知らせがねえものかと待っているんですがね」

川岸に手作りされた縁台に喜八は腰を下ろした。

惣三郎も並んで腰掛けた。

昨日吹き荒れた東風は止んで、穏やかな日和だ。

「結衣さんはしっかりした娘になられた」

「末っ娘でござればまだねんねです」

「親の目よりも他人の目のほうが確かなこともありますよ」

二人は焦りを鎮めるようにあれこれと話し合った。

「親方、旦那」

とふいに背で呼びかけられた。

二人が振り向くと大黒湯の主と三助の正吉《しょうきち》が立っていた。

「芳坊の行方はまだだね」

「まだ手がかりがなくて困っておる」

惣三郎の返事に大熊が、

「正吉がさ、浅草今戸《いまど》の取り壊される古家に薪を貰いにいったと思いねえ。するとさ、その界隈で芳三郎らしい男の子を見たというんだがね、深川と今戸じゃあ、方角がだいぶ違うかねえ」

「刻限はいつのことです」

喜八が正吉に聞いた。

「人が込み合う前ってんで夜明け前に大八車を引いて出かけたんで。今戸橋を渡ったのは明け六つ過ぎと思いますけど」

「正吉さん、芳三郎は一人でしたか」

「大八の前を横手から追い越していったとき、一人でしたよ」

「あてがあって歩いている様子でしたか」

「それがさ、芳坊ったら、見向きもしないで前を見据えていたんで。おれがつらつら考えるに半丁先を歩く七、八人連れの男たちの後を追っているような感じでしたがね」

「正吉どの、追い越していった者を芳三郎と言い切れるかな」

惣三郎が喜八に代わって聞いた。

「太兵衛長屋の餓鬼どもなら生まれた時分からの知り合いだ、見間違えることはありませんぜ」

「七、八人の男たちだが町人でしたかな」

「へえっ、町人は町人だが、ありゃ、並みの者たちじゃねえ」

「並みの者ではないというと」

「ちょっと聞こえただけだが上方訛《なま》りというのかねえ、尻がこそばゆくなるような話し振りの中にぞくりとするような殺気がありましたぜ」

「正吉どの、それがしと付き合ってくだされ」

惣三郎は川岸に舫《もや》われた小舟に正吉を誘った。

四

大川に注《そそ》ぎ込む山谷堀《さんやぼり》は根岸《ねぎし》川の末で江戸城修築の折に砂利を採取して広げられたものだ。合流部付近は幅十二間余り、両岸に船宿が軒を連ねていた。それというのも柳橋《やなぎばし》辺りから吉原《よしわら》通いの遊客が猪牙《ちょき》舟を飛ばしてこの山谷堀に乗りつけるからだ。

その下流に架かる橋が今戸橋だ。

正吉が上方訛りの男たちと芳三郎に追い抜かれたのは今戸橋北詰めから一丁ばかりいったところだという。

「旦那、親分、この辺だったぜ」

と正吉が指差した。

道の左手に天台宗松林院があり、別当の今戸八幡宮の参道が口を開いていた。

惣三郎は正吉を連れて大川を渡り、仙台堀海辺橋付近で火付けの探索と芳三郎の捜索を続ける花火の房之助親分に急な展開を知らせた。そこにはすでに南町の定廻り同心西村桐十郎がいて、陣頭指揮をとっていた。

「なんですって、芳三郎が今戸橋に飛んでましたか」

「花火、もしかしたら追立屋の事件と芳三郎の捜索が一緒になったのではあるまいか」

「旦那、夕べ火付けした後、どこぞに潜んでいた一味を芳三郎が偶然見つけ、逃げ出した一味の後を尾行したということが考えられますな」

「一味に気付かれたら命はないぜ」

それっ、とばかりに仙台堀から大川を遡《さかのぼ》り、山谷堀の今戸橋まで漕ぎ上がってきたところで、房之助が正吉に念を押した。

「上方訛りの男たちも芳三郎も北に、橋場《はしば》町の方角に向かったんだな」

「へえっ、間違いないぜ、親分」

その返事に頷いた房之助は、

「旦那、金杉さん、お二人は今戸町の番屋で待機していてくれませんか。おれたちで一味の隠れ家を探し出します」

ときっぱりと言った。

町方同心とすぐに分かる巻羽織の桐十郎や惣三郎の風体でうろついたのでは一味に怪しまれる、芳三郎が捕まっていた場合には命に差し障ると房之助は考えたのだ。

「いいだろう、おれたちは番屋に御輿《みこし》を据えよう」

「正吉さんはおれに従ってくんな」

「あいよ」

普段は湯屋の客の背中を流したり、薪を集めたりという正吉が張り切った。

房之助は袷《あわせ》の裾を下ろし、信太郎らにも手先の風体を改めさせて、堅気の格好をさせた。

「よし、火付けと芳三郎の命が掛かっているんだ、十分の上にも十分な注意を払って探り出せ」

房之助と手先たちが今戸町から橋場町へと伸びる道筋に散った。

惣三郎と桐十郎は、今戸橋へと少し戻ったところにある今戸町番屋に行き、老番太にちょいと休ませてくれと頼み込んで火鉢のかたわらに座した。

番屋では子供相手に駄菓子や草鞋《わらじ》なんぞを商っていた。

「旦那、渋茶だがね」

縁の欠けた茶碗で二人に茶が出された。

「手間をかけるな」

と応じた桐十郎が、

「この界隈に上方訛りの男たちが巣食う寺か百姓家はねえかえ」

「上方訛りは好かねえ、聞いたこともねえな」

老番太が目やにのこびりついた顔を上げた。

今戸町番屋に子供たちが飴玉《あめだま》なんぞを買いに訪れ、番太の老人が夕餉の仕度を始め、夕暮れが近づいても房之助親分から吉報はもたらされなかった。

話す話題も尽きかけたとき、桐十郎がぼそりと、

「清之助さんは今頃どうしていますかねえ」

と言い出した。

「忘れておった。清之助から手紙が参ったのだ」

「おっ、手紙が届きましたか。で、どこにおられるので」

「伊予の宇和島城下からであった」

惣三郎は松山藩内の霊場の一つ、繁多寺宛てに手紙を出したことや石見鋲太郎も松山城下の知り合いの道場主に手紙を書いてくれたことなどを告げた。

「そいつは考えましたな。清之助さんならきっと寺に詣でなされようし、道場にも教えを乞いに立ち寄られましょう。きっと清之助さんはお二人の手紙を遠からず手にされますよ」

と答えた桐十郎が言葉を継いだ。

「そうなると清之助さんは米津老先生の死を知ることになるな」

「そういうことだ」

「清之助さんは師匠の仇を討たれたいだろうな」

「修行を続けるか、鹿島に戻るか迷うところであろう。だが、寛兵衛先生は剣術家として

立ち会われ、敗北されたのだからな、清之助が仇を討つ理由にはならぬ。それがしは回国修行を続けよと命じたし、清之助もその考えに賛成するであろう」

桐十郎が頷いたとき、正吉が顔を紅潮させて番屋に飛び込んできた。

「親分さんが突き止めましたよ！　今戸焼の窯元《かまもと》が大家の百姓家に隠れ住んでましたぜ」

正吉の面付きはまるで房之助の手先のようだった。

「芳三郎はどうか」

立ち上がりながら惣三郎が聞いた。

「どうやら相手に気付かれて捕まったようだと親分は見ておられますんで」

「よし、案内してくれ」

「番太、六尺棒を借りていくぞ」

桐十郎が番屋の壁に立てかけられた捕り物道具から樫《かし》の棒を四本ばかり摑んだ。

「わっしが担いでいこう」

正吉が桐十郎に代わって六尺棒を担いだ。

二人は正吉の案内で追立屋と見られる一味の隠れ家に向かった。

今戸町から橋場町にかけては瓦《かわら》や陶器の火鉢から風呂釜などを焼く焼瓦師、土風呂焼屋などが十数軒あった。

元禄時代に壺《つぼ》や皿など小物で始まった今戸焼は享保期に移り、土風呂などの大物を焼く大窯までが現われていた。

夕暮れの空に窯から上がる煙がまっすぐに立ち上っていた。

正吉が二人を連れて行ったのは瓦が庭先に干された瓦焼屋の裏手、雑木林に大きく取り囲まれた百姓家であった。

遠く明かりがちらちらと林越しに見えた。

瓦でも干すためか、百姓家の周りは広い空き地がぐるりと囲み、夜でもなければ気付かれずに近づくのは難しそうだ。

「お待たせしました」

花火の房之助が三人の傍に来た。

「親分、芳三郎が捕まったというのは確かかな」

惣三郎が聞いた。

「昼過ぎには瓦職人が芳三郎らしい子供を見かけているんで。ですが、この小道を百姓家に向かう姿を最後にどこかに消えたそうだ。まずはやつらの手に落ちたと見たほうがようございましょう」

うーむと惣三郎は領くと腰の高田酔心子兵庫の鞘元に手をかけた。

「追立屋の一味と見て間違いないか」

桐十郎が房之助に念を押した。

「瓦焼の窯元の森川平五郎《もりかわへいごろう》があの百姓家の持ち主なんですがね、大坂から浅草奥山に見世物一座を出すために下調べにきた者があの家を借り受けたそうなんです。頭分は手妻《てづま》（手品）の侘助《わびすけ》と名乗る四十前後の男で、配下の者は町人が六人に浪人者が二人加わっているそうです。ですが、町人と浪人は別々に百姓家を出ることが多いといいます」

「九人か」

桐十郎が自分たちの手勢を振り返り、惣三郎の顔を見た。

桐十郎と惣三郎、それに花火の房之助親分に信太郎ら手先四人がいた。

「七人対九人ですか」

「援軍を待つよりも、頃合を見て押し込もう」

桐十郎と惣三郎が頷き合った。

「あやつらの飯の世話を橋場の瓦職人の女房がしているんですよ。女が帰った後に押し込みますか」

「よかろう」

桐十郎の決定に、

「へえっ」

と房之助が承知した。すると正吉が信太郎ら手先に六尺棒を渡した。正吉も捕り物に加わりたそうな顔だ。

四半刻後、百姓家から一人の女が出てきた。

「三児、猪之吉《いのきち》、女をそっと捕まえてこい。声を上げさせるんじゃねえぜ」

二人の手先が夕闇に溶け込むように没した。

すぐに三児と猪之吉が驚いた顔をした女を連れてきた。

「おまえさんの名はなんだえ」

「ふくです。親分、私は……」

と言い訳をしようとする女を制した房之助が、

「侘助らは総勢九人だな」

と聞いた。

「はっ、はい」

「子供が一人連れ込まれてねえか」

ふくは曖昧《あいまい》に頷いた。

「捕まっているんだな」

「は、はい」

「どこにいる」

「ちらりと見ただけです。奥座敷に縛られて転がされているようです。なんぞ悪さをした子供だと私に言い訳しました」

「見張りはついているか」

「二人ばかり」

「残りの連中はどこだ」

「囲炉裏端で酒を飲んでます」

「いつから飲み始めたな」

「夕暮れ前からですから、かれこれ一刻は飲み続けています」

よし、と答えた房之助が正吉に、

「おめえはこの場にいるんだぜ」

と念を押した。

「親分、おれも手伝っちゃあ、駄目かねえ。芳三郎は赤ん坊の頃からの知り合いだ」

と頼み込んだ。

「正吉、それがしに従え。芳三郎を助け出したら、そなたが守るのだ」

金杉惣三郎の言葉に正吉が嬉しそうに、

「合点だ」

と答えた。

西村桐十郎が、

「芳三郎の命が心配だ。裏口と表口、二手に分かれて一気に踏み込む。裏口組は金杉さんと正吉の二人でようございますか」

桐十郎の指図に惣三郎は頷いた。

「よし、抵抗する野郎はかまわねえ、叩き伏せろ」

「へえっ」

房之助が十手を抜き、信太郎ら手先四人は番屋から運んできた六尺棒を小脇にした。匕首《あいくち》や脇差相手なら、六尺棒のほうが長いだけ有利だった。

「ふく、すまねえがもう一度あの家に引き返してくんな。表戸を叩くだけでいい」

と房之助がふくに命じた。

恐怖に満ちた顔で断わろうとしたが、房之助は有無を言わせなかった。

「おめえの体はおれたちが命を張って守る。子供の命が掛かっているんだ、行け」

「はっ、はい」

すでに夕暮れの刻限は過ぎ、橋場に闇が覆《おお》っていた。

一行はひたひたと手妻の侘助一味が潜む百姓家に接近した。

惣三郎と正吉は、瓦を干す庭に入ったところで家の横手へと回り込んだ。台所への裏口の戸口がわずかに開いて明かりが漏れていた。

「よいな、離れるでないぞ」

正吉に言い聞かせると惣三郎は河内守国助《かわちのかみくにすけ》を抜いた。

屋内の闘争には刃渡り二尺六寸三分（約八〇センチ）の高田酔心子兵庫は長すぎると判断したのだ。

惣三郎が戸口の前に立ち、正吉が戸に手をかけた。

「もうしもうし、ふくでございますよ」

と飯の世話をする女の声にだみ声がなにか答え、土間に下りた気配がした。

数瞬後、

「わあっ、親方、手入れだっせ！」

という悲鳴が上がった。

その声を聞くと同時に正吉が戸を開き、惣三郎が飛び込んだ。

まだ火の温もりが残る台所から板の間に飛び上がり、奥座敷を目指して暗い廊下を一気に走った。

行灯の薄明かりに照らされた障子に二つの影が映った。

惣三郎が障子を左手で引き開けると、二人の男が懐から匕首を抜き出して立っていた。

その足元に芳三郎が転がされていた。

「おんどりゃ、なんやねん！」

一人が叫び、もう一人が匕首を芳三郎の首に押し当てようとした。

惣三郎は咄嗟《とっさ》に右手の河内守国助を投げ打っていた。中腰の胸に突き立った脇差に相手の男が尻餅をつくように倒れた。

「やりくさったな！」

もう一人が匕首を腰溜めにして惣三郎目掛けて突っ込んできた。

惣三郎は体を開くと匕首の切っ先を躱《かわ》して、その腕を掻い込み、膝頭で蹴り上げた。

ぼきっ
という不気味な音が響いて腕が折れた。

そいつを廊下に投げ飛ばすと芳三郎の下に走った。

そのかたわらには脇差を突き立てられた男が呻《うめ》いていた。

その胸から脇差を抜くと芳三郎の縄を切り、猿轡《さるぐつわ》を解いた。

「お侍さん」

芳三郎が泣き出した。

「よう我慢した」

と声をかけた惣三郎に正吉が、

「旦那、後は任せてくんな」

と言った。

「よし、頼むぞ」

惣三郎は奥座敷から囲炉裏のある板の間に走った。

戦いは土間から板の間で行なわれていた。

頭分らしい手妻の侘助だけが、戦いの様子を見るように仁王立ちして、

「江戸の捕り方なんぞに嘗《な》められてたまるかいな。数も少ないんや、突き殺さんかい！」

と叱咤《しった》していた。

「侘助か」

ぎょっとして振り向いた侘助が長脇差に手を掛けた。

その瞬間に、金杉惣三郎は間合いを詰め、河内守国助の柄頭で喉首を叩き付けた。

くえっ
という奇妙な声を発して侘助がその場に倒れ込んだ。

「手妻の侘助、討ち取ったり！」

惣三郎の叫び声に俄然《がぜん》張り切ったのは桐十郎と花火の親分たちだ。

逃げ出そうとする手下たちを信太郎らが六尺棒で打ち据え、

「おとなしくお縄につきやがれ！」

と命じた。

桐十郎と房之助が相手にしていた浪人二人が金杉惣三郎の出現に、

「斬り破って逃げるぞ！」

と言った。

「直心影流金杉惣三郎から逃げ出せると思うか。一歩でも動いてみよ、そなたらの素っ首、胴に付いておらぬと思え！」

惣三郎の大声に、

「金杉惣三郎とは先の大試合の審判か」

「いかにも」

「われらは上方者に頼まれただけだ。斬り殺されてたまるか」

と一人の浪人が叫び、二人が頷き合って剣を投げ出し、土間に座った。

「神妙である」

西村桐十郎が声をかけて、房之助が二人の体に手際よく縄をかけていった。

「お侍！」

芳三郎が叫ぶと金杉惣三郎の胸に飛び込んで泣きじゃくり始めた。

百姓家の捜索が行なわれたが、追立屋手妻の侘助一味が稼いだと見られる金は見つからなかった。そこでまず侘助の一統は船で南茅場《かやば》町の大番屋に送られた。

芳三郎に、

「なぜ手妻一味を尾行していたか」

と西村桐十郎が質問した。

「おれはよ、火事場を見たくてさ、永代橋を渡ったんだ。だけどさ、火事場には火消しの衆やら町方が出張っていて近付けねえや。そこでさ、東側の海辺新田に回り込んで雲光院って寺の境内に入り込んでさ、庭の暗がり伝いに火事場に近づこうとしたら、宝物蔵の床下から人の声が聞こえるじゃねえか。おれはすぐに分かったぜ、こいつらが火付けの一味だってねえ。それでよ、こいつらが頃合を見てさ、現われたのを尾《つ》け始めたのさ。新高橋《たかばし》と、屋敷町から両国橋を渡ってよ、山谷堀の向こうまでぴったりと尾けたぜ」

「よくもまあ、こやつらに気《け》取られなかったな」

「と、おれも思っていたんだが百姓家を覗《のぞ》いた途端に捕まったところを見ると、どうやら野郎どもは前から気付いていた様子だな」

芳三郎は助けられて余裕が出たか、平然と言い放った。

「芳三郎、少しは懲りたか」

「お侍、火事場に出るのはよ、少し後になってもいいや」

と芳三郎が答えたところにとめが飛び込んできて、

「この馬鹿が」

と末っ子の頭を何発も殴りつけ、そのうち、親子で抱き合って泣き出した。

第三章　万五郎参禅

一

四国八十八箇所の霊場巡り、四国遍路はいつの頃から始まったのか。

四国巡礼は弘法《こうぼう》大師への信仰と深く結びついていた。大師寂滅の後に弘法大師の生誕の国は聖なる地として篤《あつ》い信仰が寄せられるようになった。

その後、室町時代の中ごろまでに四国の寺院八十八箇所、三百八十余里（一五二〇余キロ）を経巡《へめぐ》る遍路道が完成した。

だが、四国遍路が庶民、病者、貧しき人々、修験者《しゅげんじゃ》たちの間で盛んになるのは江戸時代に入ってのことだ。

元禄の繁栄を経て、庶民の間にも旅をする余裕が出てきた。

享保に入ると無住の寺が整備されて、遍路旅が定着していく。

清之助は遍路を修行の旅と考え、

「南無大師遍照金剛」

と唱えつつ、歩を進めた。

この日の行程、第四十三番目の源光山明石寺《めいせきじ》から第四十四番の菅生山大宝寺《すごうさんだいほうじ》まで十七里半（約七〇キロ）と離れていた。

その朝早く明石寺前の遍路宿を発った金杉清之助は、大洲城下、内子《うちこ》、久万《くま》と一気に過ぎ、白装束の遍路たちを次々に追い抜いていった。

清之助は、一昼夜で明石寺からどこまでいけるか、自らに修行を課したのだ。遍路道は段々と山深くなり、峠を上り下りする難所に差し掛かる。

杖をついて歩く遍路たちが清之助の健脚に、

「天狗様ではねえか」

「いや、武者修行の若侍のようだ」

と噂し合ったときには、すでに一丁も二丁も先を進んでいた。

早春の遍路道に夕暮れが訪れ、

「南無大師遍照金剛」

と唱えて歩く遍路たちの姿は消えた。

だが、清之助は杉木立の巨木の間を縫うように伸びる山道を、ひたすら星明かりを頼りに突き進む。

大宝寺に伝わる『菅生山縁起』によれば、その昔、猟師の兄弟が山中の木の幹で見つけた十一面観音をその地に祀ったのが始まりとか。

大宝元年（七〇一）に勅願寺となり、寺の名は元号にちなんでつけられたという。

（なにやら奇妙な感じが）

清之助は先ほどから疲れた身を刺すような殺気に包まれていた。

伊予に渡ってきて久しぶりに感じる危険の予兆だ。

野伏せりの類《たぐい》か。

清之助は肩に負った木刀をひと揺すりするとさらに歩を進めた。

早春とはいえ、山中は肌寒かった。だが、朝から歩き詰めの清之助の五体はじっとりとした汗を掻いていた。

さらに大きな巨木の向こうに月光が差し込み、真言宗大宝寺の山門が見えてきた。

十七里半を歩いたことになる。

清之助は山門で呼吸を整えると本堂と大師堂に参り、江戸にいる家族の安全、知り合いの壮健と二人の師匠の堅固を祈願した。むろん二人の師匠とは車坂の石見銕太郎と鹿島の米津寛兵衛だ。

大師堂の石段を降りた清之助の前に黒装束の山伏が現われた。手に六尺余の金剛杖を携えた一団はおよそ十数人だ。

修験道の開祖は役小角《えんのおづぬ》、あるいは役行者《えんのぎょうじゃ》とも呼ばれ、その昔、大和《やまと》の葛城山《かつらぎ》に籠って修行した呪術者《じゆじゆつしや》である。

清之助は回国の途次、時折山伏に出会ったが、装束すべてが黒ずくめの一団は初めてであった。

清之助を半円に囲んだ山伏に、

「なんぞ御用ですか」

と声をかけた。

「第六十番札所石鉄山《いしづち》横峰寺《よこみねじ》の黒役小角の頭領の峻険《しゆんけん》坊魏山《ぎざん》なり。金杉清之助、おまえの命貰い受ける」

と一団の中央に立つ巨漢が名乗りを上げた。どうやら自ら黒役小角と名乗る一団のようだった。

石鎚山《いしづち》は四国一の高峰六千余尺（一九八二メートル）で、その中腹にあるのが遍路道でも最大の難所の一つの横峰寺だ。

「いかにも私は金杉清之助にございます。しかし、役小角どのに襲われる覚えはございませぬ」

清之助は背に負った木刀の紐を解いた。

道中嚢《のう》を下ろし、羽織を脱ぎ捨てた。

「われらとてそなたに縁はない。だが、これも仕事」

峻険坊魏山が小脇に抱えた六尺の金剛杖を振った。すると杖の先端から一尺五寸余の直刀が滑り出た。

その動きに呼応して配下の黒役小角が杖を振った。およそ半数の金剛杖の先から直刀が伸びてきた。

「致し方ございませぬ、お相手致します」

清之助は木刀を構えながら、残りの金剛杖のからくりに心を置いた。

月光が青く大宝寺の境内を照らしつけていた。

半円に囲んだ黒役小角が互いの間合いをとった。一人ひとりの間が一間と広がった。

残りの金剛杖が振られた。

ひゅっ

と風を切る音がして、金剛杖の先端から鉄球が飛び出した。

五つの鉄球は清之助の長身目掛け、弧を描いて飛んできた。鉄球は鉄鎖で結ばれていた。

清之助は飛来した鉄球を木刀で弾いた。すると、弾き返された鉄球は別の二本の鉄鎖に絡まった。

さら清之助の木刀が翻《ひるがえ》り、残りの二つを絡めた。

一瞬の早業だ。

なによりその動きはしなやかで、鉄球の打撃を掌《てのひら》にほとんど感じないままに弾かれていた。

三つと二つの鉄鎖が絡まり、五人の黒役小角たちの動きを封じた。

清之助は左手に飛ぶと直刀を付けた金剛杖の一人に襲いかかった。

相手が金剛杖を振り下ろして清之助の突進を止めんとしたが六尺二寸を超える若武者の動きは俊敏で、気がついたときには内懐に飛び込まれ、肩口を強撃されて腰砕けに倒されていた。

さらに清之助の木刀が一閃《いっせん》するたびに一人ふたりと倒されていった。

「退《ひ》け!」

峻険坊魏山が驚きを隠せない声音で退却を命じた。

清之助は下がった。

「怪我人を連れて戻られよ」

「金杉、今宵はわれらの負けだ」

魏山が潔《いさぎよ》く敗北を認めた。

「次なる機会は今宵の約定を果たす」

黒役小角たちが青い闇に溶け込んで消えた。

清之助が遍路道を進めば、嫌でも黒役小角たちの第六十番札所のある石鎚山に向かうことになる。

だが、清之助に恐れる気持ちも道を避ける考えもなかった。ただ、次なる札所、山深い海岸山《かいがんさん》岩屋寺《いわやじ》を目指して進み始めた。

明け方、一昼夜を歩き抜いた清之助は第五十番札所の東山繁多寺に到着していた。

源光山《げんこうざん》明石寺から二十八里半（約一一四キロ）を歩き通したことになる。

孝謙《こうけん》天皇の勅願寺の繁多寺は弘安二年（一二七九）に蒙古《もうこ》退散の祈禱《きとう》が行なわれた寺という。

その昔は七堂伽藍《がらん》が建ち並んできらびやかな威容を見せたというが、清之助の立ち寄った繁多寺は、静かな佇《たたず》まいで朝靄《あさもや》に包まれていた。

清之助は本堂に頭《こうべ》を垂れて瞑想し、いつものように家族、師匠、知り合いの息災を祈願した。

清々しい気分で両眼を開いた清之助の目に、

「回国修行者金杉清之助殿へ、庫裏《くり》をお訪ねあれ」

の張り紙が飛び込んできた。

（いったいだれが、何の用事か）

清之助は本堂の横手の庫裏へと回った。そこでは若い修行僧と小僧が朝餉の仕度をしていた。

「卒爾《そつじ》ながら申し上げる。それがし、回国修行中の金杉清之助と申す。本堂脇の張り紙を見て参りました」

「おおっ、あなたが金杉清之助様にございますか。しばらくお待ちください」

と修行僧が奥に姿を消して、和尚の翻稜《ごりょう》を連れてきた。その手には書状が持たれて、

「よう参られたな。そなたの父上が当寺気付で手紙を寄越されたのです」

「それはご面倒をお掛けしました」

清之助は父の手紙を押しいただきつつ、不安に苛《さいな》まれた。

(なにかよからぬ知らせ)

と思ったからだ。

「だいぶ夜露をつけておいでだが、夜旅をなされたか」

「第四十三番札所の明石寺から一昼夜遍路道を歩いて参りました」

「なんとまあ、途方もないことを」

呆れた和尚が、

「朝餉など馳走しよう。まずは草鞋を脱ぎなされ」

と招いてくれた。

清之助は和尚に合掌すると、

「お言葉に甘えます」

と旅仕度を解き、井戸端に行って顔と手足を洗った。

その間も清之助の気持ちは揺れ動いた。

庫裏に戻ると和尚が、

「手紙を読まれるなれば、宿坊を使いなされ」

と庫裏に続いた部屋を空けてくれた。

清之助は居住まいを改めて父の手紙の封を披《ひら》いた。

〈金杉清之助殿、そなたが伊予より差し出したる手紙落手候。一家、知り合いじゅうにそなたの無事を告げ知らせ候。さて、此度《こたび》、回国修行中のそなたに手紙を差し出せし理由は、鹿島の米津寛兵衛先生の訃報に候……〉

清之助は全身に冷水を浴びたような寒気に捉われ、視界が暗く沈んだ。

（なんということが）

大試合の終わった深夜、清之助は密かに車坂の石見道場を出ようとした。武者修行に出るためだ。

その気配を悟った寛兵衛が、

「そなたがわしの手元から出ていくような気がしておったが、やはり当たったな」

と言ったものだ。

「大試合にて清之助の途が果てないことを思い知らされました。諸国には隠れた剣術家が大勢おられることを知りましてございます。寛兵衛先生、清之助の武芸行脚《あんぎゃ》の旅をお許しください」

と答えた清之助に寛兵衛が吐き出すように言葉を重ねた。

「寛兵衛は年じゃ。そなたと再び相見《あいまみ》えることができぬかもしれぬ」

まさかその言葉が現実のものになるとは……しばし清之助は呆然として手紙の先を読むことは適《かな》わなかった。瞼が潤むのを堪えて父の手紙に戻った。

〈そなたの今の気持ちが、哀しみが父には手にとるように感じられ候。だが、心を強く持ちて父の手紙を最後まで読まれん事を願い候。寛兵衛先生は病死にあらず老衰にあらず、剣客の最期にふさわしく、道場を訪ねきし影ノ流鷲村次郎太兵衛なる剣術家と立会いなされて敗北、眉間を叩き割られて惨死なされ候。

清之助、勝負において勝ち負けは紙一重、そなたも父も承知の事に候。だが、この鷲村なる武芸者、寛兵衛先生と立ち会いたき為に下総関宿藩から修行に来ていた若者江成真吾をいきなり木刀にて叩き殺しし残酷卑劣な人間に候、許されざる所業也。

清之助、父は鷲村次郎太兵衛が如何《いか》なる遺恨か、謂《いわ》れか知らぬが鹿島にて行ないし所業許さず。またこの者、早晩、父の前に現われるような予感が致し候。

父もまた寛兵衛先生の途を辿《たど》るか、それは天のみが知るところにござれば、父が倒れしとき、清之助、そなたが寛兵衛先生と父の無念を晴らすよう此処《ここ》に頼みおき候。

清之助、父の手紙を読んで行動を起こす軽率を避けよ。そなたはそなたが江戸を離れる折に考えた修行を十分に研鑽《けんさん》されよ。そのことが鷲村次郎太兵衛との戦いにも役に立つと考え候。

米津寛兵衛先生の遺徳を偲ぶためは必死の修行こそ供養なり。

父の胸の中に渺々《びょうびょう》たる穴が穿《うが》たれ、虚しくも常に空ろなる風が吹き抜けて候。

米津寛兵衛先生の遺徳偉大なり哉《かな》。

清之助、この悲報を寛兵衛先生の最後の叱咤《しった》の声と聞け。

それが供養なり……〉

清之助は父の手紙の先を読むことが適わず、その場に泣き伏した。

人の気配に清之助が思わず上体を起こした。

「身内にご不幸があったかな」

和尚の声がした。

「真に見苦しきところを晒《さら》しましてございます、お許しください」

「どなたが亡くなられたな」

「はい。私の大師匠にございます」

和尚に問われるままに清之助は事情を告げていた。

「そうか、そなたの大師匠は鹿島の米津寛兵衛様か。名前だけは聞いたことがある。ということは金杉清之助どの、そなたは先の享保の大試合で第二位になられた方じゃな」

醐稜和尚は答えていた。

「なぜそのようなことまでご存じにございますか」

「清之助どの、江戸での評判は一瀉千里《いっしゃせんり》に人の口を通じて、この伊予にも伝わって参りますのじゃ」

と笑った和尚が、

「本堂に参り、寛兵衛様の霊に経を上げようか」

と清之助を誘い、和尚と清之助は二人だけで米津寛兵衛の法会をなした。

その後、和尚と清之助は朝粥《あさがゆ》の膳を共にした。

「本日は当山に泊まっていかれよ。夕べにも寛兵衛先生のために勤行《ごんぎょう》をしようではないか」

「有難いことでございます」

清之助は和尚の言葉を素直に受けた。

二刻ほど清之助は死んだように眠った。そして、目覚めたとき、

「米津寛兵衛の死」

を受け入れる覚悟が出来ていた。そして、

（清之助はなんと幸せ者か。寛兵衛先生の晩年に教えを乞うことが出来たのだからな）

と心から考えていた。

清之助は父の手紙の続きを読むべく、昼下がりの光が障子を透かして入ってくる部屋で広げた。

〈生きとし生ける者は必ずや滅す。父もまたしかり、母もまたしかり。死にゆく寛兵衛先生がおられ、新たに生まれくる者もまたあり。

西村桐十郎、野衣御夫婦にこの春にも赤子が誕生致す。喜ばしき事に御座候。

清之助、そなたの心遣いのお札、家族それぞれが万感の思いで受け取り候。また四つ目のお札は葉月殿に結衣が届けし也。この手紙を先に書きしに葉月殿の喜びを父は知らず、だが、そなたの気持ちは葉月殿に伝わりし事明白哉《かな》。

清之助、家族を思う気持ちと同じく葉月殿を想う心、なんら修行の妨げにならず。父もまたそなたの母やしのを慕いつつ修行に明け暮れ候。これは人の情けに候、自然の発露に候。なんぞ忌み嫌うべきや、反対に励みにならん。

蛇足ながら付記致し候。

清之助、信念に基づきし処へと向かえ。自らが考えし大道を進まれよ。

剣の修行はまた人生の修行ならん。悩み、迷い、苦しみ、時に笑え、時に大いに楽しめ。若きうちの失敗、挫折こそが人の糧《かて》也、財産也。

父もまた五十路を前に剣の道を究《きわ》めんとす。だが、その頂《いただき》は朦朧《もうろう》として未だ見えず。

一代の剣客米津寛兵衛師の如く、父もまた戦いの果てに倒れたし。それは望外の喜び也。それが剣術家を志し、幾多の者と戦い、斃《たお》し し者の宿命也。喜ぶべき途哉。

最後にそなたの武運長久を祈りて筆を擱《お》かん。金杉惣三郎〉

清之助は父からの手紙を何度も読み返した。そして、その後、父から贈られた新藤五綱《しんとうごつな》光《みつ》を手に寺の境内に出た。

庭には長閑《のどか》な光が散り落ちていた。

清之助は一剣を腰に差すと西に傾きつつある光に向かい合った。

両の足を開き、足場を決めた。右足《うそく》をわずかに踏み出した。

左手を鞘元に軽く添えた。

右手はだらりと垂れていた。

日輪に向かい、呼吸を整えた。

翻稜和尚は、

（この若者、哀しみを乗り越えたようじゃな）

と考えながらその様子を本堂から眺めていた。

若者の右手が腹前に翻《ひるがえ》った。

刃渡り二尺七寸三分の綱光が一条の白い光となって、日輪を両断するように円弧を描いた。

和尚はその刃が長閑な空気を乱すことなく日輪を二つに斬り裂いたのを確かに見た。

おおっ

思わず声を洩《も》らした。

だが、驚きは早かった。

日輪を二つに斬り割った新藤五綱光の刃が日輪の炎《ほむら》を乗り移らせたように燃えていた。

酬稜は言葉を失っていた。

燃え上がる日輪の刃と化した綱光が虚空へと鋭角に跳ね上がって消えた。

炎も消えた。

凍《い》て付いた時が一瞬、いや、永劫に流れた。

そう思える空白の時間だった。

次の瞬間、日輪を映した剣は清之助の頭上に現われ、炎が高く舞い上がった。そして、炎が消えたとき、綱光が横に両断した日輪を縦に静かに斬り割って伊予の地に落ちた。

その一撃は冬の夜に霜が落ちるように音もなく気配も感じさせず、遂行された。

清之助が創案した、

「霜夜炎《そうやほむら》返し」

は日輪を十字に斬り割って、

「霜夜日輪十字斬り」

に変化《へんげ》していた。

二

金杉惣三郎は帳簿付けに疲れて、大川端に出た。

川端の柳も新しい芽を吹き出していた。

川の流れに向かって深呼吸した。

「金杉様」

呼ばれて振り向くと、花火の房之助親分と西村桐十郎が立っていた。

「ようやく手妻の侘助の調べが終わりました」

と桐十郎が言った。

「それはご苦労でしたな。侘助は大坂の生まれでしたか」

「それが丹波篠山《たんばささやま》の猪《いのしし》猟師の倅《せがれ》でしたよ。大坂に出て手妻一座に弟子入りし、侘助を名乗るようになったのです。親からもらった名は吾平《ごへい》です」

「丹波篠山の生まれな」

「最後の火付け追立ての宗光寺の一件ですがねえ、深川永代寺門前の曖昧宿《あいまい》の主、備後屋《びんご》省右衛門《しょうえもん》が、遊女を置く隠れ茶屋を作ろうと侘助一味に頼んだものでした。むろん備後屋も召し取りました」

手妻一味がこの半年余りで働いた追立ては十一件に上ったと桐十郎は言い添えた。

「手妻一味が稼いだ金子《きんす》は見つかりましたか」

佗助らを捕縛した後、橋場の百姓家を何度も調べ直したが、なかなか稼いだ金子が見つからなかったのだ。

「見つかりましたよ。百姓家の持ち主の瓦窯の中に隠されていました」

「瓦窯ですか、それは佗助も考えた」

「稼いだ金子の総額は八百七十両です。佗助め、千両稼いだら一旦江戸を離れる気だったと証言してます」

「危なかったな」

「火付けで何人も死んでます。佗助は獄門、配下の者は遠島にございましょうな」

西村桐十郎の声にはひと仕事終えた安堵が感じられた。

「金杉さん、内与力の織田様からの伝言にございます。お奉行が金杉さんにお会いしたいそうにございます」

「御用かのう」

と呟く惣三郎に桐十郎が、

「御城奥のことは存じませんが、江戸になにか起こった様子はございませんけどね。織田様もそう急ぐ話とは申されませんでしたよ」

三人の男たちが立ち話するところに、とめと芳三郎が茶を運んできた。

「西村の旦那、花火の親分、その節は芳の野郎が面倒をかけました」

ぺこりと頭を下げたとめが、

「粗茶ですが」

と茶を差し出した。

「いただこう」

桐十郎も房之助も茶碗を受け取った。

「芳三郎、ちったあ懲りたか」

房之助が聞いた。

「親分、やっぱりよ、焼けぼっくいを引き切るのは退屈だぜ。早く火事場に出てえなあ」

「これだ。親分、なんとかなりませんかえ」

とめがぼやいて、房之助が苦笑いした。

荒神屋の帰りに惣三郎は数寄屋《すきや》橋の南町奉行所に立ち寄り、内与力織田朝七に面会を求めた。

玄関番の見習同心が金杉惣三郎の風体《ふうてい》を訝しそうに見た。

荒神屋の仕事帰りで、だいぶ水に潜った袷に袴姿だ。膝も丸く出ていた。

「内与力様は忙しい身である、お約束がおありか」

と問い質《ただ》す見習同心に、

「これ、燕次郎《えんじろう》、そなたは金杉惣三郎様を知らぬのか」

と慌てた先輩同心が言ったが、

「金杉様とはどちらの金杉様ですか」

と動じた風もなく問い直す。

「もうよい、燕次郎、奥へ取り次げ。さすれば分かろう」

と奥へ走らせた。

「金杉様、失礼しました。三留《みとめ》燕次郎と申し、十七歳にございます。つい半月前より見習いに出仕したばかり、何分慣れておりませんのでご容赦ください」

と先輩同心が平謝りに謝った。

「なんの、この格好ですぐに奥に取り次げというのが無理というもの、初々しくてよいな」

そこへ織田朝七が先ほどの見習同心三留燕次郎と姿を見せた。

「えらく早うございますな」

そう言いながら奉行所の内玄関の式台に立った織田が、

「お奉行は御用部屋で待っておられる。ささっ、奥へ通られよ」

と招き上げられた。

燕次郎は、奉行が直々に浪人者に面会するとは、いかなることかと訝しげな顔でその後ろ姿を見送った。

内与力は奉行所付二十五騎の与力の一人ではない。大岡忠相が南町奉行を拝命したとき、大岡家から連れてきた数人の家来のうちの一人、言わば大岡の秘書的な役目を果たしていた。ゆえに奉行が職を辞せば、当然主に従い、奉行所を去ることになる。

廊下を歩く惣三郎は、与力同心の詰める大広間から緊張の気配が伝わってはこないことを感じていた。大事件が発生したとなれば、

ぴーん

と張り詰めた空気が奉行所全体に漲《みなぎ》るのだ。

大岡忠相は奉行の執務部屋で膨大な書類を読んでいた。どうやら訴状の類とは思えず、御城から持ち帰った書類のようだと惣三郎は見た。

江戸町奉行の職はただ今の都知事と警視総監を併《あわ》せ持つ権限を有してその仕事の範囲は広かった。また徳川幕府の幕閣の一人であるから当然、老中、若年寄、寺社奉行、勘定奉行、大目付などとの定例会合もあった。

その上、将軍吉宗によって抜擢《ばってき》され、信頼された忠相は、吉宗の命を守る、「影の護衛長官」の役目をも持っていた。

激務である。

「おおっ、参ったか」

「お勤めご苦労に存じます」

部屋の隅で平伏する惣三郎に、

「近う寄れ、それでは話ができぬ」

と命じた忠相は、

「清之助から便りがあったというではないか」

西村同心から織田内与力を経て聞き知ったのであろう。

「伊予の宇和島城下から手紙を寄越してございます」

「伊達村年様のご城下に立ち寄っておったか」

惣三郎が手紙の内容を告げ、石見銕太郎ともども次なる行く先の松山城下の札所と道場に宛てて、書状を書いたことを話した。

小さく頷いた大岡忠相が、

「そなたらの手紙を読んだときの清之助の哀しみが察せられるな」

と、そのことを気にかけてくれた。

「車坂を自らの意思で発ったときにその覚悟はつけておったはず、哀しみに耐えるのも修行かと存じます」

うむ、と頷いた忠相が、

「そなたにご足労願ったのは、知らせておきたき儀があったからだ」

惣三郎は視線を忠相に向けた。

（緊急の御用ではない。だが、明らかに御用の筋だ）

「尾張の万五郎《まんごろう》様のことだ」

万五郎とは尾張藩主徳川継友《つぐとも》の弟、宗春《むねはる》のことだ。

尾張家は八代将軍位の争いに敗北し、紀州出身の吉宗の下風《かふう》に就いた。御三家とはいえ、将軍家になるとならないでは雲泥の差だ。

吉宗と継友の差は畢竟《ひっきょう》政治力の差とも言えた。

八代就位に執着したのは紀州も尾張も同じだ。

御三家の家格というなら、尾張が上位だ。

禄高は尾張六十二万石、紀州五十五万五千石、官位は尾張大納言、紀伊は中納言でいずれも尾張が上である。

だが、吉宗は間部詮房《まなべあきふさ》や六代将軍家宣《いえのぶ》の正室、天英院《てんえい》ら奥向きの人々に手を回して動く才覚があった。

恵まれた育ちの継友はあまりにも鷹揚《おうよう》に構えすぎた。

将軍位争いに敗れた継友、宗春兄弟の耳に、

「尾張にはのうなし猿が集まりて、見ざる聞かざる天下とらざる」

と嘲笑の言葉が聞こえてきた。

継友の弟の宗春が生まれ育った名古屋から江戸に移り住んだのは十八歳、正徳《しょうとく》三年（一七一三）のことだ。そして、三年後の正徳六年に尾張が紀伊に完敗する苦い体験を目の当たりにすることになる。

多感繊細な宗春にとって兄継友の敗北と尾張の完敗、その後の嘲笑は耐えられないものだった。誇りをずたずたに傷つけられた。このことが、

（吉宗憎し）

の強迫観念を胸に刻みつける結果をもたらした。

一方、政治家の吉宗は、宗春に対して懐柔策を取った。

吉宗が将軍に就いた享保元年（一七一六）七月、宗春は吉宗に御目見《おめみえ》し、従五位主計頭《かずえのかみ》の官職を初めて受けた。さらに享保三年には従四位下侍従に任ぜられ、吉宗が鷹狩りで獲った雁《がん》を拝領したりした。

だが、宗春の胸には吉宗から言葉をかけられ、官職を与えられるたびに尾張が紀伊の配

下に就いた屈辱が蘇《よみがえ》ってきた。

それがこれまで幾たびとなく吉宗暗殺に動いた理由だった。

だが、その刺客たちも吉宗の懐刀、大岡忠相の前に悉《ことごと》く斃《たお》されていった。忠相の影として刺客たちに立ち向かってきたのが金杉惣三郎だ。

「万五郎様がなにか」

「近頃、尾張屋敷から時々姿を消されるそうだ」

忠相の密偵たちは尾張屋敷周辺にも張りつけられていた。その者たちからの情報であろう。

「どちらに参られますので」

「東大久保村にある曹洞《そうとう》宗永福《えいふく》寺《じ》という小さな寺に座禅を組みに通われておるそうな。ときに参籠されることもあるとか」

「感心なことではありませぬか」

忠相が頷いた。

「大岡様、なんぞ気がかりがございますので」

「それがないゆえ困っておる」

と忠相が小首を傾げた。

「考えてもみよ。これまでわれらは継友様と宗春様が放った刺客に幾たびも悩まされてきた。そのたびに骨身を削ったのはそなたではないか」

惣三郎はただ頷いた。

「人間の胸の底に生じた憎しみの炎《ほむら》はそうそう簡単に消えるものではあるまい。二十八歳になられた宗春様が精神修養のために禅寺に参籠なされるだけなのか」

惣三郎は小さく息をついた。

「今ひとつ気になることがある。米津寛兵衛先生を斃した鷲村次郎太兵衛は影ノ流を名乗ったそうではないか。金杉、この者が宗春様と関わりなしと言い切れるか」

それは惣三郎も考えていたことだ。

おぼろげな疑惑に忠相もまた気付いていた。

「大岡様、過日、芝神明の境内にて尋常ならざる殺気に襲われてございます。それがしが闇に向かって問いかけますと気配がふうっと消えた」

「殺気は集団が放つものか」

忠相の言葉が緊張した。

「いえ、一人かと。恐るべき者と推測されます」

しばし沈黙して考えていた忠相が、

「見よ、そなたの周辺にもすでに怪しげな影が出没しておる」

「調べよと」

「密偵をそなたの下に遣わす」

と忠相が言い、

「宗春様が次に参籠される日は三日後なそうな」

と行動を促すように囁いた。


惣三郎が内玄関から砂利が敷かれた庭に下りると、西村桐十郎が姿を見せた。

二人は通用口を出ると肩を並べて、数寄屋橋を渡った。

「野衣さんの加減はどうかな」

「さらに一段と腹が突き出したようです。あれは間違いなく男の子です」

「ともあれ元気な子なれば男でも女でもよかろう」

「いえ、西村桐十郎の跡取りです。男に決まってます」

と頑固に言い張った。

弥左衛門《やざえもん》町と元数寄屋町の間を東海道へと抜けた。

桐十郎は大岡に呼ばれた御用のことには触れようとはしない。また惣三郎も話す気もない。大岡忠相と金杉惣三郎二人だけの影御用と桐十郎は察しているからだ。

「一杯飲んでいきますか」

「野衣どのはよろしいのか」

「真作《しんさく》に金杉さんとご一緒すると伝言させました」

真作は同心西村桐十郎の小者だ。

「ならば顔の広いところで、同心どのの馴染みの飲み屋に参ろうか」

江戸の町を歩き回る定廻り同心は綿密な情報網をあちらこちらに張り巡らしていた。

「三十間堀河岸界隈に安直な煮売酒屋が何軒か軒を連ねておりますが、そこでよろしいですか。私もまだ立ち寄ったことはないのです」

「ものは試し、参ろうか」

桐十郎が案内したのは、三十間堀に架かる木挽橋《こびき》河岸に並ぶ掘っ立て小屋の屋台店で中から煮物の匂いが漂ってきた。

「かようなところにこのような飲み屋が櫛比《しっぴ》しておるとは承知しなかったな」

「最近のことでしてね、酒と食い物が美味《うま》いと賑わっておりますので」

桐十郎が、
煮込みと菜飯
と手書きの暖簾《のれん》がかかった一軒の屋台に入ると、中で騒いでいた声がぴたりと止まった。

「旦那、わっしらは……」

亭主が桐十郎の巻羽織に怯《おび》えて言いかけた。丈の短い巻羽織に着流しは八丁堀同心の看板だ。そのことに亭主は怯えたのだ。

「取締りではない、客だ。飲ませてくれ」

と桐十郎が言い、惣三郎を誘った。

河岸に建てられた屋台小屋は意外に広く、間口三間に奥行き二間もあった。細長い板を挟んで亭主と客たちが向き合っていた。亭主の前には煮込みの土鍋が見えた。

客は楓川《もみじ》や三十間堀を仕事場にする船頭や職人たちのようだ。

「酒をくれ。その煮込みを貰おう」

「鮪《まぐろ》の粗《あら》と大根の煮込みだが、いいかえ」

ようやく安心した亭主が聞いた。

「ああ、それでよい。あとで菜飯を貰おう」

ただ一人の奉公人の小女が燗徳利と盃を持ってきた。

「まずは一杯」

互いに酒を注ぎ合って飲み干した。

「悪くないな、美味い酒だ」

同心の姿に怯えるような不法な屋台店だ、それにもかかわらず上酒を出すのに惣三郎は驚いた。

亭主が嬉しそうに、

「酒だけは下り酒ですよ」

と胸を張った。

「金杉さん、伊吹屋の一件ですがねえ、花火の親分が昼となく夜となく睨みを利かしてます。よほど鍾馗様に痛めつけられたのが効いたか、今のところは何の動きもございません」

「すまぬな。多忙な西村さんや房之助親分を煩《わずら》わせて」

「これも御用の一つです」

縁が欠けた皿に鮪の粗と大根の炊き合わせが載せられて出てきた。

「これは美味そうな」

空腹にはたまらない匂いだ。

大根を口に入れた惣三郎は、味が染みた美味さに驚いた。

「親父、なかなかのものだな」

「下々の味でございますよ。旦那方に気にいってもらえてようございました」

と応じた亭主が、

「自慢の古漬けでさ、食べてみてくだせえ」

と皿に茄子《なす》と瓜《うり》の古漬けを出してくれた。

「おおっ、これはよいな」

二人が二本の徳利を飲み干した頃合、ふいに小屋が激しく揺れた。

「なんだなんだ！」

慌てた客たちが猪口《ちょこ》や燗徳利を抱えて立ち上がった。

薄い板壁がめりめりと引き剝《は》がされ、板屋根から埃《ほこり》が惣三郎たちの頭上に落ちてきた。

「糞《くそ》っ、的場《まとば》一家だな」

亭主が悲鳴を上げた。

揺れていた小屋の動きが止まり、ぬうっと顔を出した髭面がいた。

芝口から楓川界隈を縄張りにするやくざ者、的場の勝五郎《かつごろう》の代貸民三《たみぞう》だ。二人の弟分を引き連れ、外にも仲間がいた。

「だれに断わって商いを続けてんだ」

弟分の一人が懐《ふところ》から匕首を抜いて、立ち竦《すく》む小女の頰をぴたぴたと叩いた。

桐十郎の姿は屋台が暗い上に惣三郎の体に隠され、見えていない。

「商いを続けたけりゃ、上がりの三分を親分に払いねえ」

「今日は貰って行くぞ、売り上げ出しな」

と脅しをかけた。

「三分なんて法外だ、儲《もう》けなんて出ねえよ」

「うるせい、御託《ごたく》を抜かすのは、みかじめ料を払った後のことだ。なんなら娘の顔を切り裂かせようか」

小女が、
ひえっ
と叫んで泣き出した。

「うるせえ！」

と怒鳴った。

匕首を持つ腕が下からふいに突き上げられた。

「な、なにをしやがる！」

腕を取った惣三郎が逆手にねじると屋台の外へ突き出した。

一瞬の早業であった。

「やりやがったな！」

民三が長脇差の柄《つか》に手をかけた。

そのとき、西村桐十郎の声が長閑にも響いた。

「民三、おれが飲んでいるところをよくも邪魔してくれたな」

ぐいっと恐ろしげな人相を向けた民三が、

「あっ、西村の旦那！」

と仰天した。

「おれの頭を見てみねえ、おめえらが揺すった屋根の埃まみれだぜ。勝五郎に言っておけ、明日にも面《つら》を出せとな。それともこの場でおめえをしょっ引くか」

「旦那がまさかおられるとは知らなかったんで」

「知らないで済むか！」

南町奉行所の切れ者同心のひと睨みに民三の顔が真っ青に変わり、屋台から飛び出すと、

「御免なすって」

と言い残して雲か霞《かすみ》と消え失せた。

「旦那、すまねえ」

亭主が詫びた。

「おれっちの商いはお上にもやくざにも睨まれる商いだ。それだけに酒と料理は美味いものと思ってやってきたんですよ」

頷いた桐十郎が、

「菜飯はまたにしよう、勘定をしてくれ」

「旦那から飲み代を取れますか」

「馬鹿も休み休み言え。おれが払わなきゃあ、的場の勝五郎と一緒になる。いくらだ」

桐十郎は徳利何本でいくら、煮込みはいくらと値段を確かめて、きっちりと亭主の手に

渡した。

三

金杉惣三郎は木挽橋で桐十郎と別れ、人の往来の多い東海道に戻った。芝七軒町に向かって南の方に歩を進める。

惣三郎がその殺気に気付いたのは芝口橋を渡る辺りでだ。

ぴりぴりと肌を刺すような殺気は芝神明で感じたものと同じだ。だが、惣三郎の歩みは変わらなかった。すたすたと歩く足が止まったのは芝神明の境内に入ったときだ。

殺気だけで影すらも感じさせない尾行者に向かい合うように後ろを振り向いた。

沈黙のまま待った。

相手もまた無言を守っていた。

惣三郎は気長に待った。

殺気は惣三郎の正面から漂うかと思えば、次の瞬間には背後に回っていた。

なんとも恐るべき相手だ。

四半刻も過ぎたか、惣三郎が闇に話しかけた。

「そなた相手にそうそう遊んでもおられぬ。今宵はどうなさる気か」

闇に潜む人物の気配が、
ふわっ
と消えた。

金杉惣三郎はしばらくその場に留まった後、境内を出ようとした。鳥居を潜《くぐ》ろうとしたとき、その張り紙に気付いた。

「誅《ちゅう》　金杉惣三郎」

の文字が常夜灯の明かりに浮かんだ。

「子供じみた真似を」

惣三郎は呟くと張り紙を引き破って丸め、懐に入れた。

長屋に戻ると力丸が遠吠えするような吠え声で主の帰りを迎えてくれた。

「力丸、わが城を守ったか」

飼い犬の頭を撫でて、腰高障子を引き開けた。

「お帰りなさいませ」

しのが台所から惣三郎を迎えた。

「みわと結衣はもう休んだか」

「いえ、二階に起きておりますよ」

父の帰宅を知った二人の娘が階段を下りてきた。

「お帰りなさい」

「昼間、葉月様がお見えになりました」

と口々に賑やかに迎えた。

「退屈なされて話に見えたか」

「いえ、手紙を持参なされたのです」

「手紙とな」

結衣が伊吹屋金七の手紙を持ってきた。

「なんぞあったかな」

火鉢の前に座した惣三郎は、

「葉月さんを一人で帰したか」

とまずそのことを気にかけた。

「いえ、私どもがめ組まで一緒に行き、その先は鍾馗様が京橋口まで無事に送り届けましたよ」

「それはよい手配りであったな」

そう答えつつ、金七の手紙の封を切った。

〈金杉惣三郎様　取り急ぎ一筆認《したた》めます。葉月の一件ではご迷惑の掛けどおしにございますが、また難題を堀田家家老の板取五郎左衛門様が申し来られてございます。本日、御遣いがお見えになり、明後日の大安吉日午前中に来訪致したし。その折予《かね》てより申しこし一件応諾致されたく前もってお知らせ候との口上にございました。いかが返答したものかと思案にあまり、金杉様のお知恵を拝借せんと手紙を差し上げます。

多忙の身の金杉様を煩《わずら》わせること心苦しいかぎりにございますが、宜《よろ》しくご配慮下されたくお願い申し上げます。伊吹屋金七〉

とあった。

惣三郎は手紙をしのに回した。

「結衣、明日伊吹屋さんに参り、明後日父が参上致しますと伝えてくれぬか」

「はい」

と返事した結衣が、

「悪い知らせにございますか」

と聞いた。

「葉月さんには心煩わしいことであろう。そろそろこの辺で幕を引いておくべきかのう」

手紙を読んだしのが、

「なんぞ考えがございますのか」

「さて、ひと思案せねばなるまいな」

と返答した惣三郎は、

「腹が空いた。飯にしてくれぬか」

と女たちに願った。

「おや、夕餉はまだにございましたか」

「南町奉行所に立ち寄り、西村さんと一緒に飲み屋に立ち寄ったまではよかったが、些細《ささい》な騒ぎに巻き込まれてのう、菜飯を食い損ねたのだ」

と簡単に事情を話した。

「みわ、汁を温め直してくれませぬか」

しのたちが惣三郎の夕餉の仕度をする間に、伊吹屋の一件どうしたものかと腕組みした。


その翌朝、老中水野家の朝稽古であった。

享保の大試合を水野家が主催して以来、家中の剣術熱は一際高くなった。

最近ではそれが当たり前になって、朝暗いうちから藩士たちが道場に詰めかけ、汗を流すことが習慣になっていた。

それだけに師範の金杉惣三郎も息を抜く暇もなく指導に当たることになる。そして、稽古の最後には、お決まりのように佐々木治一郎と立会い稽古をする。だが、この朝、主の登城に従い、治一郎は稽古を早めに切り上げた。それを待っていたかのように次郎丸《じろうまる》と三

郎助の兄弟が、

「先生、時にはわれらにもご指南ください」

と稽古を願った。

瞬《また》く間に二刻ほどの稽古時間が過ぎ、その後、屋敷で朝餉を馳走になった。いつもの習わしだ。

この朝は、用人の杉村久右衛門が惣三郎と一緒に膳を並べた。

「杉村様、ちとお願いの筋がございます」

朝餉の膳が下げられ、新たに茶が供されたとき、惣三郎が言い出した。

「なんぞ厄介《やっかい》ごとか」

惣三郎は伊吹屋から相談を受けた一件を杉村久右衛門に話した。

話を聞き終えた杉村が一つ溜息をつき、

「大名家はどこも手元が不如意ゆえ、あれこれと策を考えられるのう。まして宮川藩のような小名には忠義を履《は》き違えた、かような人物が現われるものでな。でも金杉様、どうなさりたいのかな」

「この一件、伊吹屋も主家筋のことでござれば、表に出るようなことは避けたいと申しております。出来ることなら堀田家の面子《めんつ》を潰すことなく正陳様のご存じないうちに相手方が矛《ほこ》を収めていただければそれでよいのです」

「さて、どうしたものか」

杉村と惣三郎は四半刻ばかり知恵を出し合い、杉村が一つの提案をなして惣三郎が請け、水野邸を後にした。


その翌日の昼前、羽織袴の金杉惣三郎は京橋口の伊吹屋金七方の奥座敷の一室に待機していた。

近江宮川藩の江戸家老板取五郎左衛門一行が駕籠を店の前に乗り付けたのは、四つ半（午前十一時）前のことだ。

庭に面した客間に通された板取は早速主の金七と面談した。

「伊吹屋、そろそろ返事を聞かせてくれねば、正陳様にも申し上げられぬ。どうじゃな、色よい返答は」

と迫った。

「はあ、それが」

「本日は曖昧なことでは立ち去れぬぞ」

板取は四十二、三歳の年齢でねっとりとした話し方の人物だ。

「でございましょうが、娘がなかなかうんと申しませぬ」

「娘とはさようなものでな、はい、参りますと即座に答えるものか。伊吹屋、葉月が側室に上がるのは嫌と答えたそうだが、町人が大名家に入ることなどまたとない機会ではないか。正陣様の下に奉公致し世継ぎでも生むことになれば、これ以上の出世もあるまいが」

宮川藩は定府大名で参勤交代の要はなかった。だが、国許と江戸の二重暮らしは変わりない。

元々宮川藩内の領地坂田、愛知《えち》、蒲生《がもう》、甲賀《こうが》の四郡は田畑の土壌がよくなかった。生産高が低い上にここ数年不作が続き、年貢の徴収がうまく行かなかった。そのために藩士たちの給金支払いも半減に据え置かれていた。

正陣は幼き頃から英邁《えいまい》を謳われた若君だ。

この正陣が堀田家として最高の若年寄に昇進するのは延享《えんきょう》二年（一七四五）、二十二年後のことだ。

未だ苦しい藩財政が続いていた。

江戸家老の板取としてはなんとしても伊吹屋と強い関わりをつけ、多額の金子を引き出したいという考えでの来訪だから執拗《しつよう》であった。

「板取様、ちとお願いがございます」

「談判の最中になにかな」

「お会いしていただきたき人物がございますので」

「宮川藩への奉公か。それなればこの話が決した後に相談に乗ろうではないか」

「いえ、この話に関わることにございます」

「なにっ、この話に他人を交えるというか」

「他人と申しましても伊吹屋とは入魂《じっこん》の付き合いにございまして、諸々の相談に乗っていただいているお方にございます」

「怪しげな者ではないな」

「ございませぬ」

「そのほうが話しやすいというのであれば致し方なし、呼べ」

と承諾した。

金杉惣三郎が客間に入った瞬間、板取が不快な顔をした。

「伊吹屋、そなたは武家を呼んだか」

「はい、金杉様とは親しき付き合いゆえ、なにかとご相談申し上げておりましてな」

板取が惣三郎を見て、

「どちらのご家中かな」

「浪々の身にございます」

「なにっ、浪人者とな」

板取の蔑《さげす》みの様子があからさまになった。

「板取様、よくお聞きくだされ。金杉様のご長男とうちの葉月は許婚《いいなずけ》の間柄にございまして、いくら主家のお頼みと申されてもなんともお答え出来ぬのでございます」

「伊吹屋、宮川藩は小なりといえども大名だ。ご先祖は神君家康様にお仕えし、さらには家光様にご奉公した正盛様は老中を務められ、佐倉藩十二万石の藩主であられたのだぞ。その名門の末裔《まつえい》とどこの馬の骨とも知れぬ浪人の小倅とを一緒に致すか！」

板取五郎左衛門は顔を紅潮させて憤慨した。

「板取様、落ち着きくだされ」

「これが落ち着いていられるか。伊吹屋、話によっては堀田家も覚悟を致す」

「板取様、金杉惣三郎様の名をお聞きになったことはございませぬか」

「素浪人の知り合いなどないわ」

「では申し上げます。金杉様は老中水野忠之様の剣術指南、先の御前試合では審判を務められた方にございます」

「なにっ！」

悲鳴のような叫び声が部屋に響いた。

「さらに葉月の許婚の清之助様は剣術大試合で第二位の栄誉に輝かれ、吉宗様より宗の一字をいただいて金杉清之助宗忠と名乗ることを許され、脇差相模国広光《さがみのくにひろみつ》を頂戴なされた若者にございます。確かに親子してどこの家禄もいただいてはおられませぬが、それは昔の主家に気兼ねなされてのことにございます」

板取の両眼が丸く見開かれ、惣三郎を、金七を見た。

「伊吹屋どのが申されたこと、ちと大仰《おおぎょう》にござるが、うちの倅と葉月どのが許婚にあることには些《いささ》かの間違いもござらぬ。この一件は水野様もご存じのこと、祝言《しゅうげん》の折には忠之様が月下氷人《げっかひょうじん》の労を務められることに相なっております」

板取の目玉が慌しく動いた。

「伊吹屋、この話……」

「もし宮川藩がどうしてもということにございますれば、老中水野忠之様に事情を話してお断わり致さねばなりませぬ。いかが致しますか、板取様」

「あ、相分かった。この話、当方から取り下げるによって、どうか水野様には内証に致してくれ」

「板取様がそうおっしゃるのならそう致します」

「本日はこれにて失礼致す」

板取が蹌踉《そうろう》と立ち上がり、

「ならばお送りを」

と金七も見送りに立った。

客間に引き返してきた金七は葉月を伴っていた。

「金杉様、これにて懸念は除かれました」

「まずは水野様のお名を出したゆえ間違いなかろう」

水野忠之の用人杉村久右衛門が、

「あれこれと知恵を巡らすよりも直截に水野家の名を出されるほうがよろしかろう。ご家老の佐古神様には許しを得ておくで、その手を使われよ」

と勧めてくれたのだ。

「金杉様、これで葉月の憂いも取り除かれました」

晴れ晴れとした顔だ。

「伊吹屋どの、この話を断わる手立てとはいえ、清之助と許婚にさせられ、迷惑ではないか」

「なんの迷惑などありましょうか。いやはやほっと致しましたよ」

「それより清之助様がお聞きになったら、お怒りになりませぬか」

葉月はそのことを心配した。

「清之助は知らぬが仏ですよ。葉月さんこそ迷惑ではないかな」

「そんなことはありません」

顔を赤らめた葉月はそう答え、

「私はほんとうのことでもかまいませぬ」

と言うと顔を伏せた。

荒神屋に遅く出ることになった惣三郎は、六つ半（午後七時）過ぎまで帳簿付けに精を出した。明日から休まねばならないことを考えてのことだ。

大川端から土手を上がるころには真っ暗な闇が覆っていた。

新川沿いに三ノ橋から二ノ橋へと歩き慣れた道を進む。

新川は水運荷受けの商いの店が軒を連ね、上方からの下り酒はこの河岸に上がった。

夕餉の刻限だ、河岸の裏手の長屋から味噌汁《みそしる》の匂いが漂ってきて、赤子の泣き声も混じった。

二ノ橋を通り過ぎ、慶光院の門前に差し掛かった。

急に寂しくなった。

ふいに殺気が押し寄せてきた。

（ついに三日目にして姿を見せるか）

惣三郎は高田酔心子兵庫の鯉口を切った。

だが、姿を見せたのは三人の剣客浪人だ。

（この者たちか）

惣三郎は相手を見回した末に、

（あの者ではない）

と結論付けた。

「何用かな、火事場始末の帳簿付けが仕事だ、懐にはさほどの金子は持ち合わせておらぬ」

さらに暗がりから惣三郎の顔見知りが姿を見せた。

「おおっ、これは花房家の奉公人どのではないか。そうそう島村どのと申されたかな」

旗本花房家三千四百石の用人島村杉平だ。

「過日はふいを衝《つ》かれた。今宵は過日の二の舞は繰り返さぬ」

「島村どの、伊吹屋の葉月様のこととなれば、本家の堀田家は手を引かれたぞ。そなた方も終わりにせぬか」

「本家がどうであれ、花房家の受けた恥辱は雪《そそ》いでこいとの主の命だ。そなたを打ちのめさねば名聞《みょうもん》が立たぬ」

島村がそう言うと三人の浪人に、

「こやつ、火事場始末の帳面付けだ。命をとらぬまでも手足を叩き折って後悔させてやれ」

と命じた。

三人の浪人がさっと剣を抜いて、惣三郎の正面に立った。

「流儀を聞いておこうか」

惣三郎の問いかけに真ん中の浪人が、

「下谷長者町藤川流佐々木道場、門弟戸舎権兵衛《とねりごんべえ》」

と名乗った。

「同じく平賀紋八郎《ひらがもんぱちろう》」

「青木鉄蔵《あおきてつぞう》」

藤川流は播州竜野《ばんしゅうたつの》の出の藤川弥司郎右衛門近義を祖とする。藤川は直心影流の長沼四郎左衛門の門人である。

「これは異な縁かな、それがしも同門でな」

「なんと……」

戸舎が訝しい声を上げた。

「老中水野忠之家剣術指南金杉惣三郎にござる」

「なにっ、金杉惣三郎どのとな。まさか先の大試合で審判を務められた金杉どのではあるまいな」

「それがしにござる」

「うっ」

と呻いた戸舎が仲間二人と顔を見合わせ、

「話が違うな」

「命あっての物種じゃぞ」

と言い合うと、さっと金杉の前から後退し、

「金杉どの、御免」

と言い残して闇に紛れた。

残されたのは花房家の用人島村杉平だけだ。

「島村氏、そなた一人で立ち会われるか」

「め、滅相もない」

「それがしが今宵申したこと、主の花房どのに伝えよ。もしこれ以上伊吹屋に不快を与えるようなれば金杉惣三郎直々に屋敷まで推参するとな」

「分かりましてございます」

ばたばたと草履《ぞうり》の音を立てて島村が姿を消し、金杉惣三郎は鯉口を戻した。

四

翌日、金杉惣三郎は深編笠を被り、着流しで芝七軒町の長屋を出た。

五つ半(午前九時)過ぎ、惣三郎としてはのんびりした刻限の外出だ。

いつもなら空が暗いうちに、車坂の石見道場か老中の水野屋敷の道場のどちらかに、朝

稽古に出かけるのが慣《なら》わしだ。

今朝は水野屋敷の番だが休みにした。

増上寺の北側から愛宕下《あたごした》大名小路に入り、御堀へと向かう。

惣三郎が江戸留守居役として奉公していた豊後相良藩上屋敷は、左手の神保《じんぼう》小路と佐久間小路の間に挟まれていた。

（斎木《さいき》高玖《たかひさ》様はご壮健であろうか）

旧主の面影を懐かしく思い出した。

もはや相良藩の禄を離れて六、七年になるのか。若い家臣には金杉惣三郎の顔を知らない者もいた。

（はるけくも歩みきたものよ）

これもおのれの宿命《さだめ》と考えるしかない。

御堀にぶつかった惣三郎は堀端を西に向かって溜池《ためいけ》へと上がる。

仲春の長閑な日和だ。

行きかう武家の表情もどこかのんびりとしていた。

赤坂御門から四谷御門に差し掛かり、麴町《こうじまち》の町家と変わった。

金杉惣三郎の足は、尾張中納言家の表門へと向けられた。

昨夜、大岡忠相の密偵時蔵《ときぞう》から連絡《つなぎ》が入り、

「四つの頃合、尾張様表門から東大久保村へとお出でくだされ」

とあった。

豪壮な表門には目もくれず尾張屋敷を右に見て東大久保村へと上がった。半町も進むと
すいっ
と町娘が惣三郎に寄ってきた。

「金杉様、ご機嫌はいかがにございますか」

大岡忠相が密かに使う女密偵の多津《たつ》だ。

「なんとか生きておる」

「金杉様には不釣合いのお言葉にございます」

と応じた多津が、

「宗春様、未だ外出の様子はございません」

と言った。

「本日参禅に行かれる日ではないのか」

「この刻限までに出られない日は、昼下がりに出られて参籠のため永福寺に宿泊なされます」

多津は金杉惣三郎を市谷片町の角で蕎麦《そば》を商う店の裏手に連れていった。そこには裏長屋の木戸があって、長屋の北側には石段が尾張屋敷の塀に沿うように伸びていた。

「しばらくこちらでお休みを」

多津は棟割長屋の奥まった戸口へと惣三郎を案内した。

長屋はお決まりの九尺二間だが、部屋には火鉢に炭が埋《い》けられ、鉄瓶に湯が沸いていた。部屋の隅には夜具も積んであった。

時蔵たちの見張り家の一つだろう。

金杉惣三郎は深編笠を脱ぐと部屋に上がった。

部屋の横手に格子窓が開いていて、石段と尾張上屋敷の塀が見えた。

どこからともなく梅の香りが漂ってきた。

多津が鉄瓶の湯でお茶を淹れてくれた。

「ただ今、時蔵さんと代わります」

そう言い残して多津が姿を消した。

台所の障子越しに光が差しかけて物静かだった。長屋には夫婦者か独り者が住まいしているのか、子供の声もしなかった。

「ご苦労に存じます」

腰高障子の戸が引き開けられて時蔵が入ってきた。

「世話になる」

「金杉様とまた御用が務められて嬉しゅうございます」

時蔵や多津と信頼し合うようになった陰では同じ密偵のお吉《きち》が犠牲になっていた。それだけに惣三郎と時蔵らとの間に深い絆《きずな》が生まれていた。

「万五郎様は昼前にお出かけになる様子はないそうだな」

惣三郎は大岡忠相に倣《なら》い、徳川宗春を万五郎の名で呼んだ。そのほうが他人に聞かれても差し障りがなかろうと思ったからだ。

「どうやら今夜は永福寺にお泊まりになられる気配です」

「参禅のための宿泊と受け取ってよいのか」

「奉行はお疑いにございます。われらには金杉様が参られるまで無理するではないとの命で、お近くまで忍んで探索はしておりませぬ」

「参籠されるときは何日ほどか」

「一晩のときも三晩のときもございます」

「その間に永福寺に出入りの者はどうか」

「万五郎様はお出かけに際し、乗り物の周辺に十人に足らない供侍だけにございます。ですが、わっしの見るところ影警護《かげとも》を随行されております」

「人数はどうか」

「それが十人なのか、二十人なのか。何組にも分かれておりますようではっきりとはいたしませぬ」

「これまで参籠なされる間、永福寺を訪ねた人物はおるか」

「必ず参られるのは能楽師金春小次郎実篤《こんぱるこじろうさねあつ》様お一人にございます」

「金春小次郎様とはどういうお方か」

「世阿弥《ぜあみ》の血筋とか。尾張藩お抱えの能楽師にございまして、万五郎様とほぼ同じ年齢にございます」

「参禅の合間に能談義でもなされるのか」

「さてそれは」

時蔵は顔を横に振った。

「永福寺はどのような寺か」

「創建がいつなのか、その縁起すら判然と致しません。それほど小さな寺にございますがさすがに曹洞宗禅寺、凜然《りんぜん》とした佇《たたず》まいの寺にございます」

禅宗は達磨《だるま》大師によって中国で開かれた宗派だ。六世紀初めといわれる。禅宗は座禅瞑想を通じて釈迦《しゃか》の悟りに達しようとした。

中国から渡来した最初の教えは臨済《りんざい》宗で、鎌倉時代に栄西《えいさい》禅師によって伝えられた。さらに栄西の弟子の道元《どうげん》禅師が曹洞宗をもたらし、越前国永平寺《えいへいじ》と武蔵国鶴見《つるみ》の総持寺《そうじじ》を大本山とした。そして、最後に黄檗《おうばく》宗が隠元《いんげん》禅師によって伝えられ、京都・宇治《うじ》の万福寺《まんぷくじ》を布教の拠点とした。

禅宗は鎌倉時代、武家階級によって受け入れられた。能楽もまた武家階級が嗜《たしな》んだ芸能だ。

「時蔵、万五郎様の参籠に先立ち、それがし一人、永福寺に先行しようかと思う」

時蔵が頷いた。

「われら、これまで尾張様と幾多の暗闘を繰り返してきた。だが、万五郎様とお会いしたのはただの一度、それも暗がりのことであった。改めて尊顔を拝する機会があればと思うてな」

「承知しました」

金杉惣三郎は先の享保の大試合の折審判を務めながら、尾張藩主継友の姿を遠くから見ていた。だが、

(吉宗憎し)

の先頭に立つ万五郎こと徳川宗春の相貌をよく知らなかった。

惣三郎は、高田酔心子兵庫と河内守国助を腰に戻すと、深編笠を小脇に抱えて長屋を出た。だが、木戸には向かわず、裏口から尾張屋敷の塀下に延びた石段へと上がった。

片町と尾張屋敷の間を尾張藩の馬場へと抜けた。

さらに御家人屋敷が門を連ねる間の道を西へ西へと進んでいった。

この日、尾張屋敷を宗春の一行が出たのは、八つ半（午後三時）のことだ。

黒塗打上腰網代《くろぬりうちあげこしあじろ》の乗り物の周りをわずか十人に満たない供侍が随行して、早足で市谷片町、谷町、大久保余丁町《よちょうちょう》と通り過ぎて、東大久保村の永福寺に入った。

さらに一刻後、能楽師金春小次郎の駕籠が永福寺に到着した。

連れは鼓《つづみ》と笛を抱えた二人だけだ。

永福寺ではどうやら風流にも酒宴が繰り広げられる様子であった。

禅宗は比較的新しく伝えられたゆえに伽藍《がらん》の造り方や形式も唐様と呼ばれ、それまでのものとは異なっていた。

永福寺もまた小さな寺ながらその様式を踏襲していた。

まず山門は三門と呼び習わされた。

三門とは「三解脱門《さんげだつもん》」の意味で迷妄から解放されるための三つ道を門に譬《たと》えたものだという。

ちなみに三つの道とは、

「空・無相・無願」

のことだ。

深夜、永福寺から鼓と笛の音が静かに響いてきた。

金杉惣三郎は鼓の音に誘われるように「三解脱門」を潜った。

着流しに大小だけで深編笠はなかった。

すでに金杉惣三郎の姿を囲む万五郎の影警護《かげとも》がいた。

だが、惣三郎はそれらの者たちの行動を無視した。

三門を潜ると左手に僧堂が見え、三門の正面に仏殿、法堂《はっとう》、方丈《ほうじょう》とほぼ直線に並んで建てられていた。

僧堂は座禅を組む場所だ。

法堂は経典を読み、講義を受ける場所だ。

惣三郎は暗闇に姿を没して、鼓の音がする方向へと進んだ。それは法堂の右手の林に囲まれた高台から響いてきた。

修行の場にあって、そこだけがある種の艶《あで》やかさを持っていた。

茶室と接待所が高台の柴垣の中にあった。

惣三郎は仏が支配する世界から美が支配する領域へと歩を進めた。

庭に面した座敷の障子に人影が映っていた。

座敷には二つの影が対座し、控えの間に鼓と笛の楽師がいた。

影警護《かげとも》の輪が縮まろうとした。

ふいに鼓と笛の音が止まった。

「楽しみを邪魔する者はなにものぞ」

甲高い声が咎《とが》め立てした。

「万五郎様、鼓と笛の調べについ誘われましてございます」

障子が開かれた。

きらびやかな加賀友禅と思える小袖、ざっくりとした長羽織を着た徳川宗春が目を細めて庭の侵入者を睨んだ。

おっとりとした面長の公卿顔に細い双眸《そうぼう》と尖《とが》った顎《あご》、鷹揚《おうよう》と癇性《かんしょう》をその五体に秘めていることを示していた。

相手する金春小次郎は小柄な体付きで金糸の袖なし羽織を着ていた。こちらの風貌はどことなく捉えどころがなかった。俗に能面のような顔というが、小次郎の顔は生まれ持った能面を被っているようだ。

「何奴か」

「金杉惣三郎にございます」

「なにっ、金杉とな」

宗春が体を惣三郎に向けた。

「万五郎様、お久しゅうございます。お招きゆえ今宵、不躾《ぶしつけ》にも参上した次第にございます」

「余が招いたというか」

しばし考えた宗春が声もなく含み笑いした。

「そなたとは幾多もの恩讐《おんしゅう》を繰り返してきたな」

「万五郎様、それがしから恨《うら》みを持って仕掛けた覚えはございませぬ」

「かえって宗春に情けを与えたと申すか」

「さような考えもございませぬ」

「なんぞ用か」

「尾張は御三家筆頭のお家柄、徳川の屋台骨、将軍家とは一心同体にござりましょう。不和を避け、争いを止めることこそ三百諸侯のため、天下万民のためと前にもお願い申しました」

「愚かしきことを再び宗春に訴えにきたか」

「正直申しまして、この金杉惣三郎、五十路を迎えんとする齢に差し掛かり、ちと戦にも倦《う》み飽きてございます。出来ることなら、ここいら辺りで幕を下ろしたく思いましてな」

「弱法師《よろぼうし》の振りをして戯《ざ》れ言《ごと》を申し、宗春を欺《あざむ》く所存か」

「とんでもございませぬ。正直なそれがしの気持ちを訴えたまでにございます」

宗春からしばし応答はなかった。

「金杉、倅の清之助は四国巡礼の最中か」

と尾張藩主の異母弟は回国中の清之助の所在をはっきりと告げた。ということは清之助へも尾張の刃が向けられているということだ。

「つい最近、伊予宇和島より手紙を受け取りましてございます」

惣三郎は正直に答えた。すると宗春が頷いた。

「清之助と戦った柳生六郎兵衛は死んだ。となれば、ただ今の天下一の剣者は金杉、そなたの倅、金杉清之助ということになる」

宗春はこれまで尾張と尾張柳生が決して認めようとはしなかった、

「享保の大試合の勝者柳生六郎兵衛の死」

を認めた。

だが、尾張柳生が公式にその死を公表したのはずっと後年のことだ。

「柳生六郎兵衛様の死、無念にございます」

惣三郎は六郎兵衛が大試合の当日、湯殿で異端の剣士の一条寺菊小童《いちじょうじきくこどう》に殺されたことは伏せて、ただそう答えた。

「そなた親子に関わりなしというか」

「われら親子、神仏に誓いて六郎兵衛様の死と些《いささ》かの関わりもございませぬ」

「聞きおく」

「万五郎様からそのお言葉が聞けましたこと嬉しく思います。かような刻限に参上した甲《か》斐《い》がございました」

「金杉、今一度申す。天下一の覇者には数多《あまた》の剣者、剣客たちが戦いを挑むは古来からの習わしぞ。それを受けて立ってこそ天下一の剣術家だ」

宗春は清之助へこれからも尾張は刺客を立てると宣告していた。

「倅も剣術家の端くれ、剣の道を志す方々との戦は致し方なきことにございましょう」

惣三郎も宗春に、

「尋常の勝負を挑め」

と応じていた。

「去《い》ね、金杉。野暮をこれ以上、許さぬ」

「万五郎様、よき宵にございました」

惣三郎は徳川宗春と金春小次郎にくるりと背を向けた。

三門を出た金杉惣三郎は御家人屋敷の間を抜ける大久保余丁町を片町へと引き返した。

独り歩く惣三郎に急速に殺気の輪が押し寄せてきた。

「話の余韻も楽しませぬか」

未だ姿を見せぬ者たちに話しかけた。

その直後、闇から湧き出るように無紋羽織に裁《た》っ着袴《つけばかま》という装束の面々が姿を見せ、惣三郎の前後を囲んだ。だが、明らかに忍びとは違った。どうやら宗春の影警護のようだ。

尾張藩の家臣団の腕利きが選抜されて、宗春の影警護をしていた。

「主の許しを受けての行動か」

さらに惣三郎が念を押した。

答えは輪を縮め、剣を抜きつれることだった。

「ならば徒然《つれづれ》に独り舞をご披露致そうか」

金杉惣三郎は高田酔心子兵庫を抜くと、

「寒月霞斬り一の太刀」

に置いた。

輪の外で提灯の明かりが点された。

戦いの場が闇から光へと変わった。

「われら、影警護をないがしろにした所業、許せぬ」

その言葉が一統の頭目から発せられて、輪の中から一人が八双《はっそう》に構えた剣を振り下ろしつつ惣三郎に殺到してきた。

惣三郎は不動の姿勢で待ち、動きを見た。

先頭の一人が惣三郎との間合いに到達しないうちから、その左右にいた二人が同時に動いていた。

それは惣三郎に息も継がせず、次から次へと殺到してくる構えだった。

生死の境が切られたとき、惣三郎の地擦りの酔心子兵庫二尺六寸三分が円弧を描いて伸びた。

八双の振り下ろしよりも迅速に伸びた高田酔心子兵庫が、相手の外脛から下腹部へと斬り上げ、その体を虚空に飛ばすとさらに頭上で反転して翻った剣が左の攻撃者の肩口を斬り割っていた。

寒月霞斬りの一の太刀から二の太刀へと連続した攻撃だ。

尾張の陣形が一瞬にして破られていた。

惣三郎は二つの死体の上を飛び越え、輪の左手に躍り込んでいた。

金杉惣三郎の酔心子兵庫が再び一閃し、一人が倒れた。

「退《ひ》け、おれがやる」

動揺する配下を見た頭目が陣形を後退させた。

「尾張柳生一《いち》ノ木平五郎《きへいごろう》」

と名乗り、剣を正眼につけた。

惣三郎も再び地擦りにとった。

間合いは二間とない。

互いが踏み込めば死地だ。

一ノ木の顔が提灯の明かりに紅潮するのが見えた。

さすがに尾張の徳川宗春の影警護の頭分を務める一ノ木だ。剣風は重厚にして、隙を見出し得なかった。

惣三郎は死闘を覚悟した。

寒月霞斬りに己の命を託した。

一ノ木平五郎もまた咄嗟《とっさ》に生死を分かつ戦いと悟っていた。

それだけにどちらも簡単には踏み込めなかった。

時だけが重く流れていく。

「参る」

一ノ木がついにその言葉を発した。

次の瞬間、正眼の剣を自らの胸元に引き付け、剣とわが身を同化させて飛び込んできた。

それは迷いなくも潔《いさぎよ》い攻撃だった。

惣三郎は不動の姿勢で受けた。

生死の間仕切りを一ノ木が切った瞬間、地擦りの酔心子兵庫に生を与えた。

鋭くも斬り下ろされる一ノ木の剣と地面から円弧を描いて伸び上がる酔心子兵庫が虚空でぶつかり、火花を散らした。

その瞬間、一ノ木はしなやかにも酔心子兵庫を弾くと二撃目を惣三郎の肩へと落とした。

その動きは惣三郎に寒月霞斬りの一の太刀から二の太刀へと移行することを許さなかった。

惣三郎は身を一ノ木の左側へと回り込ませながら、ようようにして肩口へ落ちてくる剣と擦り合わせ、すれ違った。

一ノ木は流れるように反転した。

惣三郎が一ノ木と向かい合ったとき、さらに三撃目が惣三郎の面上に雪崩れ落ちてきた。

酔心子兵庫を差し伸ばそうとした。だが、弾き切れなかった。

一ノ木の剣が惣三郎の肩に流れて、衣服を切り裂いた。

痛みはなかった。

惣三郎は自ら間合いを外して体勢を今一度立て直した。

一ノ木は惣三郎に斬撃を与えた余裕から悠然と剣を正眼に戻した。

惣三郎は寒月霞斬りに拘《こだわ》った。

地擦りに酔心子兵庫の切っ先を下ろしながら、生死を独創の秘剣に託す覚悟をつけた。

間合いは一歩ずつ互いが踏み込めば死地に達した。

互いが荒く弾む息を整えた。

一ノ木平五郎の双眸が細く閉じられた。

静かにもめらめらと燃え立つような眼光が惣三郎に向けられた。

反対に惣三郎は明鏡止水《めいきようしすい》の境地に心身を保った。

炎と水が数呼吸睨み合った後、同時に仕掛けた。

一ノ木の正眼は引き付けられることなく、惣三郎の首筋に伸びてきた。

惣三郎は剣身一如《いちにょ》にして、酔心子兵庫に力を与えた。

垂直に伸びる剣と円弧を描く剣が互いに生を絶つべく虚空を斬り裂いた。

惣三郎は死を予感した。

その直後、手応えを得た。

一瞬早く酔心子兵庫の切っ先が一ノ木の下半身から腹部を斬り上げていた。

うっ
惣三郎の間近に迫った一ノ木の顔が大きく歪《ゆが》み、惣三郎は一ノ木の斬り下ろしを避けて、回り込んだ。

その眼前を一ノ木の体が前のめりに崩れ落ちていった。

惣三郎は刎《は》ね上げた一剣を引き付けて、残った影警護の面々の攻撃に備えた。

一ノ木の配下たちが動こうとした瞬間、

「火事だ、火事だぞ！」

という叫び声が大久保余丁町に響いた。

ぎょっ

として動きを止めた一ノ木の配下の面々が両側の屋敷町の様子を窺《うかが》った。

火事の叫び声に屋敷のあちこちで人が起き出す気配がした。

一統が一ノ木の亡骸をその場に残して闇に溶け込んだ。

惣三郎もまた通りから叫び声のした方向へと走った。

叫び声の主は時蔵だ。

「金杉様、こちらへ」

路地から時蔵の声がして、金杉惣三郎は暗がりへと走り込みながら、また宗春の恨みを深めたなと悔《く》いていた。

第四章　石鎚《いしづち》山の戦い

一

金杉清之助は四国巡礼の五十番札所繁多寺に二晩逗留した。朝晩の勤行《ごんぎよう》を共にして、老師米津寛兵衛の死を弔《とむら》ったのだ。

その後、心を新たにした清之助は和尚らに見送られて、再び遍路道に戻った。

思いもかけず繁多寺に滞在したことと、行く手に黒役小角一派が待ち受けていることが清之助に松山城下を素通りさせていた。

宇和島城下の飯篠流杉山賢太郎からは、

「松山城下に立ち寄られたら新当流の久坂信佳道場を訪れなされ。久坂どのはなかなかの人物にして剣術家である。そなたの勉強になろう」

と言われていたのだ。

清之助は心の中で、

（杉山先生、久坂道場に立ち寄るのは次の機会に致します）

と心の中で詫びて、先へと道を進んだ。

そのせいで師匠の石見鋲太郎の手紙を受け取る機会を失った。だが、清之助はそのことを知らなかった。

第五十一番の熊野山石手寺《いしてじ》、第五十二番の瀧雲山《りゅううん》太山寺《たいさんじ》、第五十三番の須賀山円明寺《えんみょうじ》へと霊場を順繰りに参拝し、米津寛兵衛の菩提を弔いつつさらに先へと足を進めた。

円明寺からの遍路道は海沿いの道である。

清之助は胸に老師の面影を抱きつつ、清々しい気持ちで次の札所近江《ちかみ》山延命寺《えんめいじ》（円明寺）までの八里半余（三十四・五キロ）を楽しむように一歩一歩歩く。

（清之助、旅はよいものじゃな）

時に心の中の寛兵衛老師が清之助に話しかけた。

（心が洗われるようでございます）

（さよう、武者修行も遍路旅もつまるところは心の修養よ。心を開いて往来する人々の情けに触れ、路傍に咲く草花に目を預けて楽しむ。余裕じゃぞ、清之助、これが何事にも大事なことよ）

（はい。清之助はせいぜい海や空の移ろいを楽しみながら旅をします）

そんな会話を続けながら、清之助は濃い藍色の瀬戸内の海と晴れ上がった空に抱かれて歩いていた。さらに進むと遍路道の左右には黄色に染める菜の花の畑が広がった。

そんな風景の中、

「南無大師遍照金剛」

と唱えつつ歩を刻む。

菜の花の黄色に老師の姿が重なって浮かんだ。

独り遍路でも菅の笠には、

「同行二人《どうぎようににん》」

と書かれてあった。それは弘法大師とつねに一緒という意味だ。今の清之助の心境は、

「米津寛兵衛師」

との二人旅だ。

江戸を発ってこれほど心に余裕を持って旅したこともない。清之助の心は自由で自在だった。それは米津寛兵衛の死と父の手紙が教え導いてくれた境地だ。

父の手紙で米津寛兵衛の死を知らされるまで、ただひたすら武芸修行に心を砕いていた。が、老師の死を知らされ、それを受け入れたとき、清之助の目が少しずつだが外界に向けられ、変化しようとしていた。

戦国の武将藤堂高虎《とうどうたかとら》が築いた今治《いまばり》城を横目に、その日の予定の延命寺のある近江山の頂に立ったとき、すでに日はとっぷりと暮れていた。

その夜、清之助は延命寺の本堂の回廊脇に座して仮の眠りに就いた。

老師の教えは、

「空腹を楽しみ、寒さを味わえ」

ということだと清之助は考え、旅の諸々を受け入れてきた。

それが清之助を寒さの中、一時《いっとき》の至福の眠りに誘った。

七つ（午前四時）の刻限、清之助は目を覚ますと手早く山の湧き水で洗顔し、口を漱《すす》いだ。

広い境内に立つと木刀を手に独り稽古を始めた。

二刻余も集中して型稽古から素振りを続けると、清之助の全身の血が音を立てて流れていくのが分かった。体はぽかぽかとして、すでに寒さなどどこかへ消えていた。

ようやく稽古を止めた清之助は旅の仕度を整えた。

一夜の宿を感謝して本堂前に正座して頭を垂れた。

朝の勤行を終えた僧侶が姿を見せて、清之助に合掌した。

清之助もまた挨拶を返し、

「無断にて一夜の宿りを致しました。その上に境内にて稽古をなして騒がしました。お許しください」

と謝った。

「なんの」

と笑った僧侶が、

「旅立ちの前に朝餉を食していかれよと和尚の言葉にございます」

「お心遣い有難くお受けします」

合掌を返した清之助は庫裏へと誘われた。


この日、清之助が遍路道に戻ったのは六つ半の刻限だ。

今日も燦々《さんさん》とした光が遍路道を照らし付けていた。

清之助の視界に来島《くるしま》海峡が飛び込んできた。

かつて伊予の豪族河野《こうの》氏が支配した海だ。

河野氏は越智《おち》氏の流れを汲む武将で、源平の戦では源義経《みなもとのよしつね》を助けた一族だ。また蒙古襲来に際しても水軍を率いて活躍し、瀬戸内の海を縦横に駆け巡って活動の舞台としてきた一族でもある。

伊予水軍の河野氏は芸予《げいよ》諸島の大三島《おおみしま》に鎮座する大山祇《おおやまつみ》神社を海の守り神として深く信仰した。

清之助が次に向かう第五十五番札所の別宮山南光坊《べっくさんなんこうぼう》は大山祇神社の属坊として建てられたものだ。

南光坊に寛兵衛の浄土安着を願い、祈る耳に遍路たちのご詠歌が聞こえてきた。

清之助は第五十六番の金輪山泰山寺《きんりんさんたいさんじ》へと向かう。

この寺は「人取り川」と恐れられた蒼社川《そうしゃ》の氾濫《はんらん》を弘法大師が祈禱で治めて創建された寺という。

一寺一寺祈願する旅を続けるうち、清之助を待ち受ける黒役小角の一統との戦いが迫ってきていた。だが、今の清之助にはそのような雑念は針の先ほどもない。

ただ無心に師匠の菩提を弔い、遍路道の風景を楽しむことだけに支配されていた。

里を通ると地機《じばた》の音が聞こえてきた。

今治を中心にした瀬戸内地方は綿花栽培が盛んで、享保年間（一七一六〜三五）に今治の白木綿商の柳瀬忠治《やなせちゅうじ》が女たちに資金を貸与して白木綿を作らせていた。

この白木綿を織る地機が高機に、さらに伊予の織物として名高い伊予絣《がすり》に発展するには享和《きょうわ》年間（一八〇一〜〇三）を待たねばならない。

山の五十八番札所の作礼山仙遊寺《されいせんゆうじ》から五十九番の金光山国分寺《きんこうこくぶんじ》に向かう道中、清之助の行く手を再び早春の菜の花畑が、さらにその向こうには来島海峡の海が迎えてくれた。

そんな光景の中、寛兵衛が清之助に背を向けて菜の花畑をすたすたと歩いて海へと向かおうとしているのが映った。

「お師匠様」

その声に振り向いた老師が手を振った。

顔に笑みを浮かべた寛兵衛が、

「さらばじゃ、清之助」

と答えて姿が消えた。

清之助はしばしその場に立ち尽くしていた。

（もはや寛兵衛先生はこの世にもわが心の中にもおられぬ。彼岸に去られた）

そんな思いで立つ清之助の目に、菜の花畑に別の人物が浮かんだ。

葉月の顔だ。

（いかぬ、こんなことでは……）

と頭を横に振った清之助は、父の手紙の言葉を思い出した。

〈……清之助、家族を思う気持ちと同じく葉月殿を想う心、なんら修行の妨げにならず。父もまたそなたの母やしのを慕いつつ修行に明け暮れし候。これは人の情けに候、自然の発露に候。なんぞ忌み嫌うべきや、反対に励みにならん〉

清之助は葉月に向かって笑みを浮かべた。

雛《ひな》祭りの日、伊吹屋ではしの、みわ、結衣の金杉家の三人、め組のお杏に半次郎、花火の親分の姐さんの静香、それに西村野衣らを招いた。

男はまだ幼い半次郎一人で、女たちばかり気兼ねのない宴《うたげ》を過ごそうとしていた。

葉月は奥座敷に緋毛氈《ひもうせん》の段々を造り、雛人形を飾った。

その昔、雛人形は紙雛で質素なものであったそうな。それが時代が下るにつれて、豪奢になっていった。

徳川幕府の財政の基盤を握った豪商たちの中には、京の人形師に格別な雛人形を作らせ、自慢する者も現われた。

そこで幕府では享保六年（一七二一）に、

「八寸以上の雛、人形の製作の禁止」

を布告した。

〈享保七寅年三月、内裏《だいり》雛七寸以下に究。此《この》せつ、仕込みの大雛忍びて売りもの取上げらる。その上過料三十貫文《かんもん》出す。是《これ》より前は大雛一尺五、六寸、金一両より三分位にて有《あり》ける〉

と『我衣』に記されている。

享保期、幕府では華美に走り、贅《ぜい》を凝らす町人の習わしを制限した。

葉月が抱える内裏雛は元禄末期に加賀で作られたものだ。

内裏様もお雛様も坐像で身の丈《たけ》六寸で愛らしい。

葉月は内裏様とお雛様の姿に清之助と自分を重ねて見ていた。

（今頃、清之助様はどうしておられるのでしょう）

葉月の手は清之助が送ってくれたお札を握っていた。

「葉月、なにをなされているのです。皆様がお揃いでお出でですよ」

と母に言われて、葉月は慌てて迎えに出た。

腹が大きな野衣を囲むように女たちが伊吹屋の奥座敷に入ってきて、急に賑やかになった。

「まあ、可愛いお雛様だこと」

結衣が雛飾りに嘆声を上げて、ひとしきり女たちの感想が続いた。

ばら寿司をはじめ、数々の料理と江戸で名高い豊島屋の白酒が並んだ座敷を仕切るのは、なんといっても、め組のお杏だ。

「葉月さんの顔が一段と晴れやかなのにはなにか理由《わけ》があるのかしら」

「さてそれは」

葉月が顔を赤らめた。

「お杏様、兄上が伊予から葉月さんにとお札を送って来られたのですよ」

「なに、清之助さんは遍路の真似事をしているの。どうせ送るならさ、もう少し娘が喜びそうな簪《かんざし》とか櫛《くし》とかさ、考えつかなかったものかねえ」

伝法な口調のお杏だが元を辿れば、江戸でも有数の分限者《ぶげん》、札差冠阿弥の一人娘だ。それが幼馴染みで、め組の跡取り息子の半次郎と所帯を持った。だが、新所帯間もないうちに半次郎が火事場のいざこざから命を落とすという悲劇に見舞われた。

失意のお杏を支えたのが半次郎の弟分の登五郎だ。

数年後、登五郎とお杏が祝言を挙げて、め組の跡取りが出来た。そして、二人の間に生まれた男子に亡き半次郎の名をつけて、目に入れても痛くないというほどに可愛がっていた。

ともあれ、粋《いき》と鉄火《てっか》の町火消しの姐さんとして貫禄をたっぷりとつけたお杏に、大店のお嬢さんの面影を見つけるのは難しい。

「お杏さん、そこが清之助さんのよいところですよ」

と花火の房之助親分の女房静香が応じた。

「そうそう、武者修行の若武者が簪や櫛を買ったのではおかしゅうございますよ。お札に清之助さんの純朴な気持ちがこめられております」

野衣が笑みを浮かべた顔で言う。

「お杏さんは登五郎さんからなにを貰ったら嬉しいの」

みわが聞く。

「そうね、久しくそんな思いをしたことがないからさ、どうだと聞かれても答えようがないよ」

「男は釣った魚には餌《えさ》を上げないものなのよ、みわ様」

静香が呼応した。

「そういえば、母上も父上からなんぞ貰ったということはないわね」

みわがしのを見た。

「おやおや、矛先が姥桜《うばざくら》の私に回って参りましたか」

と笑ったしのが、

「亭主どのが壮健なれば、なにも要《い》りませぬ」

「私もです」

と葉月がしのに同調して、また顔を赤らめた。

「かなくぎ惣三と清之助さんの親子は並みの男じゃないものね。黙っていても火種が次々に舞い込んでくるんだから、二人して気が気ではないでしょうよ」

と険しい顔に戻してお杏が言い、

「うちの鍾馗がひと暴れしたという一件はどうなったの」

と葉月に聞いた。

「お陰様で金杉様のお力でなんとか……」

答えたのは葉月の母親のお玉で、側室騒ぎのあらましと結末を語った。むろん宮川藩や堀田家、さらには花房家の名は伏せてのことだ。

「かなくぎ惣三の出馬でまずは一件落着か」

「すべて金杉様と昇平さんのお力にございます」

と答えた葉月が、

「お杏様、昇平さんになにかお礼をしたいのですが、なにがようございましょう」

「鍾馗にまで気を遣うことはないと思うがね」

と首を捻ったお杏が、

「これは私よりみわさんに聞いたほうがいいか」

とみわを見た。

「お杏さん、止めてください。私、昇平さんのことなど知りませんよ」

「姉上、なにも今さら隠すことはございませぬ。姉上が昇平さんを好きだというのはだれも承知のことです」

妹の言葉に慌てた姉は、

「結衣、今に見ておいでなさい」

と睨んだ。

「怖い怖い」

と結衣が怯えた振りをして一座が弾けるように笑った。

「まあ、葉月様の気持ちだけでようございますよ」

とお杏がこの話題を締めた。

夕暮れ、金杉惣三郎は女たちを迎えに伊吹屋に立ち寄った。女だけの宴が催されていることを承知していたからだ。しのたちを店先に迎えて失礼しようとした惣三郎だが、金七とお玉夫婦に手を引かれるように座敷に招じ上げられ、夕餉を馳走になることになった。

すでに伊吹屋は店仕舞いの刻限だった。

そのことが惣三郎の遠慮をなくしていた。

「ほう、いずれを見ても牡丹《ぼたん》、芍薬《しゃくやく》の花盛り、女ばかりの集《つど》いも悪くないな。もっともそれがしのような無粋者が紛れ込んで恐縮だがな」

金七も加わり、話し疲れた一座に再び賑やかさが戻ってきた。

「父上、次の集いは野衣様のお子が誕生したときにございます」

結衣が惣三郎に報告した。

「八丁堀の役宅が祝いの場となな。これればかりは西村どのが張り切られよう」

「役宅に戻って参りますとまずお腹に向かって、名を呼んで話しかけております」

野衣が笑った。

「男の子の名だそうな」

「はい。娘が生まれたらと想像するだに空恐ろしくなります」

桐十郎と野衣の他はその名は未だ知らなかった。

「野衣様、ご心配ございませんよ。西村の旦那は腹の中ではちゃんとそのことも考えておられると思いますがねえ」

と付き合いが長い静香が請け合った。

「そうそう、男なんてねえ、お産の日が近づいたら男の子だろうと娘だろうと五体満足ならそれでいいと言い出すに決まってますよ」

と半次郎を生んだお杏も静香に同調した。

「おまえ様、秋には飛鳥山に生まれた赤ちゃんを伴って、菊満開の菊屋敷でお祝いすることも決まっております」

しのが笑みを浮かべて言う。

「となると、いよいよ菊作りを再開することになるな」

惣三郎の言葉にしのが頷き、

「その前に何度か私たちが飛鳥山に通うことになったの」

とお杏が告げた。

「菊屋敷は町中と違い、閑静なところだそうにございますな」

と金七も言う。

「しのの父が求められた庄屋屋敷でな、隠居所にしては離れもあって広いものだ。菊の季節に伊吹屋どのもいかがかな」

「それは嬉しきお招きにございます」

と金七が答えたところに、

「お父《とっ》つぁん」

と伊吹屋の跡取り息子の佐一郎が顔を出した。その顔は険しかった。

「どうしたな」

「花房のお殿様がお見えにございます」

「なにっ、花房職勝《もとかつ》様が直々にな」

これは困ったという顔で金七が惣三郎を見た。

「まずはお会いなされ、用件を承《うけたまわ》ることです」

「はい」

と覚悟を決めたように金七が店へと出ていった。

葉月の顔に不安が走った。

「葉月さん、ここは大船に乗った気持ちでお父つぁんとかなくぎ惣三に任せてなさいな」

とお杏が言うのを聞きながら、惣三郎も高田酔心子兵庫を提げて立ち上がった。

店先には恰幅《かっぷく》のいい、赤ら顔の武家が仁王立ちになって、

「伊吹屋、そのほうは直参旗本のおれの御用を玄関先で聞こうというのか」

と怒鳴っていた。かたわらには用人の島村杉平が控えている。

表戸が閉ざされた店では大勢の奉公人たちがその日の商いの勘定と帳簿付けに追われて

いたが、だれもが息を詰めて成り行きを見守っていた。

「いえ、そうではございませぬ。今宵、女ばかりがささやかに雛祭りの宴を催しておりまして、取り込んでおります。殿様をお招きするには恐縮にございますすれば、倅を走らせて、近くの茶屋に席を用意させまする」

「雛祭りの宴席にてもいささかも支障はない」

「それでは女たちが恐縮致します」

「葉月はその場におるのじゃな。それがしが直々に先の一件を断わった理由を問い質《ただ》す。さよう心得ろ」

草履を脱ぎ捨てた花房職勝が上がりかまちに片足をかけた。

金杉惣三郎が姿を見せたのはそのときだ。

用人の島村が両目をまん丸く見開いて驚いた。

「お待ちあれ」

「そのほうは何奴か」

「金杉惣三郎と申します」

「なにっ！　そのほうが金杉か。老中水野様の名などを出しおって、ちと増長に過ぎる。浪人者がのさばりくさるでない」

「花房様、先の一件なればご本家も引かれたことにございます。これ以上の無理難題は花房家の体面に関わりますぞ」

「旗本三千四百石、素浪人にとやかく言われる筋合いはないわ。この職勝、家老の板取五郎左衛門の弱腰とは違う。一旦口にした話はきっちりと纏《まと》めてみせる」

「それは困った」

職勝の顔が青く沈み、狂気の色が走った。

「そのほう、先の大試合では審判を務めたそうじゃが、素浪人、だれぞに取り入る生き方を心得ておると見えるな」

と吐き捨てた花房職勝が惣三郎を無視するように店先の板の間に上がり、奥へ通ろうとした。

「無体にございます」

惣三郎が立ち塞がった。

「無礼者めが！」

花房職勝の左手に提げていた大刀が抜き打たれて、金杉惣三郎の肩口を襲った。

腰を沈めた惣三郎が職勝の懐に飛び込むと手にしていた酔心子兵庫の柄頭で胸の辺りを軽く一撃した。

両足を高く上げて腰砕けに土間に落ちた職勝は痛みを堪《こら》えて喚《わめ》いた。

「おのれ、許さぬ！」

よろめき立った職勝が大刀を振るって再び惣三郎に斬りかかった。

刃の動きを読み切った惣三郎が土間に飛び降りざまに職勝の腕を抱え込み、腰車に相手の体を乗せて叩き付けた。

うーん
と呻いた職勝が大の字になって気絶した。

「用人島村と申したか。主がかような振る舞いを続ければ花房家の改易の因《もと》にもなりかねぬ、それが分からぬか！」

惣三郎の叱咤に島村用人の体がぶるぶると震え出した。

「今宵は許して遣わす。再び愚行を繰り返すようなればそれがしにも覚悟がござる、心して主を引き取れ」

島村用人が惣三郎にぺこぺこと頭を下げて、外に待機する供の者を呼び、意識を失った職勝の体をなんとか駕籠に押し込めて、早々に伊吹屋の前から消えた。するとそれを表で見ていた西村桐十郎が伊吹屋に入ってきた。

南町奉行所定廻り同心は女房の野衣を迎えにきたのだ。

「これはなんとか手を打ったほうがようございますな」

と桐十郎が惣三郎に呟きかけたものだ。

二

南町奉行大岡忠相の内与力織田朝七が麹町の寄合旗本花房職勝の屋敷を訪れたのは翌日のことだ。

用人島村杉平が訝《いぶか》しい表情で応対に出ると、

「多忙のみぎり、早々に用件に入りとうござる。じゃが、その前に主の花房職勝様のお怪我はいかがかな」

と聞いた。

「な、なぜそのようなことを」

と驚く島村用人に織田が、

「本来、かようなことに町方が顔を出すのは役目ではないことを承知しており申す。だが、御目付を煩《わずら》わさばご当家に幕府《おかみ》の沙汰が下りるは必定、それがしの来訪は花房家のためと心得られよ」

「はっ、はい。と申されても一向に覚えがござらぬが」

「島村どの、伊吹屋の一件にござる」

織田がずばりと言った。

「な、なぜ南町奉行の大岡様が」

「関わると申されるか。金杉惣三郎と奉行は入魂《じっこん》の付き合いでのう、此度《こたび》の一件、奉行は気にかけておられるのだ。と申すのも金杉の倅の清之助は先の大試合で第二位に入った武芸者、上様に宗の一字を頂いた清之助宗忠はただ今武者修行の身であり、そのことを上様もいたく気にかけておられる。さてその清之助であるが、出立前に伊吹屋の娘葉月と将来を誓い合った仲でな。無事、回国修行の後は祝言をと奉行を始め、老中水野様も考えておられるところだ」

「ま、真《まこと》にござるか」

島村の顔は引き攣《つ》っていた。

織田が上げた名前は南町奉行大岡忠相、老中水野忠之、それにあろうことか吉宗までもが金杉親子と知り合いというのだ。いくら清和源氏以来の名門とはいえ、三千四百石があっさりと吹き飛ぶ話だ。

「それがし、嘘を告げに参るほど暇でござらぬ」

と言い切った織田が、

「花房家が強引にこの一件にこだわれば、騒ぎが大きくなり表に出ることになろう。それは花房家のためによからぬことであり、また若い二人のためでもない。そのところをよくよく考えていただけぬか」

「織田様、相分かりましてございます。主職勝によく言い聞かせますで、大岡様にはよしなに」

島村が額を畳に擦《こす》り付けた。

「ご承知くだされたか」

織田がほっとして頷いたが、その顔に笑みはなかった。

西村桐十郎の内々の相談を受け、大岡には内緒で花房家を訪問したところだ。

内与力は奉行の家令として奉公し、奉行の務めを円滑に図ることを役職とする。織田は多忙な大岡には告げることなく動いた。が、老中水野や上様の名まで持ち出した自分が嫌だったのだ。

翌朝、金杉惣三郎は一人で車坂の石見道場に向かった。

八つ半（午前三時）過ぎに半鐘が響いた。

金杉惣三郎は寝床から起きて風具合と半鐘の打ち方を聞き分けた。近くの火事ではないようだ。だが、め組は当然火消しに出動していた。となれば昇平の朝稽古は欠席である。

そんなわけで一人増上寺と愛宕権現の間の切通しを抜けようとした。

その瞬間、

ぞくり

とする殺気を感じた。

（あやつ、未だ諦《あきら》めておらぬのか）

これまで二度ほど正体を見せぬ影に付き纏《まと》われていた。

金杉惣三郎は気を引き締めて切通しを越え、天徳寺の門前を走る西久保通りに出た。すると、

ふうっ

と殺気が遠のき、消えた。

「行って参ります」

一刻半後、みわは長屋を出るとすぐ近くの八百久《やおきゅう》に仕事に向かった。朝の間から八つ（午後二時）の頃合まで八百屋で働くのがみわの勤めだ。

惣三郎が荒神屋の帳簿付けで働く給金が金杉家の支えだ。そんな家計を案じて八百久勤めを始めたみわだった。だが、今では金杉惣三郎も水野家からも剣術指南として俸給をいただく身だ。

金杉家の家計もだいぶ楽になっていた。

そこで八百久でいただく一日八十文の稼ぎはまるまるみわ自身の小遣いになった。

冠阿弥の大旦那の膳兵衛は、

「もちっと小奇麗な仕事をしませぬか。みわ様の才覚があれば八百屋で稼ぐ給金の何倍もいただけるところもございますよ」

と親切に言葉をかけたこともあった。が、みわは、

「膳兵衛様、みわは八百久で瑞々《みずみず》しい野菜を扱い、町家のお上さん方と話すのが好きでございます」

と断わったものだ。

みわは冠阿弥の長屋の木戸を出た。

八百久はすぐそこだ。

そのとき、みわは五体を撫で回されるような目を意識した。辺りを見回した。だが、どこにも人影はなかった。

(気のせいかしら)

みわはそう思いながら表通りに出た。

「みわちゃん、おはようさん」

魚常《うおつね》の女房のおつぎが飯台から鰆《さわら》を取り出しながら挨拶してきた。

「おばさん、おはよう」

魚常は魚河岸の魚の仕入れから戻り、これから下拵《したごしら》えをした後、町内を一回り小売り

しに歩くのだ。飯台の魚は魚常が仕入れてきたものだ。

「みわちゃん、今日は細魚《さより》がおいしそうだよ。吸い物にすると堪《こた》えられないよ、とってお
くかえ」

「お願いするわ」

みわは夕餉の一品を注文し、おつぎが飯台からかたちのいいのを選《よ》り分けながら、

「清之助さんは元気かねえ」

「伊予から便りがありましたけど、暢気《のんき》に旅を続けている様子ですよ」

みわは町内で働くとき、武家言葉を捨てた。

「伊予か、名だけは聞いたことがあるが遠いところだろうねえ」

「なんでも江戸から二百七十八里も離れたところだって」

「そりゃ、遠いやね。こちとらは六郷《ろくごう》川だって渡ったことがないんだ。二百七十八里た
あ、唐天竺《からてんじく》と同じさ」

「まったく武者修行だかなんだか、うちの兄《あに》さんは浮世離れしてますよ」

「みわちゃん、男と女は心持ちが違うのさ」

とおつぎが答えたとき、魚常が顔を出して、

「そのことよ。清之助様には天下第一の剣術家になるという大望《たいもう》があってのことだ。女子
供に高邁《こうまい》な気持ちが分かってたまるかえ」

と研いだばかりの刺身包丁を構えて見せた。

「よう、魚常、日本一！」

「みわちゃん、茶化すんじゃねえ、構えた刀の行き所がねえ」

と言いつつ、包丁をだんびらに翳《かざ》した。

しのはこの日、お杏に頼まれていた夏小袖が仕立て上がったので結衣を伴い、八百久の前を通りかかった。

「母上、魚常さんに細魚を分けていただきました。帰りにお持ちください」

みわは母親に話しかけるときには武家言葉に戻した。

「おつぎさん、気をかけていただき、ありがとうございます」

しのが丁寧に腰を折って挨拶し、おつぎが慌てて店の奥から飛び出してきた。

「母上、店先で馬鹿っ丁寧に挨拶などなされると、商いに差し支えます」

みわに叱られ、それでもおつぎに会釈を返すしのの手を結衣が引いて、め組に向かった。

「みわちゃん、いつ見てもおっ母さんは様子がいいね。第一、上品だ」

と八百久が言い、

「娘は不細工ですいませんでした！」

「おまえさん、昼間っからなにでれでれしてんだい！」

みわと上《かみ》さんに嚙《か》み付かれて、

「くわばらくわばら」

と八百久が首を竦《すく》めた。


この日、車坂の石見道場に一人の旅の武芸者が訪れた。

もう朝稽古が終わりかけの刻限だ。

「石見鋲太郎先生に一手ご指南を」

と必死の表情で懇願され、水野屋敷の道場から出稽古に来ている佐々木次郎丸が石見鋲太郎に取り次いだ。

「道場破りとも思えず、あまりの真剣な頼みにございまして」

「石見鋲太郎の名を出された以上、応えずばなるまい。お上げしてくれぬか」

「承知しました」

大勢の門弟が左右の壁際に居流れて稽古の汗を手拭で拭く中を、次郎丸が若い武士を伴ってきた。

金杉惣三郎は朴訥《ぼくとつ》そうな武士が清之助と同じ年齢と見た。

緊張のあまり、居流れる門弟の姿など目に入っていないようだ。

背丈は五尺七寸余か、道中袴にぶっ裂き羽織を着て、背に道中嚢を負っていた。片手には大刀と布袋に入れた木刀を持っていた。

見所《けんぞ》の前で訪問者は正座した。

「それがしが石見銕太郎にござる」

見所から銕太郎が笑いかけた。

手にしていた大刀と袋をかたわらに置いた武芸者は、

「それがし、北沢毅唯《きたざわたけただ》と申す未熟者にございます。さる北辺の藩の家臣にご奉公しておりましたが、考えるところありて回国修行に出たばかりにございます。江戸で名高き石見銕太郎先生にご指導を仰ぎたく参上致しました」

北沢はぶっ裂き羽織を手早く脱いだ。

「太平の世にあって回国修行とは感心にござる」

と応えた銕太郎に迷いがあった。

技量はおよそ推測ついていた。まだ世の中を知らぬ武芸者に恥をかかせぬよう、どう応対すればと考えたのだ。

「北沢どの、当道場ではいきなり石見との稽古は習わしにござらぬ。まずわれら門弟との立会いから始めることになる」

北沢に話しかけたのは、石見道場の番頭格、師範の伊丹五郎兵衛だ。

北沢が困ったような顔をした。

「何人立ち会えば石見先生とお立ち会いいただけますか」

「そなたの腕次第です」

伊丹の言葉に北沢の顔が、
きいっ
と怒りで歪《ゆが》み、朱に染まった。

なにか言いかける北沢の機先を制するように棟方新左衛門が立ち上がろうとした。

「棟方さん、それがしがお相手しよう」

惣三郎が袋竹刀を手に立ち上がった。

新左衛門が頷くと腰を下ろした。

「北沢どの、まず、それがしがお相手致す。それがしで不足であれば、次に石見銕太郎先生が控えておられる。存分に立ち会いなされ」

惣三郎の言葉に北沢がようやく納得したように身仕度を整えた。

門弟たちが若い武芸者の行動を注視していた。

布袋から木刀を出そうという北沢に、

「北沢どの、袋竹刀でお願い致そう」

惣三郎が言い、門人の一人が何本かの袋竹刀を北沢のところに持っていった。

「袋竹刀ですか」

北沢の顔にどこか安堵の表情が流れ、その中の一本を選んだ。

「流儀を聞いてよろしいか」

「鹿島神伝直心影《じきしんかげ》流を修行しました」

「それは奇遇、それがしも同じ直心影流をかじり申した」

「貴殿も直心影流とな」

北沢が少し驚いたように言い、

「金杉惣三郎と申す、お手柔らかに」

と答えた惣三郎の名乗りにすっくと立ち上がった。

「金杉どの、そなたの次は石見銕太郎先生でようございますな」

「承りました」

二人は道場の中央に座して、挨拶をした。

だれも審判を務めようとはしなかった。

勝負の結果は知れていたからだ。

二人が立ち上がり、袋竹刀を構え合った。

その瞬間、北沢毅唯の表情が訝しそうに変わった。が、すぐに小さく横に顔を振って、

「参る」

と叫ぶと袋竹刀を正眼にとった。

金杉惣三郎も正眼だ。

北沢は最初に感じた威圧を吹き飛ばすように自らに気合をかけ、軽快な動きで左右に飛んで、惣三郎の間合いを外し、攻撃の機会を窺《うかが》った。

それなりの修行を積んだ武芸者と石見道場の面々は見た。

ただあまりにも世間知らずなのだ。

惣三郎は動かない。

「おりゃ!」

と気合を発した北沢が前へ踏み出そうとして踏み込めず、また左右の動きに転じた。その動きが段々と緩やかになり、額《ひたい》に汗が滲んで光った。

ふいに北沢毅唯の動きが止まり、目が据わった。

恐怖の表情に支配された顔の筋肉は凍《い》て付いていた。

「どうなされたな」

惣三郎が静かに話しかけた。

完全に北沢の全身が硬直して動かなくなっていた。

惣三郎が、

「参る」

と言うと前に出た。

その途端、北沢の手から袋竹刀が落ちて体が横倒しに崩れ落ちた。

道場に静かなどよめきが響いた。

が、失神した北沢の耳には届かなかった。

惣三郎は対決の場から下がると正座した。

「控え部屋に運べ」

伊丹五郎兵衛が住み込みの門弟たちに指図して、北沢を控え部屋へと下げた。

惣三郎と棟方新左衛門はいつものように石見鋏太郎と朝餉の膳を奥座敷で囲んだ。

「なんぞ仔細がありそうな若者ですな」

と新左衛門が二人の先輩剣士に問いかけた。

「北辺の藩と申されたが、訛りから推測して陸奥《みちのく》辺りの大名家かのう」

鋏太郎が応じた。

「まずその界隈にございましょう」

津軽卜伝流《つがるぼくでん》剣者の新左衛門は奥州二本松の出であった。

「江戸は初めての様子、石見道場でようございました」

新左衛門が感想を述べた。

もし他道場を訪ねて同じような申し込みをすれば、叩きのめされるのが落ちだからだ。

廊下に足音が響いて伊丹が真っ青な顔をした北沢を伴ってきた。

北沢は泣きそうな顔で惣三郎を見ると廊下に、
がばっ
と伏せた。

「身の程知らずにも大言を吐き、先の大試合の審判を務められた金杉先生とも知らず立会いを挑みました上に、真に恥ずかしき醜態を晒《さら》しましてございます。本来なれば腹を掻き斬ってお詫びするところにございますが、ちと志がございます。お許しくだされ」

と叫ぶとその場から逃げ出そうとした。

「待たれよ」

鋏太郎の凜《りん》とした声が響き、北沢は動きを止めた。いや、止めさせられた。

「まずはこちらにお入りなされ」

和《やわ》らいだ語調で誘われ、北沢は迷った。

「そこでは話もできませぬ」

再度鋏太郎に言われた北沢が座敷に入ってきた。

「まったくもって見苦しき姿にございます」

北沢の顔は新たな緊張で赤く変わった。

「江戸は初めてか」

「昨夜、遅く板橋宿に到着しましてございます。朝立ちしてこちらに参りましたが地理不案内にてあのような刻限に到着しました」

「そなたの志は聞くまい。じゃが、江戸にしばらく滞在なされるのなら、うちに住み込まれぬか。ここなれば雨露も凌《しの》げる、飯も食べられる。また稽古も好きなときにできよう」

銕太郎の言葉に応答はなかった。

「嫌なれば仕方ない。好きになさるがよい」

「せ、先生、あのような非礼を働いた者に滞在をお許しくださるのですか」

と叫ぶように北沢が聞いた。

「非礼などなにも働いておられぬ。たまたまそなたが立ち会われた相手が悪かっただけよ」

銕太郎の高笑いが響いて、

「五郎兵衛、北沢どのに朝餉を差し上げよ」

と命じた。

しのと結衣は、め組で昼餉をご馳走になり、お杏と半次郎に送られて通りに出た。

同じ芝の神明町から七軒町はすぐの距離だ。

帰りに魚常に立ち寄ってと考えるしのは、ふと不安に襲われた。だれかに監視されていると思ったのだ。

また新たな危難が一家に降りかかるのであろうか。だが日中、町内で襲われるわけもなかろう。

「母上、どうなされました」

結衣が訝しい顔で見ていた。

「いえ、魚常さんに立ち寄らねばと考えていたところです」

結衣にはそのことを告げなかった。

「母上、もはや姉上が持って長屋にお戻りですよ」

という無邪気な末娘の声を聞きながら、しのは昼下がりの町を歩き出した。

三

〈聖《ひじり》の住所《すまいどころ》は何処《ど》何処《こ》ぞ、大峰葛石《おおみねかずら》の槌……〉

と平安時代の今様《いまよう》に山岳修行の三大霊場が謳われていた。

吉野の大峰山と葛城山と並んで伊予の石鎚山がその霊場だ。

金杉清之助は来島海峡の海を背に第五十七番府頭《ふとう》山栄福寺《えいふくじ》、第五十八番作礼山仙遊寺、第五十九番金光山国分寺の参拝を終えて、ついに黒役小角たちが待ち受ける石鎚山中腹の第六十番札所横峰寺へと向かった。

清之助にはすでに栄福寺辺りから尾行がついていた。だが、清之助は歯牙《しが》にもかけず歩を進めた。

石鎚山は奈良時代の初めに、山岳修験の祖とされる役小角が蔵王権現に接してそれを中腹の石鎚神社に祀ったのが始まりとされる聖地である。

御山開きに白装束、手甲脚絆《てっこうきゃはん》でほら貝を鳴らしながら登る行が四国遍路の始まりともいわれていた。

清之助が石鎚山の山道に差し掛かったのは夜明け前の刻限だった。

海から山へ一気に登る急坂を清之助は、

「南無大師遍照金剛」

を唱えながら登った。

清之助の前後を、雨露に晒された白衣に頭陀袋《ずだぶくろ》の遍路たちが杖を頼りに横峰寺を目指していた。

横峰寺は標高二千四百余尺（八〇〇メートル）にあって弘法大師も近くの星ヶ森で護摩修行を行なったといわれる。

清之助の前に鬱蒼《うっそう》とした古木に囲まれた本堂が姿を見せた。

ふいに前後を行く遍路たちの姿が消えていた。

清之助は息を整えると本堂に向かった。

すると濃い霧が横峰寺に下りてきて、昼を夜の闇に変えようとしていた。


この日の昼下がり、結衣は北紺屋町の糸屋へ仕付け糸を買いにいった。

母親のしのに頼まれてのことだ。

北紺屋町には木屋、乗物屋、竹屋、石屋、材木屋、炭屋などが軒を連ねていたが、そんな界隈に一軒だけしのが昔から出入りする糸屋の山城屋《やましろ》があったのだ。

「おや、しの様のお嬢《とう》はんではございませぬか。大きゅうならはれましたな、それにおっ母さんの血筋やな、別嬪《べっぴん》さんや」

と上方商人の如才ない愛想にくすぐられて結衣は用事を済ませた。

その帰りに伊吹屋に立ち寄り、雛祭りの礼を述べてすぐに帰るはずがつい葉月の相手をしてお喋《しゃべ》りしてしまい夕暮れ近くになった。

葉月が、

「手代に送らせます」

と言うのを結衣は、

「京橋から芝までは大通りにございます。まだ人の往来も頻繁ゆえ気遣いはございません」

と断わり、伊吹屋を出た。

葉月に清之助のことをあれこれと聞かれて、つい暇《いとま》をする刻限を忘れた結衣だった。

京橋から芝口橋までまだ両側の店は表戸を開けて、商いをしていた。

結衣はしのに頼まれた糸の包みを胸に抱いて、小間物屋の店先やら黄楊《つげ》の櫛を売る店や太物問屋の店頭を覗きながら芝口橋を渡った。さらに芝口町から源助町《げんすけ》に向かうと食い物屋が並び、蕎麦のだし汁のおいしそうな匂いが通りに流れていた。

結衣はお腹が空いていた。それにもかかわらず宇田川町から西側の裏道に入り、芝神明にお参りしていこうと思ったのは、葉月に清之助の武者修行のことを聞かれて、

「清之助様はどんな相手にも打ち勝って無事に江戸に戻られますよね」

と不安げな顔で念を押されたことを思い出したからだ。

兄の武運長久と身心壮健を葉月に代わって芝神明の祭神天照大神《あまてらすおおみかみ》と豊受大神《とようけのおおかみ》に祈願した。

（さて長屋にもどらなくちゃ）

と結衣は人影もない参道を表門に向かった。

いつの間にかすっかり陽が落ちて、芝界隈に深い夕闇が訪れようとしていた。

結衣はそのとき、

ぞぞっとした悪寒《おかん》に見舞われた。

「風邪かしら」

と呟いた結衣は、

(違う、だれかに見られている)

と思った。

結衣は周りを見回した。

闇のどこに潜んでいるのか、見当もつかなかった。

石畳に下駄の音を響かせないようにそっと歩を進めた。胸に糸の包みを抱えていることなどもはや考える余裕もない。

締め付けられるような恐怖が結衣を錯乱させようとしていた。

(動転してはいけない、私は武士の娘なのだから)

と自分に言い聞かせるように表門に進んだ。

夜気がかすかに揺れた。

監視者が正体を見せようとしていた。

結衣はもはや平静を保つことが出来なかった。

わああっ

と叫ぶと糸の包みも振り捨てて走り出した。

あっ！

片方の下駄の鼻緒が切れた。が、それも参道に脱ぎ捨て、片足は裸足で表門を潜り、芝七軒町の路地へと駆け込んだ。

木戸を潜ると異様な気配に力丸が吠え立て、開いていた戸口に影が立った。

荒神屋の仕事から戻ったばかりの父親の、

「いかがいたした、結衣」

という問いに、片足が裸足の結衣が惣三郎の胸に縋《すが》りついて、
うわあっ
と泣き出した。

しのもみわも飛び出してきた。

「これ、落ち着きなされ」

みわが行灯を運んできて妹の様子を確かめた。

「なにがあったのだ」

「し、神明社でだれかが襲ってこようとしました」

「その者の姿を見たか」

「いえ、闇の中からじっと見張られておりました。でも、父上、その者が動き出そうとし

たのです、ほんとうです。嘘ではありませぬ。それで堪《たま》らなくなって走ってきたのです」

「しの、みわ、結衣を部屋に上げよ」

そう二人に結衣を託した惣三郎は神明社に向かった。

表門を潜り、本堂への参道に立ったが監視する目はいそうになかった。

ふーうっ
と一つ息をついた惣三郎は再び表門を潜り出ようとしてそれに気付いた。

門の柱に鼻緒の切れた下駄としのが買い物を頼んだ糸の包みがぶら下げられていた。

むろん下駄は結衣のものだ。

惣三郎は下駄と包みを提げると柱にかけた者を考えながら長屋に戻った。するとようやく落ち着いた結衣が父親を迎え、

「父上、見苦しきところをお見せしました」

と謝った。

「私の気の迷いで動転したのでございましょうか」

と問いかける結衣に姉のみわが、

「結衣、私も近頃ぞくりとするような視線を感じることがあるわ」

と答えたのだ
しのが悲鳴を上げた。

「そなた方も感じておられたか。私だけかと思うて黙っておりました」

と言い出した。

女たち三人が顔を見合わせた。

金杉惣三郎は居間に上がると火鉢の前に座り、

「そなたらに話しておくべきだったな」

と異常な気配を述べた。

「なんとお前様も」

「しの、一度ならず闇に潜む者に問いかけたこともあった」

「父上、相手はどうしました」

みわが聞いた。

「気配も見せずふうっと姿を消した」

「なんということでございましょう」

しのが呆然と呟いた。

「どうやらわが家族によからぬことを企《たくら》む者が接近しておるようだ。明日からは日が暮れての一人歩きはしてはならぬぞ」

女たちが頷いた。

「父もなんぞ手立てを考えよう」

そう言った惣三郎は、

「腹が減った」

と夕餉の催促をした。

「はい、ただ今」

女たちが膳の仕度をし始めてようやく家の中にいつもの空気が戻ってきた。


車坂の石見道場では北沢毅唯と鍾馗の昇平が睨み合っていた。

錬太郎に道場の住み込みを許された北沢は惣三郎の姿を見つけると、

「金杉先生、ご指南を」

とまず稽古を願った。

石見道場は錬太郎の人柄と識見と技量を慕って多くの門弟たちが集まってきた。

錬太郎を始め、惣三郎や棟方新左衛門や伊丹五郎兵衛ら師範たちが、その弟子たちを手分けして指導に当たるのだ。

自然と稽古の流れができていた。

だが、北沢は惣三郎を独占して、

「先生、もう一手」

と稽古を強《し》いた。

惣三郎も鋏太郎も、

「道場の様子に慣れるのに数日かかろう」

と放っておいた。

「なんだ、あやつは金杉先生を我が物顔に独占しておるぞ」

という不満の声も聞こえていた。

だが、北沢は周囲がどんな目で見ているかも気付いていない様子で相変わらず、

「もう一手」

を繰り返していた。

この朝、機先を制して昇平が北沢に、

「北沢様、おれにさ、お国の直心影流を教えてくんな」

と申し込んだ。

北沢は昇平を初めて見るような顔で、

「こちらでは町人も稽古を許されるか」

と聞いたものだ。

「何日も道場に住み込まれていて、この鍾馗の昇平様に気付かなかったというのかえ」

「それがし、周りには関心がござらぬ」

「おやおや」

と呆れた昇平が、

「棒振り剣法で申し訳ねえが、一丁頼まあ」

と強引に立会いに引き込んだ。

門弟たちもこの成り行きが気になるのか、
すうっ
と両側の壁に引き下がった。

そんなわけで北沢毅唯と鍾馗の昇平の稽古は、真剣味を帯びた立会いの模様と変わっていた。

鍾馗の昇平は得意の上段の構えだ。

それに対して北沢は正眼に袋竹刀をとり、攻撃の間合いを摑むために左右に飛び跳ねていた。

六尺三寸の昇平の上段打ちは石見道場の名物だ。

「昇平め、一発を狙っているぜ」

「相手の北沢どのは天空から落ちてくる上段打ちをご存じないからな」

と門弟たちが固唾《かたず》を飲んで見守っていた。

「動かぬでは稽古にならぬぞ」

北沢が余裕の言葉をかけた。

「動いてようございますか」

「おおっ」

と北沢が受けたとき、昇平の長身が、
すうっ
と前に出た。

北沢はそれを読んでいたように正眼の構えを脇へと移し、昇平の長い胴を抜こうとした。

だが、昇平の踏み込みは大胆であった。上段からの振り下ろしはあまりにも迅速で北沢の想像を超えていた。

がつん！

という音が響いて、北沢の体がくの字に曲がり、腰から崩れ落ちて失神した。

「おや、これは参った」

昇平がそう言うと、気絶した北沢の体を軽々と抱きかかえて控え部屋に下げた。

道場にふーうっというため息が吐かれ、

「やっぱりな」

という雰囲気が漂った。

石見銕太郎らが朝餉の膳を囲んでいると師範の伊丹が顔を出した。

「先生、北沢さんはがっくりして、朝餉どころか物を言う元気もないようにございます」

「昇平め、やり過ぎましたかな」

と惣三郎が気にした。

「いや、だれかが気付かせる時期にございました。北沢どのにはよい薬でしょう」

と苦笑いして、

「ああ周りが見えんでは、いくら大望がある身でも失敗《しくじ》りますでな」

「先生、その大望ですが敵《かたき》討ちでしょうか」

「五郎兵衛、そんな話が出ておるのか」

「当人の口からではありませぬが弟子の間で評判です」

「口さがないな」

と顰《しか》め面《つら》した石見銕太郎が、

「しばらくじっと様子を見ておれ。なんぞ言い聞かせるときがきたら私から話してみよう」

と石見道場の番頭格の伊丹に言い添えた。

伊丹が下がり、金杉惣三郎、棟方新左衛門の三人になったとき、

「石見先生、北沢どのを気晴らしに道場の外に連れ出してもかまいませぬか」

と新左衛門が言い出した。

「そうじゃな、この役、私よりもそなたが適任かも知れぬな」

と頷いた鉄太郎の視線が惣三郎に向けられた。

「金杉さん、よい機会だ。棟方どのに縁談の話があってな」

と言い出した。

「おお、それはめでたい話ですな」

棟方新左衛門はまるで自分のことではないという顔をしていた。

「お相手はどちらの方にございますか」

「うちの門弟に下野国茂木《もてぎ》藩一万六千石細川家、江戸勤番の久村定次郎《ひさむらていじろう》と申す者がおるが、覚えがおありか」

「きびきびした動きの者にございますな。確か弓術吉田流の達人と聞き及んでおりますが」

「その者です。その久村が棟方さんの人物をいたく気に入りましてな、分家の久村家にいかがかと申すのです。分家も元締格二百二十石、さほど禄高は高くはないが、娘ごのおりくどのは藩主の興栄様奥方にお仕えしておられるしっかり者とか。久村家では先の大試合で活躍された棟方様をおりくどの婿《むこ》に迎えて家を継がせたいとたっての願いだそうです」

「それはよきお話ではありませぬか」

と頷いた惣三郎は、

「棟方さん、いかがですかな」

「それがし、すでに三十路《みそじ》を越えておりますれば、所帯を持つことなどあるまいと思うておりました。ですが、久村どのと石見先生の熱心なお勧めに従おうかと考えております」

「よう決心なされた」

「相手のおりくどのとはいつ会われるな」

「金杉さんに打ち開けてしまった上は近々にしかるべき場所を設けてと考えております」

錬太郎が答え、新左衛門が、

「私がその気になりましてもお相手のあること、うまくいくとばかりは言い切れませぬ」

と苦笑いした。

「いや、うちの女たちに話せば、お杏さんを筆頭に大勢の助勢が見合いの席に馳せ参じかねませぬ。ともあれ、祝着でありますよう祈念しております」

惣三郎の言葉にまじめな顔で新左衛門が頷いた。

夕暮れ、惣三郎が長屋に戻ると、

「師匠、帰りが早いねえ」

と昇平が戸口で迎えた。

みわと結衣もいて、力丸の散歩から戻ってきた様子だ。

「父上、姉上が昨日のことを昇平さんに話されたのです。そしたら、お杏様が父上のいない間は長屋に詰めろと昇平さんに命じられて昼前からおられるのです」

「それはご苦労だな」

「師匠、それはいいが今朝方の一件はやり過ぎたかな。門弟衆の不満がだいぶ高まっていたのでよ、おれがお節介をしたんだがね」

「石見先生はよい薬になったろうと申されておったわ」

「そうかい、安心した」

「昇平、一杯付き合っていけ」

「あいよ」

と六尺豊かな二人が長屋に入り、急に狭く感じられる部屋の中でしのたちが膳の仕度を始めた。

四

第六十番札所の横峰寺の本堂が黒々とした靄《もや》に包まれて、姿を消していこうとしていた。

金杉清之助は光を遮《さえぎ》り、靄が地表を這って石鎚山から降りてくるのを見てとった。

（怪しげなことが）

黒役小角の一派の仕業か。

清之助の五体も黒い靄に包み込まれようとしていた。

ふいに四方から鈴の音が響いてきた。遍路たちが杖の先につける鈴である。それは清之助の五感を狂わすようにあちらこちらから奇妙な間と律動を持って聞こえてくる。

ふいに靄は清之助に向かってゆっくりと渦を巻き始めた。

清之助の周りの時だけが停止したようだ。

昼なのか夜なのか、広い場所に立っているのか、それとも切り立った崖の上に立たされているのか、靄の渦が清之助の感覚を分からなくしようとしていた。

「南無大師遍照金剛」

その言葉が清之助の口から洩れ、相州鎌倉の刀鍛冶新藤五綱光が鍛造した一剣、刃渡り二尺七寸三分を抜いた。

靄はすでに地表から清之助の顔の高さまで這い上がって渦巻いていた。

龕灯《がんどう》提灯の明かりか、強い光が清之助の顔に向けられてあちらこちらから照射された。

靄と音と光に清之助は時と空間の感覚を奪われていた。

清之助は綱光を正眼に構え、両眼を閉ざした。視覚を捨てることで、

「無限自在」

の境地に立つことを選んだ。

「金杉清之助、第六十番札所がおまえの死に場所に決まった！」

黒役小角一統を率いる峻険坊魏山の声がどこからともなく降ってきた。さらに鈴の音が奇怪な間合いで高鳴った。

だが、清之助は鈴の音を遮断しながらも鋭く聴覚を研ぎ澄ましていた。

鈴の音に混じって風を切り、靄を裁つ飛来物の気配を感じた。

清之助は鋭敏にも聴覚を研ぎ澄まして聞き分けた。

（まず左手前方）

清之助の両手に保持された綱光が一閃され、清之助に向かって飛んできた物体を両断した。さらに綱光が右へと流れ、その場で向きを変えつつ、次から次へと飛んでくるものを斬り落とした。

その飛来物がなにかは分からない。だが、はっきりしていることはそれが清之助の五体に当たれば、肉が斬り裂かれ、血が噴出する、そのことだ。

清之助は無心に鈴の音の間に混じる、
ひゅっ
という音を聞き分けつつ、次々に斬り捨てていった。

鈴の音がさらに高くなった。

今や百千の鈴が振られて鳴っていた。

だが、清之助はその音に惑わされることなく飛び来る物体を次々に斬り分け、斬り落とした。

ふいに鈴の音が止んだ。

同時に飛来する音も消えた。

「清之助、これが地獄道へのご詠歌よ」

再び魏山の声が響き、地面から鈴の音が一つだけ鳴り響いた。それが消えると別の鈴の音が清之助の背の高みから聞こえ、さらに横手へと変わった。一つずつ鳴らされる音の間合いが微妙に異なり、ときに大きな間が空いて、もはや鈴の音は止められたかと清之助に感じさせた。

だが、長い空白の後、蘇った。

いくつ目の音か。

騒から静へ転調した鈴の音はかえって清之助を苛立《いらだ》たせ、感覚をなくさせた。

清之助の耳元で大きく響いた。

その直後、黒い殺気が右手から清之助に襲いかかった。

清之助は殺気から逃げることなく殺気に向かって飛んでいた。

脇構えにされていた綱光が襲いくる得物の柄を叩き斬り、相手の胴を薙《な》ぎ斬っていた。

げえぇっ
絶叫が響いて、倒れた気配があった。

その時には清之助の体は前方へと踏み込んで綱光が躍り、次なる襲撃者の肩口を、さらには三番手の体を地擦りから斬り上げていた。

清之助の長身がしなやかに躍り続け、間断なく襲いくる黒役小角らを一人ずつ確実に倒していった。

「引け！」

魏山の命が下り、音と殺気が消えた。

「小わっぱ、よう凌《しの》いだ。じゃが、峻険坊魏山の槍の攻撃は受け止められまい。両の眼をしっかり見開いて受け止めよ！」

清之助は魏山の誘いに乗ることはしなかった。

魏山は清之助が両眼を見開いた瞬間、再び四方から龕灯提灯の強い光を照射して視界を眩《くら》まそうと考えていた。

「魏山、修験者なれば姑息の手は使わぬものよ」

清之助は新藤五綱光を左の脇へと寝かせた。

未だ両眼を閉ざした清之助の耳に、

「おのれ、小癪《こしゃく》な」

という峻険坊魏山の声が正面から響いた。

間合いは三間、と清之助は見た。

もはや横峰寺の本堂前から音は消えていた。

かすかに杉木立を鳴らす風が清之助と魏山が対決する頭上に吹き渡っていた。

前方の大気が揺れた。

「え、鋭《えい》っ！」

だが、それは一気に押し寄せることなく、いったん踏み込んだ動きを止めて、元の位置に戻った気配がした。

その行動が何度も繰り返され、清之助の勘を狂わそうとしていた。

清之助は不動のままに立っていた。

無音の気合が洩れて、魏山が踏み込んできた。

同時に清之助も動いた。

一気に生死の間が切られ、魏山の槍が突き出されて、清之助の胸板を貫こうとした。

だが、清之助の綱光が炎《ほむら》と変じて魏山の槍の穂先を斬り飛ばしていた。

「おおおっ！」

と驚きの声を発したのは魏山だ。

清之助の剣が炎と変じたあと、眼前から掻き消えたからだ。

魏山は手に残る槍の柄で清之助の眉間を殴り割ろうとした。

その時、不思議なものを見た。

いったん掻き消えていた清之助の豪剣が虚空高く掲げられて姿を現わし、動きを止めた。

峻険坊魏山は知らなかった。

清之助が独創した、

「霜夜炎返し《そうやほむら》」

の一剣を。

魏山は機先を制して、槍の柄を振り下ろそうとした。それに合わせるように清之助の綱光が静かに静かに滑り落ちてきた。

冬の夜、夜鍋仕事の女の手から針がこぼれ落ちたほどの、静かな斬り下ろしだった。

それは魏山の柄の振り下ろしを何倍も凌いで音もなく落下し、魏山の眉間へと吸い込まれていった。

秘剣は閉ざされた視界の中で遣われた。

「けえぇっ！」

怪鳥《けちょう》の鳴き声にも似た悲鳴が横峰寺に尾を引いて響き渡り、消えた。

どさり

と魏山が倒れこんだ気配を察知した清之助はようやく両眼を開いた。

渦巻いていた靄が消えていこうとしていた。

清之助の周囲には峻険坊魏山をはじめとした黒役小角の亡骸《なきがら》が死屍累々《ししるいるい》と倒れていた。

そして、その間には遍路が被る菅笠に似た黒い笠が斬り割られて落ちていた。

その笠の縁には鋭く尖った刃が装着されていた。これが靄を切り裂いて飛来した物だ。

清之助は本堂の屋根から垂れた白い幕を見た。

「金杉清之助、石鎚山の頂にて待つ」

名はなかった。だが、新たな招待がそこにあった。

清之助は綱光に血振りをくれて、石鎚山の頂を目指すべく本堂の背後へと回った。

伊予国の東側から瀬戸内の海を眺め下ろす高峰が石鎚山だ。

四国の最高峰、石鎚山を中心に瓶ガ森、伊吹山、二ノ森など四千五百尺から六千尺に及ぶ峰が並び、石鎚山脈を形成していた。

平安時代の古書に、

〈其の山高く峠《さか》しくして、凡夫《ただひと》は登り到ることを得ず〉

とある如く、切り立った安山岩の岩峰である。

清之助は石鎚山の七合目まで一息に登り、岩清水が湧くところで一休みした。

その場所には修験者が泊まる小屋が自然の岩の洞《ほら》を利用して建てられていた。

夕暮れが石鎚山に訪れようとしていた。

清之助は、小屋に休憩することにした。

すでに四千尺を越えた山には大木はなく、背丈の低い高山木が生い茂っていた。その間から西に沈む黄金色の日輪が拝めた。

清之助は、小屋に入ってみた。

土間の他に三畳ほどの板の間に囲炉裏が切ってあった。土間には薪《たきぎ》が積まれ、火熾《おこ》しの道具も添えられていた。

清之助は火打石を使い、まず乾いた松葉に火を点した。そして、その火を小枝に移して火を燃やした。

囲炉裏端に腰を落ち着けた清之助は、帯に下げてきた竹皮包みの握り飯を出して頬張った。

朝方、小松城下の旅籠《はたご》で握らせたものだ。

清之助は塩握りを大根の古漬けで無心に咀嚼《そしやく》した。

夕餉を食し終え黙念《もくねん》と火が燃えるのを見詰めていた。

表に足音がした。

小屋の戸口によろよろと二つの人影が立った。

遍路姿の若い男女だ。

「どうなされたな」

清之助の問いかけに夫と思える男が、

「助かりました。横峰寺から石鎚神社に回ろうとして道を迷いましてございます」

と答えた。

「ささっ、火の傍に来られよ」

女は二十歳を過ぎた頃合か。男は三十前の顔立ちをしていた。

二人は草鞋と菅笠を脱ぎ、背の荷を下ろすと三尺ほどの杖を添えて抱え込み、火のかたわらにきた。その杖には鈴がつけられてなかった。

「難渋なされたな」

「迂闊《うかつ》にも無理をしてしまいました。山道に明かりを見つけたとき、大師様のお導きと思いましてございます」

二人の男女は火に両手を翳《かざ》して安堵の表情を見せた。

体が温まった女は荷物を解いて竹皮包みを出した。男もなにかに気付いたように自分の荷から竹筒を取り出した。

「お侍さん、少しだが酒を持参しております。飲みませぬか」

と竹筒の栓を抜き、荷から茶碗を取り出して勧めた。

「気持ちだけいただこう。修行の身ゆえ酒は絶っております」

「それは残念にございます」

女が黙って竹皮に包まれていた美味しそうな煮しめを差し出した。

「それがし、すでに夕餉は終えた。そなた方は遠慮なさらず飲むなと食べるなとなされよ」

「私だけが酒をいただくわけにもいきませんよ」

男は栓をすると女が差し出す握り飯を食べ始めた。竹皮包みが二つ、二人はそのうちの一つを分け合って食べ、煮しめには手をつけなかった。

「おかね、残りは明日のためにとっておこう」

と仕舞った。

「若いご夫婦が遍路旅とは珍しゅうございますね」

「私ども、子がなかなか授かりませぬ。それでこうして霊場を回り、弘法大師様の御徳におすがりしておるところです」

おかねと呼ばれた女が口を利《き》くことはなかった。亭主だけが清之助の相手をしてあれやこれやと話をしてくれた。

「明朝早く石鎚山に登るつもりです、しばらく横になります」

清之助はそう断わると囲炉裏端にごろりと横になった。新藤五綱光と脇差広光はわずかな荷と一緒にかたわらに置いた。

しばらくすると清之助は寝息を立てて眠りに落ちた。

粗朶《そだ》が燃える囲炉裏の反対側では土佐、伊予と巡礼に回っているという夫婦も横になった。

男が炉辺の近くに清之助に背を向けて横になり、おかねは亭主の体の陰で道中衣をかけて寝た。

囲炉裏の火をはさんで、一組の夫婦と清之助とが一夜の夢を結ぼうとしていた。

どれほどの刻限が流れたか。

亭主が若い女房を気遣い、

「おかね、寒くはないか」

と小声で聞くと女の体を自分の両腕で包み込むように抱き寄せた。そうしながら顔だけをめぐらして火が消えかけた囲炉裏の向こうを振り返った。

武者修行の若侍は規則正しい寝息を立てて、一時《いっとき》の眠りを貪《むさぼ》っていた。

おかねの片手が道中衣の下で動いて刃が仕込まれた金剛杖を握った。

「おかね、もそっと私の体に身を寄せると温かいぞ」

男が言った瞬間、

ごろり
と囲炉裏端で転がった。その両腕におかねの体が抱きかかえられ、男は転がった反動でおかねの体を囲炉裏上に投げ飛ばした。

おかねの手には金剛杖に仕込まれた刃渡り一尺五寸ほどの直刀が光って、夜叉《やしゃ》に変わった顔が眠り込む清之助を睨んで、襲いかかっていった。

すでに気配を察していた清之助の手が吉宗から拝領の広光に伸びて片手抜きに抜いて、おかねの胸から顔を刎《は》ね上げた。

おかねの斬り下げと清之助の斬り上げが交差した。

生死を分かったのは清之助の大胆でしなやかな腕捌《さば》きだ。

ぎええっ
凄まじい絶叫を残して、おかねが清之助の体の上を越えて山小屋の板壁にぶつかって転がった。

「おのれ！　たばかったな」

男が仕込み杖を抜いたのと清之助が片膝突いて上体を起こしたのが同時だった。

「たばかったのはそなたの方です」

清之助の言葉は平然としていた。

「遍路の衆が横峰寺から石鎚神社に行こうなんて無理をするものですか。それに酒や握り飯におかずまで持参して用意のいいことです。酒か食べ物かに、痺《しび》れ薬でも仕込んであるのですか」

「金杉清之助、よう見破った」

「甲賀者か伊賀者か」

「上野小左衛門資宗《うえのこざえもんすけむね》様が尾張に伝えし甲賀の末裔、上野孫十郎資常《まごじゅうろうすけつね》とおかねじゃ」

「やはり尾張様の手の者でしたか」

「おかねの仇、許せぬ！」

上野孫十郎が叫ぶと消えかけた囲炉裏の火を吹いた。すると一瞬のうちに猛炎が立ち上り、火勢が清之助を目掛けて襲いかかってきた。

清之助が手にしていた、吉宗から拝領の広光が炎を横一文字に両断した。

その瞬間、囲炉裏から立ち上った炎は広光の一閃に斬り裂かれながらも刃にまとわりついて、横手に方向を変えて走り、消えた。

「な、なんと」

と驚いた上野孫十郎は、大きな炎と清之助の手にあった広光が掻き消えていることに言葉を失った。

だが、さすがに尾張甲賀の伝承者、清之助の手に得物がないときこそ好機とばかり、仕込み杖を振りかざすと囲炉裏の上を果敢に飛んだ。

虚空に身をおいた孫十郎は、清之助の頭上に広光が静かに立てられているのを見た。

（こやつは何者ぞ）

甲賀者が驚愕したとき、片手に構えられた脇差が静かに動き出した。

「霜夜炎返し、片手斬り」

刃が音もなく滑り落ちるところに向かって上野孫十郎は飛んでいた。

孫十郎は身を捻って軌跡を変えようとした。

だが、その間もなく無音の気配で相州鍛冶《かじ》独特の沸《にえ》のはげしい広光が孫十郎の眉間を斬り割っていた。

どさり
孫十郎の体はおかねの体に重なるように落ちて身動き一つしなかった。

清之助は広光を血振りして懐紙で拭うと鞘に納めた。そして、尾張甲賀の忍び二人に合掌すると出立の仕度を始めた。

夜明けの微光を頼りに清之助は刃のように切り立った岩場を石鎚山の頂を目指して、一歩一歩登っていた。

頂にだれが待ち受けるのか。

清之助はそのことを深く考えてはいなかった。

清之助の行く手を妨げる者との戦いを受け入れる、考えることはただそれだけだ。

左右に切り立った岩場の行く手が塞がれた。壁が垂直に立ち塞がり、鉄の鎖が垂れていた。

登山者や修験者はこの鉄鎖を支えに登るのだろう。

もしその上に敵が潜んでいたら、清之助は窮地に落ちる。

だが、清之助に迷いはない。その時々の状況を受け入れることも修行の一つと考えていたからだ。

鉄鎖に手をかけ、岩場のわずかな窪みに足をかけて十数尺の壁を乗り越えた。辿り着いた岩場に風が吹いていた。

朝の光が雲海の間から顔を覗かせた。

清之助は一つ息をつくとさらなる高みを目指して岩場に取り付いた。

一ノ鉄鎖から二ノ鉄鎖、切り立つ壁は険しく、足場は狭くなった。

風に吹き払われた雲海の下が覗く。

垂直の壁が何百尺もの底を覗かせた。するとくらくらと立ち眩《くら》みさえ起こしそうだ。

清之助は腹に力を入れて三ノ鉄鎖に挑んだ。

弾む息とともに三つ目の切り立った岩場を登り終えた清之助の眼前を、切れ切れの雲が左から右へと流れていった。

雲が去り、石鎚山の頂が見えた。

頂は左手が垂直に切り立ち、右手は急崖で岩場の間に背の低い灌木《かんぼく》がへばりついて見えた。

石鎚山の頂はまるで片刃の刃先のように聳《そび》えていた。

そして、頂の岩に一人の男が待ち受けていた。男が腰を下ろす頂には数人が休めるほど岩が広がっていた。

男がゆっくりと視線を向けた。
四十三、四歳か。
四角の顔の顎から頬にかけて黒々とした髭《ひげ》で覆われていた。

「金杉清之助どのか」

「さようにございます」

鋸《のこぎり》の刃状の尾根の左右に両足を跨《また》がらせて立った清之助は、

「私をお招きになったお方ですね」

と聞いていた。

「いかにも井蛙《せいあ》流石河《いしこ》派継承者伴佐七《ばんさしち》にござる」

井蛙流石河派は、鳥取藩士石河四方左衛門正方によって一派が立てられた剣術だ。

石河は雖井蛙《せいあ》流を創始した深尾角馬重義の門人であったという。

清之助の知識は、井蛙流石河派が化顕流の居合の技を併せ持つということだけだ。

「伴様は尾張柳生とは関わりなき方にございますか」

ゆっくりと岩から立ち上がった伴が苦笑いすると、

「ちと尾張藩に義理がござってのう。そなたを斬る役目を負わされてしもうた。ここは経緯を忘れて剣者同士、尋常の勝負を願いたい」

「承知しました」

清之助は背に負った木刀と道中嚢を下ろし、羽織を脱ぐとくるくると一緒に丸めて岩場の窪みに置いた。

伴佐七は二間余り高い頂にあって足場もよかった。

清之助は鋸の刃のような尾根に不安定に立っていた。

風が左の崖下から吹き上げてきて、清之助の体を揺らした。

「金杉どの、こちらに参られよ」

伴が自分の足場へと差し招いた。

尋常の勝負と自ら言い出しただけに堂々たる態度であった。

「恐縮にございます」

清之助はそろりそろりと尾根を登り、頂の平らな足場へと片足をかけた。

突風が崖下から吹き上げてきて、清之助の長身をぐらぐらと揺らした。

だが、伴佐七の体は大地に根が生えたようで小揺るぎもしなかった。

その伴がするすると前に出ると腰を沈めた。

剣の柄に手がかかり、化顕流の抜き打ちを企てようとした。

清之助は揺れる体をものともせずに新藤五綱光の抜き打ちで応じた。

二人の剣者は六千余尺の石鎚山の頂の上で互いに抜き打ちを掛け合った。

刃と刃が烈風の中、ぶつかった。

火花が飛んで、互いが力押しに押し切ろうとした。

足場は断然伴佐七のほうが安定していた。

そのことを計算し尽くして仕掛けていた。

清之助の若さと力がなんとか不利を補っていた。

伴佐七も大力だった。

安定した岩場で足を踏ん張り、力押しに押し込んできた。

清之助は必死で踏ん張っていた。だが、踏ん張ろうにも両の足に力が入りようもない尾根だった。

「それそれ、金杉どの、天下第二位の腕前はその程度のものか」

伴佐七がさらに力を加えようと腰を捩《ねじ》った。

そのとき、伴の腰には綱が巻かれて頂の岩場にしっかりと結ばれているのが目に入った。この準備万端が伴佐七の攻撃を大胆にしていた。

一方、清之助は突風に煽られて体が浮き上がるほど足場は悪かった。

「伴様、尋常の勝負とは命綱をつけての戦いにございますか」

「なにっ！」

狼狽した伴佐七の力が一瞬抜けた。

清之助の綱光が伴の豪剣を一気に押し戻すと余裕の出たところで相手の鎬《しのぎ》を弾《はじ》き、綱光を虚空に振り上げ、反転させた。

伴佐七は弾かれた剣に再び力を溜めて、清之助の胴を襲った。

清之助は伴の肩口に綱光を落とした。

その瞬間、伴佐七の後方から突風が吹き付け、伴の体を揺らした。

胴抜きが流れた。

渾身《こんしん》の力を加えた清之助の一撃が伴の肩口に食い込んだ。

「ううっ」

足元が乱れた伴佐七が突風に煽られて垂直に切り立つ崖へと転落していった。するする
と綱が伸びて、
ぴーいん
と張った。

伸び切った綱を清之助が摑もうとした瞬間、

ぷつん

と音を立てて綱が切れた。

清之助は崖下を覗いた。すると伴佐七の体がくるくると舞いながら数百尺下へと落下して雲海に姿を消した。

第五章　新左衛門の見合い

一

金杉惣三郎の一家を監視する目はひとまず消えていた。しの、みわ、結衣の女たちは夜の外出や一人歩きを控え、外出のときは鍾馗の昇平が従ってくれたおかげだ。

惣三郎は危険がなくなったとは考えてはいなかった。相手になにか企みがあって監視から遠のいているだけだと注意は怠らなかった。

そんな日々、棟方新左衛門と下野茂木藩の元締格二百二十石の久村護一郎《ごいちろう》の娘おりくとの見合いが黄道吉日を選んで行なわれることになった。

仲介者の久村定次郎が打ち合わせに飛び回り、茂木藩の菩提寺、上野下の壱兆寺で席を設けたのだ。

その朝、石見銕太郎と棟方新左衛門が見合いの場所に出かけるのを、惣三郎は石見道場玄関先まで見送った。

新左衛門は真新しい紋付羽織袴に威儀を正して、なかなか堂々たる風姿であった。

鋏太郎の内儀のお麻《あさ》がこの日のために新調してくれたものだ。

やはり二人を見送った伊丹五郎兵衛が惣三郎に、

「うまくいきますかねえ、大丈夫ですよね」

とそわそわと話しかけ、落ち着きがなかった。

「棟方さんの人柄は会えば分かる。おりくどのも賢い女性《にょしょう》と聞いておるで、まず大丈夫であろう」

「それはそうですが、これればかりは相性ですからね」

とどこまでも心配性の五郎兵衛だった。それだけ新左衛門が石見道場で慕われている証拠で、だれもが客分の師範が幸せになることを願っていた。

五郎兵衛に見合いがうまくいくことを請け合った惣三郎だったが、その一日、荒神屋で帳簿付けしていてもつい新左衛門の見合いの様子を考えて、手がおろそかになった。そこで気晴らしに作業場に顔を出すと、

「金杉の旦那、清之助さんが見合いをするんじゃねえや。旦那にうろうろとよ、作業場を歩かれても目障《めざわ》りだし、なんの役にも立たないぜ」

と小頭の松造にからかわれた。

「おれの勘ではまず上々吉だな」

「そうは申すがこればかりは相性でな」

五郎兵衛がその朝言った言葉を惣三郎も思わず使っていた。

「なんなら賭けるかえ。おれの辻占いが当たったら、ととやで祝い酒を飲ましてくんな」

「不首尾ということはあるまいが、そうなったら小頭はどう致すな」

「そんときは自棄酒《やけ》を飲むさ。払いは旦那でな」

「どちらにしても飲む話か。どうせ小頭に馳走するのなら祝い酒がよいな」

「まず外れっこないよ」

松造に確約された惣三郎だが、なんとも長い一日だった。

その夕暮れ、長屋に戻るとめ組のお杏が半次郎を伴って遊びに来ていた。

「父上、お杏様も棟方様の見合いが気になってお見えになったのです」

結衣が訪問の理由を説明した。

「とは申しても、うちでも分かるまい」

「かなくぎの旦那、車坂に様子を窺いに昇平を走らせてあるよ」

お杏が抜かりはないとばかりに胸を叩いた。

「でもさ、うまくいってなかったらどうしよう」

「棟方さんが気落ちされるのを見るのはしのびないな」

お杏と惣三郎が言い合った。

「お杏様もおまえ様も楝方様を信用なされ」

いつもは心配性のしのが悠然と構えている。

「それは分かっておるのだが、つい悪いほうにばかり考えてな。それにしてもしのはゆったりとしておるな」

惣三郎はしの落ち着きぶりに感心した。

「母上は昼間何度も神明社に祈願に参られました」

とみわがしの秘密の行動を打ち明けた。

「なんだ、そなたも心配しておるのではないか」

「新左衛門様のことを考えると居ても立ってもおられませぬ。ついつい神明社にお願いに……」

「周りがそう力を入れては楝方様もお困りだわ」

とみわが言いながらも、

「昇平さんたら帰りが遅いわねえ」

と心配した。

「まさか道場に上がり込んで馬鹿話に花を咲かせているんじゃあるまいね」

とお杏が戸口を覗く。

そのとき、外に足音が響いた。

「ようやく帰ってきたよ」

戸が引き開けられ、鍾馗の昇平の大きな体が、
にゅうっ
と入ってきた。

「昇平、どうであったな」

惣三郎の問いに、

「師匠、当人に聞いてくんな」

と狭い土間で体をずらした。すると棟方新左衛門がいつもどおりに謹厳実直そうな顔で立っていた。

「昇平、棟方さんをお連れしたか」

「みんなが心配して落ち着きがねえと申し上げたら、ならばご報告にと一緒に来られたのさ」

全員の視線が新左衛門の表情を読み取ろうとした。だが、新左衛門の顔からは見合いがうまくいったのかどうか判断つかなかった。

「棟方様、ささっ、お上がりくだされ」

しのが新左衛門を居間に招き上げ、全員がそちらに移動した。

新左衛門が鞘ごと剣を抜くと悠然と座に着いた。

「棟方さん、いかがでしたな」

「いかがとはどのようなことにございますか」

惣三郎の問いに新左衛門が問い返す。

「じれったいね。だからさ、おりくさんのことですよ」

お杏が堪らず聞いた。

「おりくどのですか。たおやかな方にございました」

「年はおいくつです」

「たおやかとはどんな感じなの」

「人柄はどうですな」

一斉に質問が飛んだ。

「これは困りました。順にお答えしますからちとお待ちください」

と妙に落ち着きはらった新左衛門が、

「おりくどのは二十三歳になられたそうで聡明な女性《にょしょう》にございました。私とは九つも年の差がございますゆえ、話は合うまいかと心配しましたが、こちらに万事合わせていただきました」

「それで気に入ったの」

お杏が聞く。

「それがしがですか」

「それがしって、見合いをなされたのは棟方さんでしょう」

「お杏どの、それがしには申し分のなきお方でした」

新左衛門は悠然と答える。

「で、お相手のおりく様のご様子はいかがでしたか」

しのも口を挟んだ。

「さて、どうでございましょう」

新左衛門の言葉はあくまで恬淡《てんたん》としていた。

「新左衛門様、おりく様が話を合わされたと申されましたが、なんのお話をなされたのでございますか」

結衣が聞いた。

「車坂の道場の暮らしやら武者修行の旅の折りのことなどをお話し申した」

「なんですって！　見合いに行って若い娘を相手に剣術の話をしてきたの」

お杏が呆れたように新左衛門に問い詰めた。

「それがし、それしか話が出来ませぬでな」

と答えた新左衛門が、

「不味《まず》かったですか」

とお杏に聞き直す。

「いや、それでよいのだ」

金杉惣三郎は新左衛門の態度を見て、かえって落ち着いた。

「無骨な人と思われなかったかしら」

お杏が心配し、惣三郎が応じた。

「お杏さん、棟方さんの素直な気持ちがおりくどのに伝わったに違いない。おりくどのは屋敷奉公、藩主の奥方様の世話をしてこられたそうな。当世の大名の奥には棟方さんのような純朴な方は珍しかろう。かえってよい印象を持たれたのではないかな」

「そうであればよろしいのですが」

しのが少しばかり安堵の顔を見せた。

「棟方様、次、お会いする話はなさらなかったの」

みわがさらに念を押して訊く。

「別れ際、おりくどのがそれがしの周りには多彩な方がお集まりとか、従兄弟《いとこ》の定次郎さんから聞きましたと申されますので、よろしければいつの日にか皆さんに会っていただきたいと答えました」

「そしたらおりく様のお答えはどうでしたか」

「ぜひそうしたいと申されました」

「なんだ、新左衛門の旦那ったら抜かりなくちゃんとやることはやっているんじゃない。これでなかなか隅におけないよ」

お杏が胸を撫で下ろして、

「こりゃ、うまくいく。絶対に行きますよ」

と請け合った。

「さてどうでしょう」

新左衛門はあくまで慎重だ。

「しの、お杏さんのご託宣があったところで前祝いに酒を出してくれぬか」

「はいはい、すでに用意はしておりますよ」

と女たちが一斉に動き出した。

棟方新左衛門は増上寺と愛宕権現の切通しに差し掛かった。

金杉家で和《なご》やかに酒をいただき、食事を共にして、長屋を辞去したのが八つの刻限だ。

新左衛門は初めて会ったおりくに、皆に話した以上に好感を抱いていた。

おりくのふっくらとした顔立ちはどこか亡くなった母親の相貌と重なるものであったからだ。それになにより、朗《ほが》らかで気さくな性格が好ましかった。

浪々の棟方新左衛門を見下すこともなく、先の大試合で優秀な成績を収めたことを尊敬するとも言ってくれたのだ。

「おりくどの、それがしの剣は石見銕太郎先生や金杉惣三郎様に比べたら、未だ赤子のような技量にございます。諸国を経巡って少しばかり天狗になっていたそれがしの目を覚まされたのは金杉惣三郎先生にございました」

「金杉様のご子息も大試合に出られたのでございましたね」

「清之助どのですね。お若いが金杉先生の血を引かれて天性の剣術家です。この清之助どのが早晩天下一の剣者になることは間違いございませぬ」

「そんなにお強いのですか。棟方様とはいかがですか」

「残念ながら器《うつわ》が違います」

新左衛門が潔《いさぎよ》く認めたのをおりくは残念そうに見たものだ。

「おりく、棟方先生が清之助さんの後塵《こうじん》を拝するなど考えるなよ。先生は謙遜なされておられるのだ。剣術は強さだけではない、心を鍛え、磨くことこそ真髄と石見先生も常々申されておられる。清之助さんはその点、未だお若い」

と見合いに同席した年上の従兄弟が釘を差した。

そんなことを思い起こしながら、棟方は切通しの一番高いところに差し掛かった。

背後から殺気が襲ってきた。

（しまった）

おりくとの出会いを思い出して、つい警戒心が切れていた。

致命的な対応の遅れを察したとき、剣士の本能が行動させていた。

前方へ走った。

背を丸めて走りながら、柄に手をかけた。

その瞬間、背を割られた。

痛みが走ったがかまわず前進した。前進しつつ刀を抜くと片手斬りを背後の襲撃者に見舞った。

斬り付けられた相手が新左衛門の体の上へと跳躍して新左衛門の攻撃を避けた。

恐るべき飛躍力だ。

新左衛門は片膝をついて停止した。

前方に影が着地した。

「何奴か」

新左衛門の脳裏に、この切通しが清之助と一条寺菊小童の死闘の場所であることが蘇った。

斬り割られた背に夜風を感じ、血が流れ出したのを意識した。

(不覚にも心に緩みを生じさせていた)

その思いを振り払うと新左衛門は立ち上がった。

影が反転した。

五尺五、六寸余の痩身だった。

「それがし、棟方新左衛門と申す。武芸者の端くれゆえ恨みを抱かれる覚えなくもない。名乗られよ、尋常の立会いを致す」

新左衛門は雑念を忘れて勝負に徹する覚悟をつけた。

その間にも冷たくも血が背を伝い流れていた。

時間が経てば新左衛門の不利は否めない。

「名乗られぬか」

「影ノ流鷲村次郎太兵衛」

「なんと、そなたは米津寛兵衛先生を倒した者か」

もはや鷲村は答えない。

新左衛門の背を割った剣を八双に取った。

新左衛門は正眼に剣を構えた。

間合いは三間。

次の一手で勝負が決することを棟方新左衛門の剣術家の本能が察していた。

（ならばせめて一太刀、米津先生の仇を討つ）

新左衛門は死の覚悟を決めると剣を正眼からわずかに胸元に引き付けた。

睨み合った二人が生死の間仕切りを越えようとした。

まさにその瞬間、切通しの下から提灯の明かりが近付いてきて、数人の男たちが戦いの場に姿を見せて立ち竦んだ。

明かりが鷲村の顔を照らしつけようとした直前、
すうっ
と鷲村が闇に姿を消した。

ふうっ
と新左衛門は息を吐いた。

「ど、どうなさった」

遊び帰りの職人か、びっくりした顔で刀を提げた新左衛門を見た。

「そなたらのお陰で命拾いをした。車坂の石見道場の棟方新左衛門、礼を申す」

頭を下げる新左衛門に一人の男が、

「背中を斬られてなさる。医師のところにお連れ致しましょうか」

新左衛門は刀を鞘に納めると、斬られた羽織を脱ぎ、それを三つに折って傷口を押さえ、

「道場に戻り、手当てを致す」

と言うと切通しを下っていった。

夜半、金杉惣三郎は伊丹五郎兵衛に楝方新左衛門の危難を告げられ、急いで神谷《かみや》町の外科医田辺菫伯《たなべとうはく》の屋敷に向かった。

縫合手術が終わったばかりの新左衛門はうつ伏せに寝て、石見銕太郎と話していた。

「大事ござらぬか」

「さすがに楝方さんです、身を捨てられた判断が命を繋《つな》ぎとめたようです」

と銕太郎が新左衛門に成り代わって説明した。

傷は深さ六分、長さが右の背から斜めに七、八寸ほど斬られていたそうな。一瞬決断が遅ければ致命傷になったことは間違いなかった。

「よかった」

惣三郎は張り詰めてきた緊張が一気に緩んで石見銕太郎の傍らに座した。

「まさかわが家からの帰りに襲われるとは」

「金杉先生、不覚にございました。ついうっかりと気を抜いたせいで自らを危機に陥れたのです」

新左衛門が呻くように言い、

「お二人に申し上げておくべきことがございます」

と顔を二人の側に向けた。

どうやら新左衛門は金杉惣三郎の到着を待っていたようだ。

「襲撃者はそれがしの問いに一語だけ応じましてございます」

「なんと申したな」

鋏太郎が聞いた。

「影ノ流鷲村次郎太兵衛、とだけ答えましてございます」

「なんと米津寛兵衛先生を倒した相手が江戸に現われおったか」

鋏太郎が呻くと、

「それがしも申し上げたいことがござる」

惣三郎が一家を監視する目があることを告げた。

「正体を見せぬ相手に問いかけたが、相手は名乗ろうともせずに姿を消しました。棟方さんがわが家の帰りに襲われたことを考えると、この者が鷲村次郎太兵衛と思えるのです」

「やはりただの旅の武芸者ではなかったか」

鋏太郎が言い、

「米津寛兵衛先生の仇もござる、こやつばかりは許せぬな」

と静かな憤怒《ふんぬ》を露《あらわ》にした。

「棟方さん、少し休まれよ。相良藩にはそれがしからその旨を連絡致す」

棟方新左衛門は惣三郎の旧藩相良藩江戸屋敷に、剣術指南として通っていた。むろん惣三郎の仲介である。

惣三郎の言葉に新左衛門が小さく頷いて目を閉じた。

二

金杉惣三郎と石見銕太郎はその夜、棟方新左衛門の傍らで過ごした。翌早朝、惣三郎はその足で南町奉行所に回り、内与力の織田朝七と面会し、事情を告げた。

「なにっ、棟方どのが襲われたとな」

その場に探索方の長、与力の牧野勝五郎、定廻り同心の西村桐十郎が呼ばれた。

二人は先の大試合で好成績を残した棟方新左衛門ほどの剣客の心胆を寒からしめた刺客の出現に緊張した。

「そやつが鹿島の老先生を死に至らしめた人物とは確かですか」

牧野が念を押した。

「影ノ流鷲村次郎太兵衛と名乗っております。それに五尺五、六寸余の痩身、体付きもほぼ同じにござればまず同一人物と考えてよかろう」

「金杉さん、鷲村の狙いはなんでございましょうな」

桐十郎が訊く。

「わが家族の周りをうろうろしておるところを見ると、それがしの命と思える」

「では、なぜしの様やらみわさん、結衣さんを脅すような行動をとっておるのです」

「桐十郎、決まっておるわ。金杉さんと順当に立ち会っても勝ち目がないと考えたのであろう。家族を脅かしておいて金杉さんの心の動揺を誘い、苛立つところを一息に襲う算段だろうな」

と桐十郎の疑問に牧野が答えた。

「影ノ流鷲村次郎太兵衛についてなにか分かったかな」

織田が牧野に訊いた。

大岡の内与力は鹿島の米津寛兵衛ほどの剣術家を倒した鷲村について、牧野に探索を命じていたのだ。

「未だ確証はとれておりませぬが、一人だけおぼろに浮かんだ人物がございます」

「尾張柳生と関わりがあるか」

「さて、そこも判然と致しませぬ」

と前置きした牧野は、

「鷲村の名が尾張徳川家の武鑑に現われるのはただ一度にございましてな。尾張徳川家の祖、義直《よしなお》様の御近習衆として仕えた鷲村太郎左衛門尉《たろうざえもんのじよう》が主に従い、甲斐《かい》国から尾張に入国しております」

「百年も前の話か」

牧野が頷き、

「ところが慶長《けいちょう》十五年の天下普請《ふしん》により名古屋城が築城された折、鷲村家は廃絶になって武鑑から消えた。この経緯は公にはされておりませぬが、鷲村家は尾張徳川を護持する影の一族を命じられ、表から消えたという噂が流れたとか。尾張城下の古い出来事を拾い集めた『雑記収集』なる書物に出て参りました」

「慶長十五年とはまただいぶ古いのう」

織田が再び訝しい表情を見せた。

「さよう。この百年余、鷲村の名が尾張徳川家に現われることはございませぬ」

「牧野様、鷲村太郎左衛門尉は剣術家にございましたかな」

惣三郎が訊いた。

「鷲村家には表一《おもていち》流と称する秘太刀が一子相伝で伝えられておったそうな。この表一流、甲斐の武田信玄公が戦場往来の節、使ってきた実戦剣術と古き書付けに残されておるだけで、その実態はとんと分かりませぬ」

「表一流の秘太刀を継承してきた鷲村が影遣いを命じられたときから、影ノ流と名を変えたか」

金杉惣三郎が自問するように呟いた。

「百年余にわたり、正体を見せることなく尾張徳川の身辺をお護りしてきたとなると、尋常一様の遣い手ではあるまいな」

と織田朝七が呻くように言う。

「米津寛兵衛先生を死に追いやり、そして、棟方新左衛門どのの肝を冷やした剣術家です。空恐ろしい気配は陰に潜んでおっても伝わって参りました」

「さて、鷲村一族の末裔が次郎太兵衛とせよ、こやつが起こす次なる行動は金杉惣三郎襲撃か」

織田の問いに牧野と桐十郎が考え込んだ。

「おそらくはこちらの気持ちを乱すために、真綿で首を絞めるようにそれがしの親しき人々を今しばらく襲い続けるのではありませぬか」

織田が、
ふうっ
と重い息をついて聞いた。

「親しき人物とは」

「織田様も西村桐十郎どのも含まれましょうな」

「江戸府内に潜んでおるのだ。牧野、そなたが陣頭指揮を致して、なんとしてもこやつの塒《ねぐら》を暴き出せ」

「はっ」

　と牧野勝五郎が承った。

　内与力の御用部屋から二人が去り、金杉惣三郎だけが残った。

「尾張徳川の兄弟が送り込んできた最強の剣客とそなた、どちらが強いな」

「勝負は時の運なればなんとも」

「そなたが倒されれば次は大岡忠相の命、そして、最後には吉宗様の暗殺が待っておる。なんとしてもくい止めてもらわねばならぬ」

　八代将軍の懐刀である大岡忠相の内与力は、

「命を賭して鷲村次郎太兵衛を倒せ」

　と惣三郎に命じていた。

　これまで幾多の刺客と戦い、退けてきた。

　だが、金杉惣三郎は五十路を迎えんとする年齢に差し掛かっていた。

　惣三郎は黙って頷き、

「大岡様のご身辺の警護、なお一層厳しゅう願います」

　と願った。

　夕暮れ、荒神屋の帰り道、再び神谷町の外科医田辺董伯の屋敷兼診療所を訪ねた。すると門前に乗り物が止まっていた。診療所の病間に入ると久村定次郎と若い武家娘がいて、娘は木桶に張った水に手拭を浸して絞っていた。

「金杉先生」

と石見道場の門弟として顔見知りの久村が声をかけてきた。

金杉惣三郎は小さく頷き返して棟方新左衛門の様子を見た。熱を発したとみえ、うつ伏せの顔は真っ赤で息苦しそうだ。意識は朦朧《もうろう》としてはっきりとしない様子だ。

惣三郎は久村のかたわらに座した。

「それがしの従姉妹、久村りくにございます」

と久村は棟方新左衛門が見合いをした相手を紹介した。

娘は慌てる風もなくおっとりと居住まいを正し、

「久村りくにございます」

と丁寧に頭を下げた。

「ご苦労にござったな」

惣三郎はおりくに会釈を送ると介護を労《ねぎら》った。

「棟方様が襲われたと定次郎どのからうかがい、矢も盾もたまらず駆けつけましてございます」

おりくは屋敷勤めの身で見舞いもままにならないと言い足した。

「そのお気持ち、金杉惣三郎、嬉しく思います」

おりくの緊張の顔にかすかに笑みが浮かんだ。

新左衛門はおりくを、

「たおやかな方」

と表現したが、物静かな中に芯の強さが垣間見えた。

「久村どの、田辺先生に会われたか」

夕べの診断を知りたくて聞いた。

「はい。二、三日は高熱が続こうが棟方先生は人一倍体力がおありゆえ、それさえ乗り越えれば怪我の回復は早かろうと申されました」

その診立《みた》ては朝と変わらないものだった。

「安堵いたした」

金杉惣三郎は正直な気持ちを述べた。

「りく、われらはお暇《いとま》しようか」

と久村が従姉妹に声をかけ、供の者へ仕度を命じるために座敷を出た。

部屋には荒い息をつく新左衛門とおりくと惣三郎の三人が残された。

「金杉様、私がおじゃましましたこと、棟方様にご迷惑ではございませぬか」

「急を聞いておりくどのが駆けつけてくれたと知れば、どれほど棟方どのが喜ばれること

「喜ばれますか」

「昨夜、わが長屋でそなたのことを語る棟方どのの、あのような顔をこれまで見たことはない。それだけに襲った者が憎うござる」

「金杉様、またその者は棟方様を」

「その可能性がないとは言い切れぬ。だが、棟方どのとて二度と同じ轍《てつ》は踏まれますまい」

そこへ久村が姿を見せて、帰り仕度が整ったことをおりくに告げた。

「棟方さんを襲った者の正体が今ひとつ摑めぬ。おりくどのを屋敷までちゃんと送り届けてくだされよ」

「承知しました」

と緊張の顔で久村定次郎が請け合い、

「金杉様とお目にかかれて、ほっと致しました」

と礼を述べると、おりくは意識の外にある新左衛門へいとおしそうな視線を向けた。

「棟方様は鷲村某《なにがし》に襲われて得をなされたようですね」

とみわが帰宅した父親の報告を聞いて答えたものだ。

「これ、みわ、なんということを申される。わが家の帰りに襲われ、一歩間違えば殺されかねないところでしたのですぞ」

「母上、棟方様はそうそう簡単に女までを闇から脅すような卑怯者に殺されませぬ。私が申しておるのは一夜にしておりく様の心を摑まれた、そのことです」

「それは言えるな」

　惣三郎もみわの考えに同調した。

「父上、おりく様はどのようなお方にございましたな」

　と結衣が聞いてきた。

「棟方さんが一目で気に入られたのが父にはよう分かったぞ、結衣」

「ですからどのようなお方なのです」

「ともすれば武家の奥勤めには小賢しくも男を見下すような女性《にょしょう》がおるがな、おりくどのはまったくそのようなところは感じられぬ。初々しさを留《とど》めておいでてな、そなたたちも会えばすぐに父の申すことが理解できよう」

「会えますか、おまえ様」

「会えるとも」

　としのに答えつつ、惣三郎の顔が曇った。

「どうなされた」

「棟方さんが久村家を継ぐ、すなわち下野茂木藩にご奉公するということではないか。となると毎日顔を合わせることは適わぬなと思ってな」

「そのような先のことを心配なされても。それに棟方様のおためになることなら私どもは気持ちよく送り出さねばなりませぬ」

「祝言の祝い、どうしたものかのう」

みわと結衣が顔を見合わせ、笑い出した。

「父上も母上も気が早うございます。お二人はお見合いをなされて丸二日と経っておりませぬ」

「みわ、そう言われるが、かような様子なれば話はとんとんと進展するものですよ」

「はいはい、お召し物でもなんでもお二人でお決めください」

娘たちが呆れ顔で二階に去った。

「しの、鷲村次郎太兵衛がわれらを襲うと考えたほうがよい。これまで以上に外出は気をつけよ」

「昇平さんに始終顔を出していただきます」

「あやつは、昇平の上段打ちなどいとも簡単に打ち破る剣客だ。昇平の命を危険に晒してもならぬ」

しのが改めてその刺客の恐ろしさを知らされ、

「おまえ様、まさか」

と亭主の顔を窺った。

「金杉惣三郎が、早々に倒されてたまるか」

しのを安心させるように答えた惣三郎だが、鷲村次郎太兵衛を倒せる自信など皆目なかった。


翌朝、鍾馗の昇平の迎えを受けて、惣三郎はいつものように増上寺の切通しを抜けて車坂の石見道場に向かった。

「昇平、身辺に変わりはないな」

惣三郎は鷲村次郎太兵衛の行動を気にした。

「その気配はねえぜ」

と答えた昇平が、

「あ、そうそう、北沢毅唯さんの大望はさ、敵討ちなんかじゃねえ、女探しだったぜ」

「女探しだと」

惣三郎は予想外の言葉に聞き返した。

棟方新左衛門が北沢と機会を見て話し合うと石見銕太郎に申し出ていたが、鷲村に襲われ、そのことはあのままになっていた。

「このところ元気がねえのでよ、おれがめ組に誘ったのさ」

「気を遣ってくれたな」

「おれも立会いのことを気にしていたんだ。それでさ、なんぞ手伝うことがあれば、江戸の町火消し、いろは四十七組の総頭取がうちの頭取《かしら》だ。人の出入りも多いからなんでも力になりますぜ、と頭取とお杏姐御に紹介したのさ」

「二人に世話をかけることになったか」

「北沢さんたらよ、め組の人の多さにびっくりして口も利けない有様でさ、姐さんに夕餉を馳走になってほろりと来たか、瞼《まぶた》を潤ませていなさったっけ。その帰り道、おれが表まで送っていくと、ぼそぼそと話し出したのさ」

北沢がふいに昇平に顔を向け、律儀に礼を述べたという。

「昇平どの、今日はいかい造作をかけた」

「なんですね、通りでお武家様が鳶《とび》の者なんかに頭を下げるなんてよしてくんな。おれたちの付き合いは見てのとおりだ、ざっくばらんで気兼ねがねえ」

「江戸は国許とは大いに違う。どうしたものかとこの数日気が滅入っておったのだ」

「お国ってどちらにございますね」

よい機会と昇平は踏み込んだ。

「陸奥の三春《みはる》城下だ」

「北沢さんが江戸入りなさったのは敵討ちだって本当ですかえ」

北沢の両眼が見開かれ、

「そんな噂が流れておりますか」

「そりゃそうだ。最初に道場に見えたときの気負いを見ていれば、だれもが敵討ちかなにかと勘違いしますぜ」

北沢は昇平の言葉にしばし迷っていたが、

「昇平どの、聞いてくれますか」

と言い出した。

「それがし、先ごろまで陸奥国三春藩五万五千石、秋田家中刀番五人扶持十石の軽輩者であった」

「どうして辞めなすった」

「笑ろうてくだされ。それがしは敵討ちなど大望のある身ではござらぬ。好きな女が一家を上げて、江戸に出ていったと聞いたので後を追ってきたのだ」

「なにっ！　惚れた女を追ってきたってか」

昇平が話の成り行きに大声を上げた。

「速水《はやみ》さよどのは家中の厩《うまや》番の娘でな、それがしと同じお長屋で育ったのだ。ところが速水家では父親が上役と些細なことでぶつかり、職を辞することになって、お長屋を出られた。その後、城下外れの百姓家にしばらく寄寓なさっておられたが、ふいに江戸に出ると申されて姿を消されたそうだ」

「それで北沢さんはすぐに後を追われたというわけですかえ」

「いや、それがし、速水家が三春を立ち退いたとき、仙台城下に御用で出ておったのだ。三春に戻ってそのことを知り、さよどの一家の後を追うかどうか迷った末に、半年後に禄を離れる決心をしたのでござる」

「北沢さん、さよ様とは互いに言い交わした仲でございましょうな」

「いや、そのようなことはしておらぬ」

「しておらぬって、所帯を持つとか、好きだとかお話しになったことはねえので」

「さようなことが話せるものか」

「じゃあ、さよ様はそなたが好きだということを知らないので」

「知らぬ」

「後を追ったってのは、北沢さんの勝手なんで」

「さよう」

「さよ様の一家が江戸のどこに移ったのかも知らないんで」

「知らぬ」

「呆れた」

と昇平は再び大声を上げた。

「師匠、なんとも頼りにならない話なんだ」

「このご時勢に女のために少禄とはいえ捨てる決心をしたとは、健気《けなげ》といえば健気だな」

と答えた惣三郎だが、北沢の無謀に言葉を失った。

「それでさよどのを探して歩いておるのか」

「まず食べる道をと思ったそうな。それで自慢の剣術の腕がどれほどのものか、石見道場で試そうと顔を出して、師匠とおれに叩きのめされた。以来、自信を失ったうえに江戸にはさよ様よりもきれいな女が沢山いるというのでさ、どうしたものか迷っているところだと」

「昇平、敵討ちでなくてよかったかも知れぬな」

惣三郎がそう答えたとき、二人は石見道場の前に来ていた。

道場では北沢毅唯が昇平に話したせいで吹っ切れたか、猛烈な勢いで床の拭き掃除をしていた。

「北沢さん、遅くなってすまねえ」

昇平も住み込みの門弟たちに交じり、床掃除の列に加わった。

石見道場では稽古前に床をぴかぴかに拭き上げて稽古を始める、それが習わしだ。

道場の掃除が終わる刻限、近くの大名家や旗本屋敷から通いの門弟たちが続々とやってきて、静かな熱気が漂い始める。

さらに道場主の石見銕太郎や師範たちが登場して、道場に緊迫が漲《みなぎ》った。

ただひとつの心残りは客分の師範、棟方新左衛門が怪我で不在のことだ。

「北沢どの、相手してくれ」

惣三郎が声をかけた。

このところ北沢は惣三郎の目につかないところで稽古をしていた。その惣三郎に声をかけられ、

「とても金杉先生のお相手などおこがましいことにございます。自分の増長が恥ずかしゅうございます」

と弟子の陰にこそこそと隠れようとした。

「まあ、そう申されるな」

強引に呼び止めた惣三郎は北沢と向かい合った。

初めて石見道場に姿を見せたときの自信が消えていた。どこか萎縮《いしゅく》して構えも小さくなっていた。

「姿勢が崩れておる。顔を上げてそれがしを見据えられよ。胸を張って、ゆったりと竹刀を構えるのだ」

「はっ、はい」

北沢が惣三郎の注意を初々しく聞いて、姿勢を正す。

「そう、それでよい。そなたが初めて道場に立った時の気分を思い出してな、真っ直ぐに打ち込んで来られよ」

「はい」

少年剣士のような真剣な表情で返事をした北沢が、

「参ります」

と惣三郎の胸に飛び込んできた。

四半刻もしないうちに北沢の腰がふらついてきた。そこで、

「これまで」

と稽古を止めた。

「ありがとうございました」

と大きな声で礼を述べた北沢が真っ赤な顔で壁際に下がり、へたへたと腰砕けに座り込んだ。それでも顔は嬉しそうだ。

（よし、これが再起の第一歩だ）

と惣三郎は一人合点した。

三

昼下がり、大川端の荒神屋に西村桐十郎と花火の房之助が連れ立って顔を見せた。

親方の喜八は外回りで、小頭が帳場にいた。

「棟方さんのところに顔を出して参りました。さすがに日頃の鍛え方が違いますね、もはや熱も下がられて、お粥《かゆ》などを食べておいでてでした」

「それは吉報」

桐十郎の言葉に惣三郎も少しばかり気が晴れた。

「おりく様がお見舞いに来られたと聞かされた棟方様が、がっくり気落ちなされておられるのが気の毒やらおかしいやら」

「親分、それはまたなぜだ」

「いえね、かような不覚者では、おりく様が愛想を尽かされたであろうってんですよ」

「棟方さんは未だ女心をご存じないな」

「おや、金杉の旦那は女の気持ちが分かるというのかえ」

三人の話を聞いた小頭の松造が笑った。

「小頭、それがしの話ではないわ」

「ともかくさ、棟方さんは怪我の功名というのかえ、おりくさんの心をしっかりと捕まえられたことだけは確かだぜ」

松造が請け合って作事場に戻った。

「鷲村の行方が幾分つかめました」

花火の房之助が言った。

「鷲村次郎太兵衛は四宿の曖昧宿を一晩かぎりで転々としてますんで」

「なに、飯盛《めしもり》旅籠を泊まり歩いておるのか。それにしてもよう見つけられたな」

「いえね、偶然のことなんで。うちの下っ引きの海蔵《かいぞう》がわざわざ板橋宿まで遊びに行ったんで。こいつの相手が四日に一度必ず投宿する侍の話を寝物語にしたと思いなせえ……」

下っ引きとは髪結やら棒手振《ぼてふ》りの本業を持ちながら、町中からいろいろな情報を集めてくる影の者のことだ。犯罪を未然に防ぎ、下手人の探索に加わる。だが、彼らは決して身分を明かすことはないのだ。

花火の親分もこのような下っ引きを何人も使っていた。

そんな一人が糝粉《しんこ》細工の海蔵だ。

糝粉細工とは米の粉に色をつけて動物などのかたちを作り、子供たち相手に売る小商いのことだ。

子供が喋る話には思いがけないことが隠され、悲劇や危険が潜んでいることがあった。

昨夜、海蔵は馴染みの女郎のお万亀《まき》に会うために板橋宿の越後屋まで足を伸ばした。

「海蔵さん、世の中には変な癖の客がいるものだねえ」

とお万亀が言い出したのは酒の酔いのせいかもしれない。

「変な癖とはなんだえ」

「だからさ、私と寝る前に刀を抜いて刃をじっと見詰めなさるのさ。最初は薄気味が悪くてさ、斬られるんじゃないかと思ったがねえ、刃を見ていると下のほうが元気になるんだと」

「侍ならばなんとなく分かるような気がするぜ。業物《わざもの》を見て自分の一物に力を移し込むってやつだ」

「馬鹿、そんなんじゃないよ。今まで斬った相手の顔が刃にうっすらと浮かぶのだと」

「なんだって！　斬った相手の面《つら》が刃に浮かぶってかい」

「私には見えないけどさ、そうらしいよ」

とお万亀は酒が入った茶碗を摑んだ。

「勤番侍じゃねえな、浪人か」

「剣術遣いじゃないかねえ」

「払いはどうだ」

「きれいなものさ。それにさ、あっちもなかなか強くてね」

「弱くて悪かったよ」

「なんだい、焼餅焼いているのかえ」

お万亀が海蔵の臑《すね》を指で抓《つね》った。

「あ、痛てえ！」

「それがさ、その客ったらどうやら板橋、千住、品川、内藤新宿と一晩泊まりに移り歩いているらしいのさ」

「そいつは豪儀な話じゃねえか」

海蔵はお万亀の膝に頭を乗せて、大きな尻を触りながら、胸の内で、

（こいつは大ネタだぞ）

と緊張していた。

「昨夜もそうだったけどさ、四つ（午後十時）前に入り、七つ半（午前五時）には旅籠を出る。床に入る前に酒を二合ほど呑み、ほろ酔いになったところで親指から足の指を順繰りに嘗めてくれてさ、私を抱く。そして、静かに眠りに就く。いつだって変わらない順番だよ」

「男ってのは、好みがそれぞれあらあ。この侍が格別変わっているわけでもあるまいぜ。年はいくつだ」

「三十の半ばかねえ。着物を着ていると痩せて見えるがさ、全身これ筋肉ってやつだ。す

べすべと柔らかでねえ、抱かれると気持ちがいいったらありゃしないよ」

「ちえっ、おれの前でのろけを言うねえ」

「やっぱり焼餅だ」

「名はなんといいなさるね」

「名前なんか知るかえ」

と吐き捨てたお万亀が待てよと言いながら、

「一度だけ寝言でさ、金杉なんとかとか喚いたことがあったっけ」

「金杉だと」

海蔵の眼が、
ぎらり
と光り、

「金杉惣三郎とは言わなかったか」

「そうそう金杉惣三郎だよ。だけど、海蔵さん、どうして客の言った寝言まで知っているのさ」

「おれの知り合いにそんな人がいてさ、おめえの客とは剣術仲間かもしれないのさ」

「それはまた偶然だねえ」

不思議そうな顔のお万亀に海蔵は、

「おれもおめえの足先からいたぶるぜ」

と遊女の体にむしゃぶりついた。

「花火の親分、どうやら鷲村次郎太兵衛に間違いなかろう」

「海蔵の女遊びもたまには大物を釣り上げますようで」

惣三郎の言葉にちょっと得意げに房之助が胸を張った。

「なにしろ牧野様が必死で南町の密偵を動かしたにもかかわらず探り当てなかった。そいつをさ、あっさりと見つけ出してきやがったのだからな」

旦那の西村桐十郎も嬉しそうだ。

「鷲村め、四宿を順に泊まり歩いておるのだな」

「へえ。扶持を離れて影ノ者になった人間にしては、えらく懐《ふところ》が温か過ぎますぜ」

「そりゃ花火、尾張から金子が出ておるのだ。四宿の遊女を抱くくらいなんでもあるまい」

「鷲村の剣術は滅法強いようだが、女には不慣れと見えますねえ。お万亀に怪しまれるような癖を出した上に寝言で金杉様の名まで呼んでしまった。天網恢恢疎《てんもうかいかいそ》にして漏らさず、どんな野郎もどこかで足を出すものでさあ」

房之助が言い、

「一昨日にやって来たとなると、次は明後日か。鷲村がお万亀の下《もと》に戻る二日後を待ちますか」

と惣三郎に聞いた。

「牧野様にはこの話、報告なされたか」

「いえ、まずは金杉様に伺ってと、こうして二人で顔を出したので」

金杉は友の配慮に感謝した。

「今晩、三宿のどこに顔を出すかは分かっていないのだな」

「それはお万亀も知らないそうで。板橋宿以外の宿にうちの手先たちを走らせますか」

「いや、止めよう。われらが普段と違う行動をとったら、こやつ、自分の足取りが知れたと女郎の下には姿を見せまい。ここは用心して二日後の板橋宿に狙いを定めよう」

「へえっ、承知しました。ですが、お万亀の旅籠には前もって信太郎を潜り込ませようと思いますが、いかがですか」

親分が指示を仰いだ。

「信太郎ならば思慮分別もある、旅籠の男衆になりきってくれよう」

信太郎は花火の親分の配下のうちでも番頭格の手先だった。そこで惣三郎は房之助の考えを了解した。

「金杉さん、これから織田様に会って、海蔵が探り出してきたことと金杉さんの考えを伝えます。牧野様の配下が動いて、鷲村に悟られては元も子もありませぬからな」

と西村桐十郎が言った。

「お願いしよう」

二人が荒神屋の帳場の上がりかまちから立ち上がった。


金杉惣三郎にとって長い二日が始まった。

鷲村次郎太兵衛はどこかに潜んで金杉の行動を窺《うかが》っているのだ。下っ引きの海蔵が探り出してきたことを絶対に悟られてはならなかった。

この日の勤め帰り、松造たちととやに寄って浅酌した。そして、ほろ酔い機嫌の千鳥足の振りをしながら、芝七軒町の長屋への道を辿る。神経を張り詰めさせて、鷲村の気配を窺ったが、その様子はなかった。

惣三郎の周りにこの者の影がないということは、だれか惣三郎の知り合いが見張られているということだ。

警戒心の強い相手を誘《おび》き出すためには我慢がいった。

長屋に戻り、三人の家族の顔が揃っていることを確かめた惣三郎はそれでも、

「変わりはなかったな」

と戸口で聞いたものだ。

「昼間、野衣様の様子を見に参りましたがお元気そうにございました。お腹が段々下がってこられたそうで、すぐにも西村家の跡継ぎが見られますよ」

「それはなにより」

と答えた惣三郎は、鷲村の行方が突き止められそうゆえ、この二、三日が勝負、十分に気をつけよと命じた。

「野衣様も八丁堀から出歩かないよう桐十郎様に命じられているそうですよ」

惣三郎は少し安堵して土間から上がった。

翌朝、水野屋敷の稽古を終えた惣三郎は早々に朝餉を食べ、棟方新左衛門が入所している田辺董伯の診療所を訪ねた。すると新左衛門はすでに床に起き上がり、正座して董伯の薬の付け替えを受けていた。

「金杉先生、ご面倒を掛けました」

新左衛門の顔色も声音も平静に戻っていたが、唇がかさかさだ。高熱が続いた後遺症だろう。

「見られよ、もはや肉が盛り上がってきておる」

と董伯が惣三郎に言い、

「今日の昼過ぎにも抜糸するで、夕方には道場に戻られて支障なかろう」

「それはなによりの知らせにござった」

董伯が病間から去り、新左衛門がもろ肌脱ぎの肩を浴衣《ゆかた》の袖に入れた。

「それがしが意識を朦朧とさせておるときに、おりくどのがお見えになったというのは真実《まこと》にございましょうか」

「むろん真実です。覚えておられぬか」

新左衛門が深い溜め息をついて、顔を横に振った。

「どうかなされたか」

「不覚を取った上に見苦しいところまでおりくどのにお見せ致し、真に恥ずかしいかぎりです」

「なんのなんの、おりくどのはそなたの介護が一時《いっとき》でもできてよかったと幸せそうな顔で立ち去られたぞ。屋敷奉公の身ゆえ、見舞いに来られないことを悔やみながらな」

「おりくどのはそれがしに愛想をつかされたわけではないのですね」

「新左衛門さん、おりくどのを信じなされ。よい女性《にょしょう》にござるな」

「よかった」

と新左衛門がほっとしたように呟いた。

惣三郎は北沢といい棟方といい、なんと純情な男たちだろうと思ったものだ。

「そなたを襲った鷲村次郎太兵衛だが、明日に現われる場所が掴めた」

と惣三郎が下っ引きの海蔵が探り出してきた情報を説明した。

「鷲村の行方が掴めましたか。それはよかった」

新左衛門が安堵と緊張が交じり合った表情を浮かべた。

「それがしも剣客の端くれ、本来なれば先夜の敵と思わねばならないのでしょうが、ここは金杉先生にお任せ致します」

「不意を衝《つ》いたとはいえ、そなたを斬ったほどの腕前だ。それがしが倒せるかどうかは分からぬ。だが、米津先生の仇もある。鷲村と対決致さば全力を尽くす」

惣三郎の決意に新左衛門が頷いた。

「そなたの退室の手続きを車坂と打ち合わせてこよう」

「お願い申します」

惣三郎は立ち上がった。


鷲村次郎太兵衛はそのころ、車坂の天徳寺の広大な寺領の竹林の中にある草庵に潜んでいた。

そこは先代の住職が茶室として使っていたが、茶道に格別関心のない当代になってからは使われたことがなかった。

昨夜は内藤新宿の曖昧宿に泊まった。

今晩は品川宿の番だ。

美濃の寒村に暮らす鷲村次郎太兵衛が尾張徳川の当主継友から連絡を受けたのは昨冬十一月末のことだ。

鷲村家が尾張徳川の藩籍から消えて百余年、主家から影仕事を受けたのは数度、この五十余年はまったく忘れられていた。祖父も父も御用を受けることなく、ただひたすら待つだけの生涯を終えた。

次郎太兵衛は隠棲の地を出て江戸に向かった。

指定された日の深夜、尾張の菩提寺に向かうと、その場には二人の人物が待ち受けていた。

一人は藩主の継友だ。もう一人は弟の宗春であった。

「鷲村次郎太兵衛参上致しました」

「そなた、尾張徳川の影ノ者になって何代に相成るな」

「七代目にございます」

「次郎太兵衛、そなたの家系がいかなるものか承知であろうな」

「尾張徳川のためだけに命を捨てよ、と父より叩き込まれて参りました」

「その父も祖父も働きの機会を与えられなかった、不憫《ふびん》であったな」

「御用にございますな」

「鷲村家は怯むことを許されぬ家系にございます」

「その言やよし」

と応じた継友に代わり、宗春が口を開いた。

「鷲村次郎太兵衛、御用を申し付く。常陸鹿島に参り、一刀流の長老米津寛兵衛の命を奪って参れ」

「承知仕りました」

と答えた次郎太兵衛が、

「復命致しますか」

と聞いた。ただ殺せば御用の済むことかと聞き返していた。

「米津寛兵衛殺しはそなたの腕試しに過ぎぬ」

宗春の言葉に次郎太兵衛が薄く笑った。

「その笑い、次なる命までとっておけ」

「畏《かしこ》まって候」

鷲村次郎太兵衛が尾張の兄弟の前から姿を消しておよそ一月後、再び三人は相見《まみ》えた。

「ようやった、次郎太兵衛」

「試しはもうよろしゅうございますか」

「怯《ひる》んだか」

「いや」

と宗春が答えた。

「まだ次郎太兵衛の腕試しが要《い》ると申されるか」

「そなたの真の敵は当代一の剣客じゃぞ。そやつの周りからじわじわと締め付けて本丸に迫るのじゃ」

「次郎太兵衛には迂遠《うえん》の策と思えます」

「われらはこやつに幾多の刺客を送り込んだ。だが、悉《ことごと》く奴の高田酔心子兵庫の刀の錆と散った」

「それがしに限り、心配無用に願います」

「その大言、金杉惣三郎を倒した後にせえ」

「金杉惣三郎なる者がそれがしの狙いにございますな」

「いかにも」

「畏まって候」

「待て、すぐには殺してはならぬ。まずあやつの周りから責め殺してゆけ」

「次はだれにございますな」

「金杉惣三郎の家族を脅かすのじゃ。だが、殺してはならぬ」

「手を出してはなりませぬか」

「女子供を殺しても、そなたの手柄にもなるまい。闇に潜んでじわじわ脅かし、金杉惣三郎の苛立ちを誘うのだ」

「承知」

「頃合を見て、そなたに次なる標的を告げる。下屋敷にそなたの住処《すみか》を用意した」

「宗春様、それがし、尾張家とは関わりなき場所に塒《ねぐら》を持ちとうござる」

「それも一案かな。どこぞ心当たりあるか」

「江戸を囲む四宿を転々と泊まり歩きますゆえ、四宿のどこぞに連絡あれ」

「曖昧宿がそなたの住まいか」

「はっ」

「よかろう」

一月後、尾張の兄弟の連絡《つなぎ》が内藤新宿の曖昧宿に紙礫《かみつぶて》を投げ入れていった。

次郎太兵衛が紙礫を開くと、

「車坂石見道場客分師範、棟方新左衛門」

と次なる目標が書かれていた。

次郎太兵衛は数日前、金杉惣三郎の長屋から戻る棟方新左衛門を襲った。が、新左衛門の機転と思わぬ邪魔に暗殺を失敗していた。

この失敗《しくじり》は次郎太兵衛にとって許し難いものであった。

兄弟は沈黙を守っていたが、次郎太兵衛はなんとしても仕留めるつもりで車坂近くの天徳寺に潜んでいた。

庵に近付く気配がした。

次郎太兵衛が剣を引き寄せた。すると障子を突き破って石礫が飛んできた。

次郎太兵衛が密かに使う草の者からの知らせだ。

鷲村家に仕えてきた元次《もとじ》は口が不自由だが、辛抱強い草の者だ。だが、次郎太兵衛同様に江戸が不案内で探りに苦労をしていた。

その元次が、

「今夕六つ半、棟方新左衛門、車坂帰宅」

と知らせてきたのだ。

「よし」

と呟いた次郎太兵衛は急いで身仕度を整えた。

四

車坂の石見道場から神谷町の田辺董伯の診療所はほんの数丁と離れていなかった。

この夕暮れ、道場から住み込みの若い門弟の出島伴右衛門《でじまばんえもん》と北沢毅唯が望んで迎えに行くことになった。

出島は福知山《ふくちやま》藩の朽木《くつき》家家臣で剣術修行のため、石見道場への住み込み門弟を希望し、藩に届け出て半年前から許された若者だ。

その昼下がり、抜糸を終えた棟方新左衛門は近くの髪結床から職人を呼んで、髭を剃《そ》り、髷《まげ》を梳《す》き直してもらってさっぱりした。

石見道場から届けられた真新しい小袖と羽織袴に袖を通して大小を腰に差してみると、体がふらついた。

浅手と思ってきたがかなりの出血と高熱で体力が落ちているようだ。

(明日からまた稽古のやり直しだ)

と考えつつ、

(石見先生と内儀にすっかり世話になった。新しい小袖に羽織袴まで届けられた)

と感謝する新左衛門だった。

「先生、怪我の本復、おめでとうございます」

出島と北沢が病間に入ってきて、すっかり仕度の出来上がっていた新左衛門に祝いの言葉を述べた。

「お二人にはご足労をかけるな」

「駕籠を用意してございます」

「駕籠とは大袈裟《おおげさ》な。車坂までは遠くない、歩いて帰りたい」

「ならば駕籠を帰してきます」

と出島が玄関先に待たせた駕籠にその旨《むね》を告げにいった。

新左衛門が田辺に最後の挨拶をして診療所の門を出たとき、六つ半（午後七時）の刻限を回っていた。

出島と北沢が荷を分けて持ち、新左衛門は空手でゆっくりと歩き出した。

最初は雲の上でも歩くような頼りのない足取りだったが、さすがに剣術家、しばらくするとしっかりとしてきた。

「お二人にもなにかと厄介《やっかい》をかけたな。明日からの稽古で借りを返すゆえ許してくれ」

「そのような気遣いは無用にございます」

と答えた出島が、

「お内儀が申されるには棟方先生がお召しの衣服、久村様からのお届け物にございますそうな。そのことを伝えてくれと申しておられました」

「なにっ、内儀のお心遣いではないのか」

「はい、久村様からと申さば、棟方先生にはすぐに分かっていただけるとおっしゃられました」

「そうであったか、久村様な」

おりくの心遣いとは知らずに若草色の小袖と鉄錆色の羽織袴を着ていたのか。

新左衛門は胸の中にじんわりとした希望が湧いてくるのを感じた。

鷲村次郎太兵衛は神谷町の外科医師田辺董伯の門前を出た棟方新左衛門の足取りがふらついているのを確かめた。だが、それはすぐにしっかりと腰が据わった歩みに変わっていった。さすがに次郎太兵衛の不意打ちを躱しただけの剣客だ。

闇に紛れて間合いを計りつつ、どこでいつ襲うかを考え続けた。

連れの二人の腕は次郎太兵衛にとってとるに足らないものとみていた。

狙いは背中の傷のために体力を消耗している棟方新左衛門だけだ。

(今宵は必ず倒す)

棟方の歩みが緩くなり、片袖をひっぱるようにして羽織を見た。だが、すぐに元の歩みに戻った。

その全身に喜びが溢《あふ》れていた。

(待っておれ、死の刻限がそこまで来ておるわ)

次郎太兵衛はすでに切っていた鯉口の柄に手をかけた。

棟方新左衛門は増上寺の切通しで感じたと同じ殺気を意識した。

（また奴か）

再び石見道場近くで襲おうとする鷲村次郎太兵衛の執念を考えながら、

（此度は一太刀なりとも返す）

そのためには自らの命を捧げる覚悟がいった。

それが剣術家の宿命、そのための日々であったのだ。

問題は出島伴右衛門と北沢毅唯だ。二人に危害が及んではならぬ。

（どうしたものか）

迷う棟方新左衛門の心を読み切ったように鷲村次郎太兵衛が気配もなく走り出そうとした。

その瞬間、次郎太兵衛の五感が別の人物の存在を捉《とら》えた。

なんと罠を仕掛けようとして罠に嵌《はま》ろうとしていた。

（この殺気は）

尾張徳川の継友と宗春兄弟をして、

「当代一の剣客」

と言わしめた金杉惣三郎が醸《かも》し出すものだ。

どこぞの闇に潜んで次郎太兵衛が棟方新左衛門を襲う瞬間を待ち受けていた。

（糞《くそ》っ、出直しじゃ）

次郎太兵衛は即座に考えを変えると、

するする

と棟方新左衛門を付け狙う現場から離れて、品川宿を目指そうとした。だが、途中でその考えも捨て、昨夜投宿した内藤新宿に向かうことを決めた。

棟方新左衛門は小さな吐息をついた。

危険が去っていた。

その理由が分からなかったが、次郎太兵衛が攻撃の意志を捨てたことは確かだった。

「棟方先生、どうなされました。吐息などおつきになって」

北沢が屈託のない様子で聞いた。

「なあに、明日からまた剣術三昧《ざんまい》の暮らしが始まるかと思うとつい吐息も出た」

「稽古に戻られるのは嫌でございますか」

出島が聞く。

「嫌ではないが、怠けておった体の衰えを思うとつい洩らした」

「棟方先生の体力が回復しないうちに一本だけでもとりたいな」

出島が笑い、

「駄目だろうな」

「そんな気弱でどうなさる。腹を据えてかかってこられれば、今のそれがしなど何事があろうか」

「いえいえ、先生の津軽卜伝流は先の大試合で八人のうちの一人に残られた剣、われら風情ではかすりもしないだろうな。ねえ、北沢さん」

「さよう、それがし、石見道場に参って剣術の奥深さを知らされました。金杉先生と立ち会ったとき、まるで巨《おお》きな巌《いわお》が立ち塞がっているようで冷や汗たらたら身が竦みました。それで気付いたときには控え部屋で寝かされておりました」

「北沢さん、金杉先生は別格です。それがしなども赤子のように捻られます」

「えっ、棟方先生がそのような目に」

「はい、金杉惣三郎は当代一の剣客にございます。そなた方もそれがしも石見銕太郎先生、金杉惣三郎先生の下で修行する喜びをもっと感じねばなりませぬ」

と答えながら、鷲村次郎太兵衛が攻撃を中断した理由は、

「金杉惣三郎」

にあるのではないかと新左衛門は思いついた。

（逃げおったか）

金杉惣三郎はそこまで引き付けておきながら、逃した魚の大きさを考えていた。

鷲村次郎太兵衛は川底に潜む山女《やまめ》だ。釣り人の心を慎重に読み切って、行動していた。

逃した以上、深追いはしないことだ。

明晩になれば嫌でも板橋宿に姿を見せるだろう。

そう考えた惣三郎はふと思いついた。

臆病と思えるほど慎重な相手だ。板橋宿に少しでも変化があると近付かないのではないか。

花火の房之助親分の手先信太郎が飯盛宿に男衆として住み込んでいた。

（よし、引き上げさせよう）

そう決心した惣三郎は南八丁堀に足を向けた。

その夜のうちに花火の房之助の番頭格の手先、信太郎が板橋宿から呼び戻された。

この様子を南町奉行所隠密同心の坂崎十八朗《さかざきじゅうはちろう》が見ていた。

鹿島の長老米津寛兵衛を立会いで殺した鷲村次郎太兵衛の行方を与力牧野勝五郎の命で追い求めていた。

だが、その命令が突然変更され、

「一切鷲村次郎太兵衛の身辺探索を禁ず」

という新たな命が下された。

（糞っ、また内与力織田朝七の命だ）

坂崎家は代々の南町奉行所隠密同心を務めてきた。

探索には歴代奉行の家臣である内与力は口出しせずの不文律があった。それが大岡忠相の就任以来、様相ががらりと変わった。

現場はないがしろにされ、織田朝七の線で極秘の探索がしばしば行なわれた。

その探索に常に関わっているのが金杉惣三郎だ。

此度の一件も金杉が加わっていることを確かめていた。

なんとしても現場の探索方の主導権を取り戻したい、その一心で坂崎は配下の御用聞き伏見町の長太郎《ちょうたろう》に命じて、花火の房之助の行動を探らせ、信太郎が密かに板橋宿に入り込んだのを摑んだのだ。

その信太郎も板橋宿の飯盛旅籠から引き上げられた。ということは鷲村次郎太兵衛がこの板橋宿に姿を見せるということではないか。

なんとしてもおれの手で奴を捕まえ、織田朝七、金杉惣三郎の鼻を明かす。その覚悟で坂崎は御用聞きの長太郎に手配りを命じた。

鷲村次郎太兵衛は車坂に近い品川宿を避けて、二晩続けて内藤新宿の調布屋のおたまの下へ泊まった。

「おめえ様が二日続けて顔を出すなんて珍しいのう」

田舎訛《なま》りで迎えたおたまは、

「それにしてもよう頑張りなさるわ」

と苦笑いし、

「床が先か、酒が先か」

と次郎太兵衛に聞いたものだ。

「おたま、だれぞおれのことを聞きにきた者はおらぬか」

「そういえば、おめえ様を訪ねて来られた方がいたぞ」

「侍か町人か」

次郎太兵衛の目がぎらりと光った。

「それが障子越しによ、おめえ様がこの次、訪ねて来られたらよ、渡してくれと手紙を戸の隙間から差し入れられて姿も見てねえだ」

おたまが箱火鉢の小引出しから封書を出した。

次郎太兵衛の緊張が緩み、手紙を受け取ると封を切った。そこには短く、

「南町奉行大岡忠相」

の名が記されてあった。

次郎太兵衛は手紙を丸めると火にくべた。

手紙にはしくじった棟方新左衛門のことはなにも触れてなかった。

それが鷲村次郎太兵衛の自尊心を傷つけた。

（棟方新左衛門が先か、大岡忠相を殺《や》るか）

次郎太兵衛は考えながら、若いおたまの体を引き寄せ、襟口から胸元に手を差し入れた。

「嫌だよ、急にさ」

いつもは刀を抜いてしばらく刀身を見詰め続けるのだ。そうすると次郎太兵衛の下半身がむくむくと元気を蘇らせた。それがいきなり胸に触った。

「今日はどうしたのさ。足の指を嘗めてくれねえのか」

「それはあとだ」

次郎太兵衛の手が巧妙に動いた。

「あれ、嫌だよ。お乳がおかしいよ」

おたまが身をくねらせると次郎太兵衛の掌におたまの形のよい乳房がしっとりと納まった。

翌日の夕暮れ前、深編笠を被った鷲村次郎太兵衛の姿は滝野川村から板橋宿に入っていった。

板橋宿は江戸府内から来ると平尾宿、仲宿、上宿と続き、次郎太兵衛の馴染みの女郎お万亀のいる越後屋は石神井川に架かる板橋を渡った上宿にあった。

次郎太兵衛は五感を研ぎ澄まして宿場の様子を探りながら板橋を渡り、越後屋の前を通り過ぎた。すると背にぴりぴりとした視線が突き刺さってきた。

初めて感じる視線だった。

(だれぞが見張っている)

次郎太兵衛は足取りを変えることなく戸田の渡しを目指して中山道を進む。だが、旗本の抱え屋敷の門前を過ぎたところでふいに左手に曲がった。

尾行する者たちの足取りが乱れた。

(大した尾行ではないな)

次郎太兵衛はぐるりと旗本屋敷を回り込み、屋敷の西側に見つけた智清寺の境内に入り込んで藪陰の暗がりに身を潜めた。

境内には板橋宿の喧騒も届かない。ただ、小川のせせらぎが低く響いているだけだ。

山門からばたばたとした草履の音が響いて、二つ三つと人影が現われた。

「気付いてやがったか」

小太りの伏見町の長太郎が懐から手拭を出すと顔の汗を拭った。

「そう遠くにはいくめえ、探せ」

手先たちに命じた。

「親分、寺領だぜ」

「かまうこっちゃねえ、今度の一件は坂崎十八朗の旦那が意地を賭けておられる筋だ」

と長太郎が言ったとき、その坂崎がひょろりとした姿を見せた。

坂崎は南町奉行所同心の中でも五指に入る剣術の腕前だ。東軍流の遣い手で林崎流の居合もよくこなした。

「気付かれたか」

「へえっ」

と頭を下げた長太郎が、

「ということは深編笠が鷲村次郎太兵衛という剣術家ですぜ」

と答えたとき、藪陰から立ち上がった者がいた。

手先たちが悲鳴を上げ、

「こんなところに隠れてやがったか」

と長太郎が腰に差した十手を抜いた。

「こいつはただの剣術遣いじゃねえ。鹿島の米津寛兵衛を倒した腕だぜ、気を抜くな」

と注意を与えながら、坂崎十八朗は刀の鯉口を切った。

「千太《せんた》、文吉《ぶんきち》、そやつの後ろに回り込め」

親分の命に二人の手先が次郎太兵衛の背後に回り込んだ。

次郎太兵衛の正面に坂崎十八朗が控え、その右手、居合の剣先の外に長太郎が十手を構えて立っていた。

鷲村次郎太兵衛は動かない。ただ不動の姿勢で立っていた。

「鷲村次郎太兵衛だな」

坂崎十八朗が問い質《ただ》した。

「そなたは」

次郎太兵衛の口からこの反問が出た。

「南町奉行所隠密同心、坂崎十八朗」

「だれの命で動いておる」

「昔っから隠密同心は己の意思のみで探索に関わるものよ」

この返事で坂崎と名乗った隠密同心が大岡忠相の命とは別行動なことが分かった。

「ここがおのれらの死に場所ぞ」

次郎太兵衛の口を衝いた言葉だ。

「なにを抜かしやがる」

坂崎は腰を沈めて走った。得意の、

「飛込み抜き回し」

の必殺手だ。

低く沈めた姿勢から体が伸び上がるとともに剣が鞘走り、大きな円弧を描いて、相手が想像する以上に間合いを詰めて、斬りつける一手だ。

その動きを見た次郎太兵衛は、反動もつけずに垂直に虚空に飛んでいた。

その下を坂崎の抜き打ちが空を切って走り、いつ抜いたのか、次郎太兵衛の剣が坂崎の眉間に吸い込まれるように叩き込まれて、
げえぇっ
と絶叫とともに立ち竦み、一瞬後に崩れ落ちた。

「やりやがったな！」

長太郎が着地する次郎太兵衛の背を十手で殴りかかった。

次郎太兵衛の血に濡れた剣が後ろに引き回され、長太郎を見ることもなく首筋を刎《は》ね斬って血飛沫《しぶき》を飛び散らせた。

わあああっ
手先たちが山門の外へと必死の形相で逃げ出した。

その様子を見た次郎太兵衛は闇に姿を没し、板橋宿から消えた。

鷲村次郎太兵衛がお万亀の下に姿を見せるのは夜四つ（午後十時）の刻限と決まっていた。

金杉惣三郎は西村桐十郎と花火の房之助親分、さらに小者、手先を同行していた。

その刻限過ぎに板橋宿に到着すると宿場が慌ただしく、番屋に人の出入りが激しかった。


桐十郎が番屋に顔を出すと土地の御用聞きが、

「西村様、えらく早いお越しですね」

と驚いた。

桐十郎は床に並べられた二体の亡骸《なきがら》を見て、

（しまった、坂崎どのに抜け駆けされたか）

と起こった異変の理由を悟った。

「西村さん、南町の手の者はすべて引き上げたのではなかったか」

惣三郎が問うと、

「牧野様の厳命で板橋宿から引き上げておりました。だが、一人だけその命を聞かなかった者がいたようだ」

桐十郎が吐き棄てた。

「金杉様、坂崎様は南町では偏屈の同心で通っているお方でございましてね、此度の総引き上げを承服なさらなかったようだ」

「となると二人を殺害したのは鷲村だな」

「間違いございませんよ」

惣三郎の問いに花火の房之助が応じて、

「これでまた一から策の練り直しでございますね」

と鷲村次郎太兵衛が罠からするりと逃げたことを認めた。

第六章　大岡家の法事

一

影ノ流鷲村次郎太兵衛の気配が江戸から消えた。

南町奉行所与力の牧野勝五郎が改めて探索方に命を発して、行方を追わせていたがどこにもその気配はなかった。

金杉惣三郎は隠密同心坂崎十八朗の通夜が坂崎の菩提寺、谷中《やなか》の清源寺《せいげんじ》で行なわれた夜、その席で内与力の織田朝七、牧野勝五郎らと顔を合わせた。

「金杉どの、われらが落ち度で相済まぬことにございます」

と牧野が頭を深々と下げた。

「いや、この一件は牧野どのだけの責任ではない。内与力のそれがしの不徳のせいだ。まさか坂崎が抜け駆けをして折角仕掛けた罠を壊したばかりか、命まで失う結果に陥ろうとは考えもしなかった」

と織田も嘆息して悄然としていた。

大岡忠相の家臣でもある織田朝七への反感からとられた坂崎の行動だけに、織田の心中も複雑だ。

「大岡様はいかが仰せで」

「口ではなにも申されぬが、好機を自ら逸したと憤慨なされていることは確かにござる。金杉どのに申し訳なきことをしたと呟かれておられたわ」

「織田様、鷲村次郎太兵衛は米津寛兵衛先生を倒し、棟方どのに怪我を負わせた腕前の持ち主でありながら、臆病と思えるくらい慎重な性格にござる。此度のことで間をおくやもしれませぬが、絶対に諦めることは致しますまい。われらが気を抜いたときこそ、鷲村が、暗躍を再開するときにございます」

「金杉どの、もう一度気を引き締めなおします」

と牧野が自らに気合を入れ直した。

坂崎の通夜から数日が過ぎ、荒神屋を早引けした金杉惣三郎は南町奉行所に立ち寄り、大岡忠相と面会した。それは四半刻で終わり、その帰り道、冠阿弥に立ち寄った。

大旦那の膳兵衛が元気をなくしていると番頭の忠蔵から聞いていたが、つい忙しさに紛れて伺う機会を逸していたのだ。

奥座敷に通された惣三郎を見て、

「おや、おめずらしい人がお見えになられましたな」

「膳兵衛様、無沙汰をして相済まぬことにございます」

「いやさ、金杉様の多忙は常々お杏から聞いておりますよ」

「明日、鹿島に参りますので、その前に膳兵衛様のお顔をと思いまして伺いました」

「米津老先生が亡くなられてはや二月が過ぎた、時の流れは早いものですな」

膳兵衛が手を叩いて人を呼び、酒の仕度を命じた。

「此度は鹿島の道場の差配ですかな」

「本来なれば石見銕太郎先生が出向かれて鹿島をどうするか、土地の門弟衆と話し合われるのが本当にございましょう。が、なにしろ石見先生は多忙な身にござれば、それがしが代理に行くことになりました」

「それはご苦労ですな、お一人ですか」

「石見先生の命で棟方さんも一緒です」

棟方新左衛門の怪我は回復していた。だが、しばらく床に就いていたので体力も落ちていた。そこで石見銕太郎が、

「鹿島行きに棟方さんを連れて参られませんか。旅をすれば気も晴れるし、病後の体力回復には歩くのがなにより」

と言い出し、そのことを惣三郎が新左衛門に話すと、

「さようなことまで石見先生と金杉先生に気を遣わしまして申し訳ございませぬ。ですが、金杉先生と旅が出来るのはこの上ない喜びにございます」

と一も二もなく承知した。

そこで連れ立って明朝には日本橋小網町河岸から行徳船に乗り込むことになっていた。

「旅は道連れと申しますでな、楽しい旅になりそうだ」

と惣三郎が答えたとき、廊下に、

「爺様！」

と賑やかな声が響いた。

孫の半次郎の声だ。

「おおっ、半次郎が来たか」

廊下を走る幼い足音と一緒に、め組の大姐御《おおあねご》のお杏と半次郎が姿を見せた。

可愛い盛りの半次郎が膳兵衛の胸に飛び込み、膳兵衛が相好を崩して外孫を抱き留めた。

「かなぐぎ惣三がうちに来るなんてどういう風の吹き回しなの」

お杏は父親のご機嫌伺いに実家に顔を覗かせたのだ。

「なあに、ふと思いついて立ち寄ったところだ」

「明日から鹿島行きだって」

「昇平から聞かれたか」

「鍾馗め、当人も鹿島に行きたいって顔をしていたよ」

「昇平には鳶の勤めがあるでな」

「それに鹿島の老先生を殺した野郎だって、まだ捕まってないんでしょう。かなくぎ惣三の留守を守るのは昇平の仕事だからね、ときつく命じておいたわ」

「お杏さん、お頼み申す」

惣三郎は冠阿弥の一人娘でありながら、今ではすっかり江戸町火消しの総頭取め組の姐御として貫禄の出てきたお杏に頭を下げた。

膳が運ばれてきた。

「うちの便船が長崎から鱲子《からすみ》を積んできましたんでな」

膳には諸国の名産が数々載っていた。

「ささっ、金杉様」

孫の半次郎を娘に返した膳兵衛が惣三郎に酌をしようとした。

「これは恐縮にございます。明朝は早立ちにございますればほんの一口」

「なにを言っているのよ。江戸から行徳河岸まで黙っていても船が連れていってくれるわよ。お父つぁんの相手をしたくらいで、旅ができない惣三でもあるまいに」

お杏が伝法な口調で言い放ち、賑やかな夕暮れが訪れようとしていた。

「石見先生のお勧めに素直に従いまして本当にようございました」

翌朝、日本橋川から大川に行徳船が漕ぎ出したとき、棟方新左衛門が惣三郎に言った。

「棟方さんには久し振りの旅ゆえな」

「それもございますが鷲村との戦いで背中に傷を負わされ、気が滅入っておりました。金杉先生と旅をしてまた英気を取り戻します」

「それがよい。旅に出ればすべて見方が変わる。此度のことも剣術家棟方新左衛門にとってさらに大きく成長なされる切っ掛けに過ぎぬ」

「で、ございましょうか」

「背中に傷と申されるが、その判断がなければそなたは生きてはおらぬ。こうして行徳船に乗ることもできなかった」

「金杉先生のお言葉、肝に銘じます」

「そんなことより旅の徒然《つれづれ》を存分に楽しもうか」

「はい」

棟方新左衛門が初々しくも答えたものだ。

四国八十八箇所の最後の医王《いおう》山大窪《おおくぼ》寺《じ》を結願《けちがん》の寺という。

八十七番目の補陀落《ふだらく》山長尾《ながお》寺から大窪寺までの三里十数町の山道は険しく、三百五十余里を歩き通してきた遍路たちは喘ぎ喘ぎながらも、

「南無大師遍照金剛」

と至福の声で唱えながら二刻半もかけて登るのだ。

金杉清之助は標高二千四百余尺（七八七メートル）の矢筈《やはず》山の中腹にある寺に向かって地蔵菩薩像が並び立つ狭い山道を飛ぶように登り、

「お先に失礼致します」

と声をかけながら、次々に遍路たちを追い抜いていった。

清之助は伊予からの遍路だ。

八十八箇所を踏破した遍路たちの達成感はない。

歩くことで執着心、怒りと憎しみ、愚かさ、慢心などの八十八の煩悩《ぼんのう》を捨て去るというが、今の清之助にはまだ煩悩だらけで悩みを捨てきれなかった。

だが、伊予の菩提の道場と讃岐《さぬき》の涅槃《ねはん》の道場を遍路したことで身と心が癒《いや》されていた。

そして、発心の阿波道と修行の土佐道を残したことでまだ修行の道がこの先も続いていることを教えられてもいた。

ともあれ清之助は医王山大窪寺の本堂前に到着した。

行基《ぎょうき》が創建し、空海が谷の窪地に堂を築いたと伝えられる大窪寺の本尊は薬師如来だ。

その本堂前に無事遍路道を歩き通した遍路たちが常にも増して大きな声で、

「南無大師遍照金剛」

を唱えていた。

清之助は山から湧き出る清水で顔と手足を清め、本堂前に頭を垂れて、遍路道を辿る機会を得たことを感謝した。そして、いつの日か、残りの遍路道を歩き継ぐことを、

「大師」

に約定した。

清々しい気持ちで大窪寺を後にした清之助は、

(これからどこへ向かうか)

と考えながら、老師の米津寛兵衛を倒したという、

「影ノ流鷲村次郎太兵衛」

のことを考えていた。


鹿島の米津道場に到着すると、金杉惣三郎と棟方新左衛門は住み込み師範の梶山隆次郎らに温かく迎えられた。

江戸を発って二日目の夕暮れ前だ。

新左衛門が成田山新勝寺を参詣したことがないというので一緒に立ち寄り、さらに香取

神宮に参詣しながらののんびり旅であった。また二人が物見遊山《ものみゆさん》のような道中をしたのには理由があった。行徳河岸を出た頃合から尾行者を意識したからだ。

「鷲村次郎太兵衛にございましょうか」

「いや、殺気が感じられぬな」

「どうしたもので」

「小鼠なれば放っておこうか」

監視の目は鹿島まで続いたがついに姿を見せることはなかった。

その夜は梶山ら住み込みの門弟たちと一緒に漁師鍋を囲んで、米津寛兵衛老師の思い出などを語りながら酒を呑んだ。

寛兵衛の死後も梶山隆次郎ら住み込みの門弟たちが一人も欠けることなく、修行に励んでいることを知った惣三郎はなんとも嬉しかった。

翌朝、金杉惣三郎らの到着を聞き知った通いの弟子たちが普段の朝よりも大勢詰め掛けて、稽古を行なった。

惣三郎も新左衛門も、米津寛兵衛の教えを守って修行に励む梶山らの意気に応えて熱の籠った指導を続けた。

米津道場には番頭格の梶山をはじめ、水戸藩から剣術修行に来ている絵鳥秀太郎《えどりしゅうたろう》から若い稲本伝吉《いなもとでんきち》らの門弟たちがいたが、二人は丁寧にも一人ひとりの相手をした。さらに漁

師や百姓たちが混じって稽古をしているのも米津道場ならではの光景で、それは寛兵衛の、

「剣の修行は畢竟《ひっきょう》心身を鍛錬するものなり。修行鍛錬に身分上下の違いなし、望む者此れを拒まず」

という教えを受けてのことだった。

「金杉先生よ、おらにも一本相手してくれまいか」

「おらは棟方先生だ」

とそんな門弟たちが二人に稽古を願い、肩などを袋竹刀で、
びしり
と叩かれて、

「ありがとうございました」

と嬉しそうに礼の声を張り上げた。

朝稽古が昼前に終わった。

いつもなら通いの門弟たちは引き上げるのだが、この日は全員が残った。

師範の梶山隆次郎が金杉惣三郎らの来訪に合わせて、

「米津道場の今後」

を話し合うと通告していたからだ。

四十七人の弟子たちが居住まいを正して床に座した。

そして、その弟子たちに向き合うように金杉惣三郎が座し、棟方新左衛門は少し離れた場所に控えた。

「梶山さん、米津先生亡き後、ようもこれだけ道場をまとめ上げて日々の稽古に励まれたな。皆様方もよう梶山さんを助けてくれた」

と住み込み師範と門弟たちの労苦を労《ねぎら》った惣三郎は、

「それがし、石見銕太郎先生の代理として、このたび鹿島に参ったは今後の道場について話し合うためだ。石見先生は鹿島の方々の意思をまず尊重せよとそれがしに命じられた。梶山さん、このこといかがかな」

「金杉先生、われら、幾たびもそのことを話し合いましてございます」

「してその結論はいかに」

「申し上げます」

と梶山が前置きした。

「まずは、ただ今諸国回遊の武者修行に出ておる金杉清之助の帰国まで道場を存続することにございます」

「いつ知れぬという清之助の帰国を待たれるというか」

「われら米津寛兵衛先生の門弟一同、先の剣術大試合のための選抜試合を見るまでもなく清之助が寛兵衛先生の後継と考えて参りました。清之助が鹿島に戻ったとき、米津道場が消えていたとしたらいかばかり哀しむか。われらは寛兵衛先生の日頃の教えを思い出しつつ、小さな灯火を掲げ続けようと話し合って参りました」

惣三郎は梶山の思いがけない答えにしばし返す言葉を見出しえなかった。

「金杉先生よ、清之助さんならよ、寛兵衛先生を倒した鷺村次郎太兵衛をよ、成敗してくれようが」

と言い出したのは若い漁師の磯吉《いそきち》だ。

「おれたちはよ、先生が倒された光景が目にちらついて忘れることができねえだよ」

磯吉の言葉にしばし座がざわついた。

「鎮まれ」

と梶山が制止し、

「金杉先生、われら、米津寛兵衛先生と鷺村次郎太兵衛の立会いが尋常のものであったとは思えぬのです。剣を修行した人間の行ないとは思えぬのです」

と一同の気持ちを代弁して胸の内を吐露した。

「適わぬまでも鹿島から鷺村次郎太兵衛の追捕《ついぶ》の者を出そうという話も再三出ましてございます。しかし江戸の意向を聞いてからと止めてきたのです」

一座が頷き、惣三郎の答えを待った。

「一座の方々に申し上げる。鷲村次郎太兵衛が尋常の剣術家ではないとのそなた方の推測、当たってござる。鷲村は江戸においてここにおられる棟方新左衛門どのを不意打ちに襲い、怪我を負わせてござる」

一座がどよめいた。

「なんのためにさようなことを繰り返すのですか」

梶山が尋ねた。

「鷲村がだれの指図によって動いておるか、ここでは申し上げられぬ。はっきりと言えることはただ一つ、鷲村の狙いがこの金杉惣三郎にあるということだ」

「なんと、金杉先生を鷲村は付け狙っておりますか」

惣三郎は差し障りのないところで江戸に起こった一連の事件の概要を語り聞かせた。また新左衛門も襲われた瞬間を一座に話した。

「これでお分かりいただけたであろう。鷲村次郎太兵衛は隠された意図があって鹿島にやって参り、米津先生に立会いを挑んだのだ。江戸では必死の追跡がなされておるところ、この一件はもはや鹿島だけの問題ではござらぬ。そこでこの金杉惣三郎から願いがござる。鷲村次郎太兵衛の始末、それがしに任せてはくれまいか」

梶山が一座を見回し、

「このこと、いかに」

と問うた。すると水戸藩から剣術修行に来ていた絵鳥秀太郎が、

「それがし、金杉先生のご提案を承服致す」

と述べた。すると次々に賛成の声が上がり、最後に梶山が、

「金杉先生、お聞きの通りにございます」

と一同を代表して答えた。

「となれば鹿島の道場の存続の一件に戻る。それがし、清之助の父親としてそなた方のお考えを有り難く受け止める、かたじけのうござる」

惣三郎は一同に深々と頭を下げた。

「清之助は米津寛兵衛先生の死を、そして、鷲村次郎太兵衛に倒されたことも承知しておる」

と付け加えた。

「なんと清之助はこのことを承知ですか」

梶山隆次郎の顔に喜色が走った。

「伊予から手紙が参ってな、遍路道を辿っておるというのでその行き先に便りを出した。うまく清之助の手に渡ったと思えるのだ」

「ならば清之助からの返書がございましたか」

「返書はない。だが、父親のそれがしには清之助の心の中は手にとるように分かる」

「してその心中とは」

「米津先生の死を最後の叱咤の声と受け止め、修行に励めと書き送った。清之助は老師の死を胸に抱いて今まで以上に厳しい修行を続けているはず。それが、それがしの小倅の選んだ道にござる」

と金杉惣三郎が言い切った。

「われらは清之助が戻るまで道場に火を点し続けます。道場をどうするかはそれから改めて清之助と話し合いまする」

と叫ぶように梶山が答え、賛同する声が一座から起こった。

「ならばそれがしが通いにて鹿島に指導に参ろう」

「おおっ」

というどよめきの声が沸き起こった。

「金杉先生、それがしもお手伝いをさせてくだされ」

と棟方新左衛門が言い出し、さらに大きな歓声が米津道場に響いた。

昼の稽古は棟方新左衛門の指導の下に行なわれた。

だが、金杉惣三郎の姿は道場にも屋敷にも見られなかった。

二

昼の稽古を休んだ金杉惣三郎は鹿島神宮拝殿に一人詣でて、

「金杉清之助の武運長久」

と、

「米津寛兵衛の魂の安寧《あんねい》」

を祈願したのだ。

鹿島神宮の御祭神は武甕槌神《たけみかづちのかみ》である。

武甕槌神は神代の昔に天照大神《あまてらすおおみかみ》の命により、出雲の大国主神《おおくにぬし》と国譲りの話し合いをした後に日本諸国を歩いて国の統一を図り、東国に入って星神香香背男《かがせお》を討って国中を平定した武人である。

金杉惣三郎は武甕槌神から米津寛兵衛へと連綿と鹿島に伝わる武人の伝統に敬意を表するために詣でたのだ。

惣三郎は拝殿の後ろの昼なお暗い森の中へと歩を進めた。

奥宮に向かう道だ。

そこには武甕槌神荒魂《あらみたま》が御祭神として祀られていた。

この荒魂は和魂《にぎみたま》と対照される働きを評した言葉で、新しく躍動する魂を意味するものであった。

惣三郎は清之助に、

「荒魂と和魂」

を兼ね備えた剣術家に成長してほしいと奥宮に参ろうとしていた。

惣三郎が木《こ》の下闇《したやみ》に姿を没してしばらくした頃合、一つの影が惣三郎の後を追うように現われ出た。

鷲村次郎太兵衛が密かに使う下忍の元次だ。

中年の男は菅笠に破れた袷の裾を帯に絡げ、これもまた幾たびも水に潜った股引を穿《は》き、冷飯草履を突っかけていた。

背の腰に小さな風呂敷包みと古びた矢立《やたて》を結わえつけていなければ、とても旅の人間とは思えなかった。

鬱蒼《うっそう》とした森の中に一条の光が差し込む空地があった。

木の下闇を潜ってきた人間の視力をゆっくりと蘇生させる光だった。

元次は下草の折れ具合から惣三郎の歩いた先を辿ってきた。

だが、その痕跡がふうっと消えていた。

(これはどうしたことか)

元次が光の具合で見落としたかとなおも見定めようと腰を落としたとき、森の空気が揺れた。

「そなた、われらを行徳河岸から尾行してきたようだが、何者か」

ふいの金杉惣三郎の出現に慌てた風もなく、元次は口を指差して手を横に振った。

「なにっ、口が不自由と申すか」

元次が頷いた。

「なぜわれらを尾行しておる」

再び訊ねた。

手が横に振られた。

「土地の者か」

顔が縦に振られた。

「そなた、腰に矢立をつけておるな。土地の百姓漁師がさようなものを身につけるものか」

日に焼けた顔が凍りついた。

「そなたの身許を当ててみせようか。影ノ流鷲村次郎太兵衛の従者とみたがいかがかな」

元次の表情はそのままだ。だが、五感を働かせて逃げ場所を探しているのが分かった。

惣三郎がふいに間合いを詰めて、

「矢立を使え。おれの問いに答えよ」

と命じた。

金杉惣三郎ほどの剣の達人がさらに間合いの内に詰め寄った。

さすがの元次も動きようがない。

「逃げようなどとは考えぬことだ。影ノ者なれば生き抜くことをまず考えよ」

手が動いて矢立を摑んだ。筆を出すと墨壺に筆先を入れた。もう一方の手で懐から紙を取り出す仕草を見せて、惣三郎に目顔で断わりを入れた。

「匕首などを使おうなどと思うな。そなたの首が胴から離れることになる」

顔を横に振って、抵抗をしないことを示した元次がゆっくりと懐に手を入れて、懐紙を
少しずつ引き出した。

「おおっ、それでよい」

陽光に焼けた顔に笑みが浮かび、懐紙を、
ひょいっ
と引き出すと惣三郎に向かって投げた。

懐紙が四方に大きくひらひらと舞い散って、惣三郎の視界を塞いだ。

その瞬間、金杉惣三郎は白い紙の散乱の中に踏み込みざま、高田酔心子兵庫を抜き打っ
ていた。

一方、元次は矢立から繰り出した鋭く尖った小刀を手に構え、背後へと飛んでいた。

二人はほぼ同時にその動作を行なった。だが、前へ突進する者と後退しながら飛び下がる者の運動の機能と気構えの差が勝敗を決した。

懐紙の作り出した幕を一文字に斬り裂いて酔心子兵庫が伸びて、元次の片手を斬り落としていた。

ううっ
不自由な口が呻き、逃走を諦めるとその場に踏み止《とど》まった。そればかりか、仕込み矢立の刃物を翳《かざ》して今度は惣三郎に向かって捨て身の逆襲に及んだ。

そのとき、酔心子兵庫は地に下りて翻《ひるがえ》され、反対に間合いを詰める元次の足から腰をしたたかに斬り上げていた。

うっ
押し殺した悲鳴の後、よろよろと尻餅をつくように後退して光の中に倒れ込んだ。

それが鷲村次郎太兵衛の従者の最期であった。

金杉惣三郎はしばし元次の生死を確かめていたが、酔心子兵庫に血振りをくれて鞘に納め、意地を貫いた影ノ者の御霊に合掌した。そして、元次が腰に結わえていた風呂敷包みを解き、さらに懐の持ち物を探った。

その夕暮れ、鹿島から金杉惣三郎の姿が忽然《こつぜん》と消えた。もう一人、米津道場の住み込みの下男甲吉《こうきち》もこの日から姿を消した。

南町奉行大岡忠相は激務の合間を縫って、数日の休みをいただいた。むろん非番月にあたっていた。

この数年、盆正月とて休みなく働いてきたことへの褒賞の休暇であった。

忠相はこの休みを利用して先祖の供養を執《と》り行なうことにした。

菩提寺は忠相の先祖の忠政《ただまさ》が旗本に取り立てられたときの領地、相模《さがみ》国高座郡堤村の浄《じよう》見寺《けんじ》である。

忠相は大岡家の家臣織田朝七ら数人を供に東海道茅《ち》ケ崎《さき》宿近くの寺まで出向くことになった。

このことを知った牧野勝五郎らは織田朝七を通じて忠相に、

「米津寛兵衛先生を斃《たお》した鷲村次郎太兵衛が未だ徘徊《はいかい》しておりますれば、われらの同行をお許しくだされ」

と警護の供を願った。

「幕府から許された大岡忠相の休暇である。非番月とはいえ、江戸の安寧に働く与力同心を使うわけには参らぬ。これは大岡家の私用である」

と忠相は同行を許さなかった。

牧野勝五郎は密かに策を考え、同心の西村桐十郎ら数人を影の警護に当たらせることにした。

大岡忠相ら一行が江戸を発ったのは三月半ばの季節で、桜の季節は過ぎ去ろうとしていた。品川宿外れの御朱引地内までは駕籠に乗っていた忠相だが、江戸府内を外れるとすぐに徒歩になった。

「空駕籠を茅ケ崎まで同行させるおつもりですか」

朝七が遠回しに駕籠での旅を勧めたが、

「空駕籠がもったいないというのなら、朝七、そなたが乗って参れ」

「家臣の分際で殿のお駕籠に乗るなど滅相もございませぬ。それに朝七はまだ乗り物に頼る年ではございませぬ」

「なあにそのうち足に肉刺《まめ》を作って泣き言を申すようになるわ」

忠相も朝七も日頃の御城勤めや奉行職を忘れて大岡家の主従に戻り、のんびりとしていた。

ここで名奉行の誉れ高き大岡忠相の経歴を記しておこう。

大岡忠相は延宝《えんぽう》五年（一六七七）に弥右衛門忠高《ただたか》の四男として江戸に生まれている。だが、貞享《じょうきょう》三年、十歳の年に一族の大岡忠右衛門忠真《ただざね》の養子に出されている。

江戸時代に入り、大岡氏は大きく三流に分かれるがいずれも千数百石取りの旗本中級の禄高であった。

元禄十三年（一七〇〇）に養父の忠真が亡くなり、忠相が家督を相続したとき、大岡家の禄高は千九百二十石であった。

ここから忠相の出世が始まる。

書院番、徒頭、使番、目付、山田奉行、普請奉行を経た後、江戸町奉行の要職を務めていた。

養父の忠真よりも断然早い昇進ぶりだ。

さらに後年には寺社奉行からついには一万石を得て、大名の末席に栄進することになる。将軍吉宗の庇護と信頼もあっての出世だが、やはり幕府の行政者として政治家として忠相が有能であり、才能があったというべきであろう。

ともあれ、先祖の法会の旅に出た大岡忠相はこの時、四十七歳の男盛り、大岡家だけの気兼ねのない道中であった。

大岡一行が六郷の渡しを越えたのが五つ（午前八時）の頃合で、わりとのんびりとした足取りであった。

当時の旅は一日十里が目安だ。

だが、大岡一行は日本橋からおよそ六里の神奈川宿に泊まろうと考えていた。

池上本門寺に参詣した一行は川崎宿で昼餉に名物の菜飯を食し、この日の泊まりの神奈川宿へと向かった。

その一行の後を、大名家の勤番侍が国許に戻る道中といった風体の西村桐十郎が追い、花火の親分と手先の三児らが小者といった姿で従っていた。

「西村様、えらくのんびりとした旅にございますね」

「日頃、公務に追われておられるからな。久方ぶりのお休みをいただいて旅を満喫なされておられるのであろう」

「旅をするにはうってつけの気候ですぜ。桜《はな》の季節は過ぎましたが若葉が目に染みるようだ。それに遠くの山に目を凝らせば、淡い山桜も見られます」

「鷲村次郎太兵衛なんて野郎がいなければ、こちらもゆったりとした気分の物見遊山《ものみゆさん》の旅だがね」

「旦那、そいつがいなければわっしらは江戸を離れることもございませんでしたよ」

「まったくだ」

東海道には大勢の旅人や荷馬や駕籠が行き交い、日も高いとなればつい会話も長閑《のどか》になった。

「親分」

と三児が話しかけた。

「三児、親分はなしと命じたぜ」

「ならばなんと呼べばいい」

「おれたちは大名家の家臣の従者だ。親方もおかしいな、となると頭かねえ。これも職人か鳶の頭のようでいけねえな。名を呼べ」

「房之助さんかえ、なんだか他人を呼ぶようだ」

「用はなんだ」

「うっかり忘れるところだったぜ。大岡様の菩提寺のある高座郡堤村ってのは箱根の先かい」

「てめえは箱根を楽しみにしてきたか」

「そりゃそうだ。まだ箱根の関を越えたことがねえや」

「堤村ってのは藤沢宿から山際に入ったところだ。箱根のずっと手前、それに鎌倉、江ノ島とおめえが楽しみにしそうな名所旧跡からも遠いぜ」

「ちえっ、そいつはつまらねえ」

「御用のことだ、気を抜くんじゃねえや」

と戒める房之助の語調もつい緩みがちだ。

「旦那、野衣様は役宅に一人置かれて心配なされているのではありませぬか」

そろそろ生み月が迫っていた。

「しの様、お杏さん、静香姐さんと野衣には心強い女衆がついているからな。旅に出ると言ったら、どこかさばさばした顔を見せたぜ」

「そんなものですかね」

　桐十郎と房之助の会話はあくまで緊張感がないように見受けられた。だが、二人の視線が前方を行く大岡一行から逸らされたことはなかった。

「金杉様と棟方様はどうしてますかね」

「鹿島の道場を続けるかどうかの話し合いだ。すぐには答えも出るめえ。おれの推量じゃあ、金杉さんが後見で時折鹿島通いをして面倒を見ることになると思うがねえ」

「というと金杉様が道場主ということですかえ」

「金杉さんは御用繁多だ。それに米津寛兵衛先生の後を継ぐとは申されまい」

「金杉様のいねえ江戸は寂しゅうございますよ」

「まったくだ」

　すでに川崎宿と神奈川宿の中ほどに差し掛かっていた。

　しばらく会話が途切れた。

「この分だと神奈川泊まりですかえ」

　房之助が小首を傾げながら言い出した。

　女連れの旅よりも遅い足取りだ。

「どうやらそのようだな」

「脇本陣ですかえ」

「いや、漏れ聞いたところによると本陣、脇本陣にはご宿泊なさらず、ご先祖が領地通いの際に使われていた旅籠に泊まられるようだ」

「旅籠の名が分かると三児を先回りさせて、隣か前に宿を取らせるのですがねえ」

「そこまで分かってねえんだ。仕方ない、お奉行が旅籠に入られたのを見て、われらも宿を決めようか」

「へえっ、仕方のねえところだ」

桐十郎と房之助が予測したとおり、大岡の一行は神奈川宿の六十余軒の旅籠の一つ、大黒屋光右衛門方に投宿した。

神奈川宿は湊《みなと》町でもある。

船の出入りが多く、宿場には羽根沢、旅亀、大黒屋など有名な大旅籠を筆頭に、造作も立派で料理もうまいと評判の宿が何軒もあった。

大岡家の先祖が領地の行き帰りに利用していた大黒屋も神奈川宿で一、二を争う旅籠だった。

そのことを確かめた西村桐十郎らは大黒屋の斜め前の旅籠に入り、大黒屋の表口を見通せる二階の一間を取ることができた。

こちらは小相模という名の旅籠だ。大黒屋に比べようもないほどの安直な宿である。

「旦那、風呂に入っておくんなせえ。わっしは大黒屋の周りをちょいと見回ってきますんで」

と房之助がそう言い残すと小相模を出た。

江戸の宿場町はおよそ同じ造りで街道に沿った一本道が多い。

神奈川宿もまた本宿から軽井沢《かるいざわ》と呼ぶ地まで十数町の両側町だ。

房之助は大黒屋の四周をぐるりと回ってみたが裏側は高塀に囲まれて、裏戸もきっちりと閉じられていた。となると夜になにかあっても表口からの出入りということになる。

房之助は大黒屋を見回ったついでに神奈川宿をあちらこちらと見て回った。だが、格別に老練の御用聞きの目を引くものはなかった。

房之助は鷲村次郎太兵衛が大岡に目をつけるとしたら、東海道を離れた田舎道のことだと推測していた。となると今晩よりも明日からの旅が危なかった。

淡い夕暮れが訪れる中、房之助はそんなことを思いながら小相模に戻っていった。

八丁堀の西村桐十郎の役宅からは賑やかな声が響いていた。

珍しく江戸を離れる御用旅に出た房之助親分の女房静香が音頭をとって、

「亭主たちのいない間に女だけで集まりましょうよ」

と銘々に菜を持ち寄って夕餉をとることになったのだ。

惣三郎が鹿島に行って留守の金杉家の女三人、花火の親分の女房静香、それにお杏と半次郎が加わるいつもの顔ぶれだ。

むろんお腹が大きい野衣を気遣っての集まりである。

「うちの亭主も何日かいなくなってくんないかな」

とぼやくのはお杏だ。

「お杏さんたら強がり言って。ほんとうはこの場にも登五郎さんを呼びたいのではありませぬか」

「みわ様、大人をからかうものじゃないよ。所帯を持つと分かるけどねえ、亭主がときにいなくなってくんないかなと思うものよ。その点さ、みわ様のところのお父つぁんは大したものだわ。だって、かなくぎ惣三ったら、始終どこかに雲隠れしていないじゃない」

お杏を始め、そこにいる女たち全員は、惣三郎が大岡の指図で幕府の影仕事をしていることをなんとなく承知していた。

「お杏様、私はいつでも亭主どのとご一緒したいのですが、あちら様のほうがふらふらと出歩かれます、なんとも困ったことで」

「おやおや、今度は女房どのから惚気《のろけ》を聞かされる羽目に落ちちゃったよ。しの様のところは別格かな」

「いえいえ、お杏様、うちも出来れば一緒に居たい口にございます」

「まあ、野衣様まで。まさか静香姐さんはそんなことはないわよね」

「はい。うちも出来ればこの世ばかりかあの世まで手に手を取り合って一緒に道行きしたい口にございますよ」

「呆れた！　うちだけが味噌っかすなの」

お杏の大声に皆が笑い、理解のつかない半次郎までもが手を打って無邪気に喜んだ。

「おやおや、わが子にまで愛想をつかされたよ」

お杏ががっくりとして、また一座が新たな笑いで盛り上がった。

三

大岡忠相の先祖が領地にしていた高座郡は愛甲、大住、鎌倉郡に接して相模川の舟運によって淘綾《ゆるぎ》、三浦両郡への往来も便利であった。

だが、土地は決して豊かとはいえず、収穫は低かった。

この高座郡に百一ヵ村があり、知行地三十三ヵ村、直轄地と知行地の相給十三ヵ村と知行地が他郡に比べても比率が高くかつ広範に分布していた。

高座郡堤村もまた知行地の村であった。

江戸で評判の南町奉行大岡越前守忠相を迎えて、浄見寺で大岡家の法要が営《いとな》まれていた。

江戸を出て三日目のことだ。

出席者は大岡忠相とその連れ、織田朝七以下六人、知行地の庄屋、百姓など十数人、それに先祖と付き合いのあった知行地仲間、隠居やら若党など五、六人と結構な人数になった。

むろん田舎の人付き合いを大切にする律儀さもあったが、なにより八代将軍吉宗の寵臣を見んがための出席であった。

忠相は大岡家と交際があったとも思えない人々も本堂の供養に加わってもらった。なにしろ忠相から遡ること忠真、忠世、忠政、忠勝と三、四代前の付き合いなのだ。ここにいる大半の者が忠政、忠勝をじかに知る者はいなかった。

(供養とは現世の付き合いばかりではあるまい。また聞きの中の先祖の思い出もまた付き合いのうち)

と忠相は考えていた。

勤番者とその小者といった装いの西村桐十郎と花火の房之助らは、浄見寺の本堂を望む墓地の一角からその様子を眺めていた。

桐十郎らの目的は大岡の身辺警護だ。堤村に入ってみると大岡の警護も陰から行なうのは至難ということが分かった。

神奈川宿でも徹夜で交替しながら大岡一行の泊まった大黒屋を見張った。さらに翌日、神奈川宿から、保土ヶ谷、戸塚、藤沢と東海道を何事もなく進み、藤沢宿から脇道に入って堤村の浄見寺に無事に到着した。

その間、桐十郎らは一行の先になり後になりして苦心の警護を続けてきた。だが、三人とも鷲村次郎太兵衛の気配を感じることはなかった。

「この村の衆にも大岡様にも気付かれずに近くに潜むのは大変ですぜ」

花火の親分も江戸と違う田舎の警護に頭を抱えた。

「花火、こうなりゃあ、腹を括《くく》ろう」

桐十郎は大岡一行に見つかってもそれはそれで仕方ない、後でおれが叱られれば済むと開き直っての警護となった。

桐十郎らの影警護を見て、鷲村次郎太兵衛が現われないのなら、桐十郎らの使命は十分に果たせたことになる。

それでも警護をあからさまにしたわけではなかった。

「鷲村め、江戸から消えたと見せかけ、どこぞに潜んでいますかねえ」

「四宿の女郎の間を一晩ずつ渡り歩いていたような野郎だ、生半可《なまはんか》な隠れ家ではあるまいが……」

と桐十郎が言葉を切った。

房之助には言葉の先が推測ついた。

もし鷲村が江戸に潜み、だれぞを狙っているとしたら、それは知り合いのだれかに黒い刃が向けられるのだ。そのことを考え、言葉を途中で飲み込んだのだ。

(だれも不運に見舞われませぬように)

房之助は心からそう願った。

本堂からは読経の声が流れていた。

気だるく眠りを誘うような法要の音だ。

その読経の最中にも近郷の村の衆や知行地の者たちが駆けつけてきた。

読経がようやく終わり、焼香に移り、それで終わったと思ったら、大岡家の思い出などを織り交ぜた老師の法話が始まった。

「親分、馬の小便はだらだらと長えというが田舎の法事も長うございますね。ようやく経が終わったと思ったらこれだ。際限ねえぜ」

「三児、馬の小便と一緒にするやつがあるか」

と房之助も手先を叱ってみたが、法会が始まってそろそろ二刻(およそ四時間)になろうとしていた。

庫裏からは煮しめ等の匂いがしてきて、三児たちの空腹を刺激した。

太陽は中天にあった。

「ふうっ」

うっすらと掻いた額の汗を手拭で拭ったついでに、思わず桐十郎が溜息を洩らした。

その直後、法会が終わった。

「助かった」

桐十郎の正直な気持ちだった。

一同が本堂から回廊を通り、宿坊の座敷に設けられた斎の場へと移動していくのが墓場からも見えた。

「おおっ、足が痺《しび》れやがったな、すっ転んだ爺様もいるぜ」

三児がすっ頓狂《とんきょう》な声を上げた。

本堂から回廊に下りようとして踏ん張りきれず回廊に転び、周りの人々が慌てて体を支えて抱き起こす。さすがに先頭を歩く大岡忠相は、
びしり
と背筋もまっすぐなら足取りも確かだった。ひとえに日頃から城中での長評定に慣らされている賜物だろう。だが、織田朝七はよろよろと上体がよろめいていた。

「親分、わっしらの昼飯はどうなるね」

「この村に食い物屋があるはずもねえや。人間一食や二食抜いたからといって死ぬわけでもあるめえ。我慢しねえ」

「ゆんべ泊まった百姓家で握り飯を握らせておくんだったな」

三児が後悔の言葉を吐いた。

大岡一行が宿泊場所でもある浄見寺に到着したのを確かめた花火の房之助は、自分たちの泊まる所をと寺から数丁離れた百姓家に掛け合い、手筈を整えたのだ。だが、まさか昼飯まで考えていなかった。

座敷では法会の出席者全員が膳に着き、酒が配られて賑やかになった。

出席者の大半は大岡忠相の顔すらも見るのが初めて、忠相も供養に来てくれた人がだれか承知していなかった。そこで、

「大岡様、私は隣村の下寺尾の庄屋でごぜえますよ。大岡様のご先祖にはえらく世話になりましただ」

「私は寒川《さむかわ》神社の神官村上《むらかみ》鵜九郎《うくろう》にござる。忠政様が揮毫《きごう》なされた書もございます、ほれ」

と斎の場で先祖の書と忠相は対面することになったりして、出席者の紹介が長々と行なわれた。

この席に最後に駆けつけてきたのは田舎暮らしがいかにも長いという感じの侍で、

「それがし、小動《こゆるぎ》に知行地を持つ旗本榊原駿高《さかきばらとしたか》の留守居人、半藤岳次郎《はんどうたけじろう》と申す。大岡家の法事があると聞いて、慌てて駆けつけましたが遅くなりました。むろん、それがし、大

岡様のご先祖と付き合いはござらなかった。じゃが、わが主の先祖が入魂《じっこん》の付き合いをしていただいたと聞き及んでおります」

と織田朝七にまた聞きで知ったか、大岡家の徳を長々と述べ始めた。

「半藤どの、そのお気持ち、有難くいただこう。ささっ、席を用意しますで斎を一緒にしてくだされ」

と半藤の席を作った。

「法事にも遅れたそれがし、恐縮にござる」

と遠慮する半藤も結局膳の前に座り、隣の出席者から徳利を差し出されて、落ち着いた。

この半藤岳次郎で大岡家の法要には総勢三十七人が顔を揃えたことになり、施主の忠相も先祖の徳に接して、感激の面持ちで徳利を手に江戸で評判の、

「南町奉行」

に一献差し上げようとする男たちの気持ちをにこにこと受けていた。

墓場では西村桐十郎たちが腹を空かせてその様子を眺めていた。すると庫裏《くり》から小坊主たちが手桶やら大皿やらを抱えて、墓場へとやってきた。

「田舎ってのは墓にも斎を捧げるのかねえ、親分」

と三児がうらやましそうな声を上げた。

「さあてな、処変われば品変わるというからな。仕来たりはさまざまだろうぜ」

と房之助が応じたとき、

「花火、まずいぜ。織田様がこちらに参られるぞ」

と桐十郎が慌てた。

房之助が視線を向けると斎の酒に顔を真っ赤にした内与力が小坊主の後を追ってきた。

「どうやら正体がばればれのようですぜ。こうなりゃ、仕方がございませんや」

と腹を括った。

「親分、あの馳走はおれたちのものかえ」

三児が喜びの声を上げた。

「西村桐十郎、花火の親分、江戸からわざわざ相模国までご苦労じゃのう」

「織田様、申し訳ないことにございます。なにしろ江戸と違い、身を隠す場所とてなく無様な姿を晒しましてございます」

と桐十郎がとんちんかんな言い訳をした。

「奉行は牧野どのらの手配りを有難く感謝しておられる。夕べも西村らが夜露に濡れておらねばよいが、と洩らされておられたぞ」

「なんてこった、いつかは気付かれると思ってましたが、そうばればれとはお恥ずかしきかぎりです」

房之助も頭を掻いた。

「酒は出せぬが大岡家の法事の斎じゃ、たっぷり食せ」

小坊主たちが運んできた大皿の煮しめやら握り飯が墓場で供されることになった。

「これはうまそうな」

桐十郎も思わず笑みがこぼれた。

「西村、奉行の伝言である。斎が終わった後はわれらと合流せよとのことだ」

「助かった！」

三児が叫び、握り飯に手を出して、江戸からの苦労の警護がかたちを変えようとしていた。

「大岡様、江戸町奉行とは大変な役職でございましょうな」

堤村の庄屋菊左衛門《きくざえもん》が忠相に聞いた。

「江戸は広い上に諸国から大勢の人が入ってまいるでな、色々な出来事があり、沢山の訴えもある。だが、庄屋どの、奉行がやることはそなたと同じだ」

「村の庄屋と同じにございますか」

「さよう。訴えの是非を見極めて沙汰を下す。間違いを起こさぬように双方の訴えを平静に聞き取り、冷静に裁きを下す。これだけのことだ」

菊左衛門が感心したように頷く。

「大岡様、将軍様はどのようなお方かのう」

浄見寺の住職の慈眼《じげん》が言い出したのは酒の酔いのせいだろう。

「上様かな、一口で言えば苦労人であられるな」

「将軍様が苦労人たあ、どういうことか」

堤村の百姓の一人甚兵衛《じんべえ》が真っ赤な顔で聞いた。

「吉宗様は紀州家の四男坊で八代様どころか紀州家の当主にお就きになるさえ難しいお立場でな。たまたま兄上様らが早くにお亡くなりになり紀州家の当主に就かれた。さらには尾張家、水戸家と競り合った末に将軍家にお就きになられたのだ。まだ部屋住みだった時代は町にも村にも数人の供をつれて自由に出られたと聞いたことがある。そんなわけでな、そなた方と同じ下々の暮らしにも通じておられるのだ」

「棚から牡丹餅《ぼたもち》で将軍様になられたか」

「まあ、そんなところだ」

忠相はあくまでにこやかだ。

「おらはいくら贅沢なべべ着せられてうめえもん食わされても、将軍様にならねえ。おら、堤村の百姓でええ」

「甚兵衛さんよ、だれもおめえさんに将軍様になれとは言うまいが」

朋輩の一人が茶化した。

「皆の衆よ、おれにはだれも言うまいて。だがな、この大岡様ならどうだ、大岡様の三代前は米も満足に穫《と》れねえ、貧乏な堤村が知行地だ。うちの爺様が言うにはよ、忠政様は自ら田圃《たんぼ》に入られて、籾《もみ》一粒でも大切にしろ、それがおめえ方と大岡家の食い扶持だと督励されたそうだぞ」

「ほう、ご先祖はそのようなこともなされたか」

「そうよ、それが今じゃあ、江戸で評判の町奉行様に出世だ。そのうちさ、家禄が上がってよ、大名さんになり、将軍様になったたって不思議はあるめえ。さすれば堤村から将軍様が生まれるって寸法だ」

「甚兵衛、まかり間違ってもそれはない。安心せえ」

　忠相が苦笑いして言った。

「なにっ、奉行は将軍様にならねえか」

「ならないのう。私も出来ることなら、ご先祖と同じように田圃に入る、静かな暮らしに戻りたいくらいだ」

「そんだらこっちゃいかんぞ、出世欲がねえだな」

　甚兵衛はあくまでわが村の殿様大岡忠相の出世を望んだ。

「大岡様、ちと趣向がございます」

と言い出したのは先ほど大岡忠政の書を披露した寒川神社の神官の村上だ。

「ほう、この大岡忠相になにを見せてくれるのかな」

「はい、大岡忠政様は村の祭りが好きでよくご覧になったそうな。そこで神楽《かぐら》舞を呼んでございます」

その言葉に絡んだのは甚兵衛だ。

「神官さんよ、おらも長いこと堤村に生きてきたが、寒川神社の神楽舞を大岡の殿様が見物されたなんて話は聞いたこともねえぞ」

「うんだうんだ」

甚兵衛の意見に賛成する者も出た。すでに斎の酒に酔って、だれも遠慮がなくなっていた。

「馬鹿こくな、親父がちゃんと大岡の殿様は神楽好きであったと私に伝えたわ」

「待て、神官どの」

この会話に加わったのは浄見寺の慈眼和尚だ。

「残念ながら愚僧も大岡様が神楽好きとは聞いたこともない。第一、寒川神社で神楽舞が行なわれたことがあったろうか」

と疑問を呈した。

「そうだそうだ」

甚兵衛が勢いづいた。

「慈眼様、寒川神社はその昔、伊勢神宮の御師《おんし》の門弟となり、大神楽を業としつつ、寒川神社のお札を配り歩く太夫《たゆう》がおったのですぞ」

「愚僧は知らぬ」

慈眼も頑固に言い張った。

「ならば見物されよ」

よろよろと立ち上がった村上鵜九郎が障子を引き開けると庭を指した。

浄見寺の庭には八重桜の古木があって、今しも満開に厚ぼったい花が咲き誇っていた。

華やかな八重桜に昼下がりの陽光が降り注ぎ、その下では鼓と鉦《かね》の囃子《はやし》が賑やかに鳴り始め、獅子《しし》頭を被って二人獅子舞が腰鼓も激しく振りたてて舞い始めた。

「ほう、ご先祖は獅子神楽が好きであったか」

忠相も座から立ち上がり、縁側に出た。

獅子は施主の見物に張り切ったか、神楽囃子に合わせて後ろ足を蹴り立て、八重桜の幹下やら庭の灯籠に絡みつき、忠相が立つ縁側に走り寄ってきたりした。

だが、どうみても獅子舞が上手とは思えなかった。

墓場で思わぬ昼餉を食した西村桐十郎や花火の房之助ら一統も神楽舞に誘われたように庭の一角に入り込んでいた。

「親分、この獅子舞はなんとも下手だねえ、鉦にも鼓にも乗り切れてねえぜ。これじゃあ、門付けで銭はとれめえよ」

三児が酷評した。

「三児、田舎の獅子舞だ。百姓衆が手慰みにやるのだ、年季がまだ入っちゃいねえ獅子舞だろうぜ」

「そんなものかねえ」

西村桐十郎は黙したまま聞きながら獅子舞の動きを見続けていた。

「神主さん、おら、この年になるまでよ、やっぱり寒川神社の獅子舞なんぞ見たこともねえ」

しつこく甚兵衛が神主に絡んだ。

「甚兵衛さん、おまえ様は始終酒に酔い喰らってござるからのう」

「酒に酔い喰らおうとどうしようとおらの勝手だ。だが、ねえものはねえ」

「現にこうして神楽舞が行なわれておる。大岡様のご先祖はこの獅子舞を存分に楽しまれたのだ。今の忠相様がご覧になっているようにな」

「甚兵衛さんの肩を持つようだが、愚僧も伊勢神宮より伝わりし獅子神楽など聞いたこともないがのう」

慈眼が再び首を捻った。

そんな会話に誘われたか、座敷で酒を飲んでいた法事の客たちがぞろぞろと縁側に出てきた。

張り切ったのは獅子舞だ。

神楽の鉦の役が転がした玉に乗る仕草を見せては、見栄を切るように体を反らせ、顔を振りたてて、大きな口をぱくぱくさせた。

「おおっ、段々と調子が出てきたようだな」

忠相の口からこんな言葉が出て、獅子舞に首を傾げていた浄見寺の慈眼和尚も黙り込んだ。ただ一人、未だにぶつぶつと、

「おらは寒川神社の獅子舞なんぞ見たこともねえ」

と繰り返しているのは甚兵衛だ。

神楽囃子に横笛が加わり、獅子は玉を転がして囃子方の下に戻すと、ゆったりとした舞を演じ始めた。

それまでのがさつな動きと一変し、腰が据わった舞と変わっていた。

高座郡堤村の浄見寺の境内に優雅な時が流れて、法事の客たちも思わず惚れ惚れと見入っていた。

四

榊原家の留守居人半藤岳次郎は膳の前に座り、黙々と煮しめの牛蒡《ごぼう》を味わうように食べ、酒を手酌で悠然と飲んでいた。

座にあった法事の客の大半が回廊に出て、獅子舞を見物していた。座に残るのはほんの数人、腰が抜けるほどに酔い喰らった老人ばかりだ。

その一人、岳次郎の席のほぼ正面に向かいあった場所に羽織を脱ぎ捨て、前かがみに座り込んでいた年寄りが上目遣いに顔だけを上げて岳次郎を見た。

「お、お前は榊原家の留守居人なんかじゃねえぞ」

煮しめの鉢を片手に抱えたまま岳次郎の動きが止まり、

ぎらり

と鋭い視線を年寄りに向けた。

「おら、榊原家の留守居人とは入魂だ。半藤岳次郎はおめえみてえに生っ白くねえ」

年寄りがからむように言い募《つの》った。

岳次郎がゆっくりと煮しめの鉢を膳に置いた。そして、空になった盃を片手に持った。

「おめえは法事の斎荒らしだべ、榊原家の名を出して腹いっぺえ馳走を食い、酒を飲む算段だな」

と言った年寄りは、

「われらが大岡様に申し上げて裁いてもらうべえ、うん、そうすべえ」

と前かがみの上体を起こし、へたり込んだ腰を浮かしかけた。

その瞬間、岳次郎の手の盃が投げ打たれた。

盃は一直線に虚空を飛び、年寄りの眉間に、

発止！

と当たると、立ち掛けた体が後方にのけ反って大の字に転がった。

岳次郎は座の後ろに置いた脇差を帯に戻し、黒鞘の剣を手に取りながら立ち上がった。

そうしておいて斎の席を見渡し、ゆっくりと剣を脇差のかたわらに差した。

獅子舞見物の衆から笑い声が上がった。

獅子舞が道化た真似でもしているのであろうか。

岳次郎は群がった見物人の背の間に巧妙に体をねじ込ませると、

ぐいっ

と回廊に出た。

岳次郎の二間ほど横手に大岡忠相が立っていた。そして、その奥に織田朝七が片膝を突いて、獅子舞を見物していた。

獅子舞は大きな口に木太刀を銜《くわ》えて、邪気でも払うかのような仕草をしていた。
岳次郎が、
すいっ
と忠相のかたわらに歩みかけた。
腰が据わり、両手がだらりと垂らされていた。
獅子舞が岳次郎と忠相の近くに、
すすすっ
と躍り寄ると、両者の間に木太刀を突き出した。
鉦と鼓が激しく高鳴った。
それに合わせて獅子舞が頭を振りたてた。口に銜えられた木太刀が岳次郎の動きを封じるように振られ、俊敏にも岳次郎の足を打った。
岳次郎が、
ひょい
と宙に身を浮かせ、後退しつつ回廊の一角に音もなく着地した。なんとも身軽な動きだった。
獅子の口がかたかたと鳴り、
「そなたの名を聞こうか」

というくぐもった声が流れてきた。

「おのれは何者か！」

半藤岳次郎の形相が一変していた。

知行地の留守居人ののんびりした顔が消え、一瞬青白い顔が朱に染まった。目尻がきりきりと上がって血走り、双眸が細く閉じられた獅子を、忠相を見た。

一座は突然の展開に沈黙したまま、獅子舞と岳次郎の問答を注視していた。

獅子が口に銜えた木太刀を翳すと岳次郎に斬りかかった。

それは獅子舞の動きとも思えず、鋭く、素早かった。

思わず岳次郎が足元を薙ぐ木太刀に腰の一剣を抜くと斬り飛ばした。

「見事なり！」

二人獅子の頭と体が虚空に飛んだ。すると二人の男が姿を見せて、獅子の後ろ足を担当していた鹿島の米津道場の下男甲吉が、

「金杉先生よ、こやつが米津寛兵衛先生と江成真吾様を殺した鷲村次郎太兵衛だぞ！」

と叫んでいた。

獅子頭を演じていた長身の男、金杉惣三郎が、

「影ノ流鷲村次郎太兵衛、老師と若き弟子への遺恨あり。だが、この場は剣者と剣者、尋常の勝負を願おうか」

と榊原家の留守居人半藤岳次郎を装って法事の席に現われた鷲村に言った。

「おのれ、金杉惣三郎め！」

次郎太兵衛が大岡忠相との間合いを詰められるかどうか咄嗟に確かめた後、気配もなく庭に飛び下りていた。

それを確かめた惣三郎は忠相に向かって一礼した。

忠相が笑みを浮かべた顔で頷き返した。

江戸から姿を消した鷲村次郎太兵衛を釣り出すために、忠相と惣三郎が二人だけで話し合った。

その結果、惣三郎は鹿島に向かい、忠相は大岡家の法事の名目で相模の昔の知行地まで旅をしてきていた。

その策が見事に当たり、鷲村次郎太兵衛が高座郡堤村の浄見寺に姿を現わしたのだ。

惣三郎は高田酔心子兵庫の柄頭を左手で握ると、
ぐいっ
と腰に落ち着けた。そして、ゆっくりと鷲村次郎太兵衛が飛んだ場に体を向け直した。

「驚き桃の木山椒の木たあこのことだ、金杉の旦那が獅子舞だとよ」

三児の口から呟きが洩れた。

「常陸国の鹿島におられるとばかり思っていた金杉様が何十里も離れた相模国に現われな

すった。神出鬼没には三児ばかりか、わっしどもも度肝を抜かれましたぜ」

「花火、金杉芝居の仕掛けにはお奉行も一枚嚙んでおられるぜ。知らぬはおれたちと織田朝七様だあ」

　西村桐十郎が啞然とした顔の内与力織田を振り見た。

「ともかく鷲村次郎太兵衛がわっしらの前に素顔を晒したってわけですね」

　房之助は懐の十手に手をかけた姿勢で二人の対決に注意を戻した。

　惣三郎はゆっくりと次郎太兵衛の正面へと回り込んで、いったん動きを止めた。

　その間合いは三間。

　すでに鷲村次郎太兵衛は平静の顔に戻っていた。

　一度朱に染められていた顔が再び青みを帯びた色に戻った。すると白面の貴公子ともいえる相貌が惣三郎に向けられた。

「そなた、尾張の刺客だな」

「鷲村一族は刺客にあらず、義直様に従って甲斐国から尾張に移りし譜代の臣だ」

「だが、慶長十五年以来、尾張徳川の武鑑から鷲村の名は消えた。信玄公以来の戦場往来の剣、表一流を影ノ流と変え、影の一族に徹してきたそうな」

「よう、調べた」

　次郎太兵衛が左手に、

だらり
と垂らしていた剣の鍔元《つば》を右脇腹に固定するように付けて、切っ先を真っ直ぐ惣三郎に向けた。

甲冑《かっちゅう》を着けた武者同士が戦う場合、

「斬る」

よりは甲冑の間の隙間から、

「突く」

ほうが効果があった。

その構えの名残りかと惣三郎は思った。

（それにしても窮屈な構え）

訝しく思いつつも、地擦りに高田酔心子兵庫を置いた。言わずと知れた、

「寒月霞斬り一の太刀」

である。

両者はその構えのまま動かなくなった。

法事の客たちも忠相一行も言葉もなく戦いを食い入るように見ていた。

昼下がりの陽光がゆるゆると移動し、風が吹いた。

八重桜がはらはらと風に舞い落ちる。

その瞬間、次郎太兵衛が動いた。

脇に付けた剣はそのままに、惣三郎に向かって走った。

腰を沈めて地にへばりつくような走りは滑らかで、吹きつける風を二つに切り裂いて惣三郎に襲いかかった。

惣三郎は次郎太兵衛の不動の剣が、

（どう変化するか）

と考えつつも地擦りの酔心子兵庫に動きを与えた。

刃渡り二尺六寸三分の刀身が、光を発して円弧を描く。その切っ先が突進してきた次郎太兵衛の下半身を捉えようとしたまさにその瞬間、脇腹に付けられていた剣がのびやかに突き出されると同時に虚空へと飛んでいた。

それは寒月霞斬り一の太刀を愚弄するように斬り上げのほんの数寸上を飛躍して、惣三郎の頭上を軽々と飛び越し、背後へと静かに着地した。

惣三郎は右足《うそく》を軸に反転した。

だが、その時には次郎太兵衛も惣三郎に向き直り、水平に伸ばした剣を頭上へと大きく振り上げつつ、

「表一流兜《かぶと》斬り」

の声を発していた。

惣三郎の酔心子兵庫もまた虚空にあって、刃が返されていた。

惣三郎の兵庫は右肩の上に斜めに構えられたのに対し、次郎太兵衛の剣は己の頭上に垂直に立てられ、両の足を大きく開いて腰が沈んでいた。

間合いは一間余。

ごくり
と甚兵衛が息を飲んだ。

今度は金杉惣三郎が仕掛けた。

兵庫を振り下ろしつつ、間仕切りに踏み込んだ。

反対に次郎太兵衛はその場を動かず、頭上に立てた剣を金杉惣三郎の額になんの躊躇《ちゅうちょ》もなく振り下ろした。

惣三郎の酔心子兵庫と次郎太兵衛の剣とが、
ちゃりん
という音とともに火花が散って絡んだ。

背丈は惣三郎のほうが四、五寸ほど高かった。高さを利しての斬り下げを次郎太兵衛は真正面から受けたばかりか、酔心子兵庫を弾き飛ばした。

剛直ではない、しなやかな力強さに惣三郎がよろよろと後退したほどだ。

これまで幾多の修羅場を潜り抜け、生き抜いてきた惣三郎が体験したこともない圧迫感だった。

あっ
西村桐十郎が思わず声を発していた。

惣三郎の後退する姿を見た次郎太兵衛がするすると前に出て、二の太刀を遣った。それは再び頭上からの斬り下げで鋭く、重く惣三郎の眉間に迫ってきた。

惣三郎はさらに後退しつつ払った。

だが、完全に払い切れなかった。

単純な斬撃の繰り返しだけに圧倒的な力を秘めていた。

惣三郎の鬢《びん》を次郎太兵衛の剣が掠《かす》めて、肉を薄く削《けず》り、血を噴き出させた。

連鎖攻撃は間をおくことなく襲来した。

金杉惣三郎は弾き返すことだけに集中した。だが、間断をおかない、しなやかにも重い攻撃にずるずると後退を強いられていた。

次郎太兵衛は頭上から振り下ろす攻撃に余裕を感じとっていた。

相手の弾く力が段々と弱まっていた。

振り下ろしから変化する技が、

（金杉惣三郎に死）

を与えることになる。

それは惣三郎も感じていた。

次郎太兵衛の刃が肩や、二の腕を斬り掠めていた。

反撃しようにも次郎太兵衛には付け入る隙を見出せなかった。

惣三郎は圧倒的な攻勢に晒される最中《さなか》でも平静を保とうと考えていた。それは百戦錬磨の金杉惣三郎にしてできる腹構えであった。

(耐えよ)

それが生きるただ一つの方策だった。

どしーん
と背中にぶつかったものがあった。

いつの間にか八重桜の古木に押し込まれていた。

にたり
と次郎太兵衛が笑い、剣を頭上に突き上げた。

その切っ先が八重桜の枝を掠めた。

必殺の斬り下ろしが一拍、遅れた。

花びらがはらはらと二人の上から降り注いだ。

金杉惣三郎は斜め上に流れていた酔心子兵庫を引き付けつつ、次郎太兵衛の痩身に体当たりしていた。

次郎太兵衛は惣三郎の企みを察して飛び下がった。

金杉惣三郎は八重桜の古木の横手へと飛んで間合いを外した。

ふうーっ
重い息を吐いた。

惣三郎は予測したよりもはるかに強靱《きようじん》な相手に再び、

「寒月霞斬り」

で応戦することを決心した。

（秘剣敗れれば死あるのみ）

素早く覚悟を固めると、高田酔心子兵庫を地擦りに置いた。

一方、次郎太兵衛もまた腰を開き気味に落として、身幅の厚い剣を頭上に高く突き上げた。

間合いは一間半。

惣三郎は待った。

相手が動くのを待った。

再び長い対峙の時が浄見寺の境内に流れた。

緊迫した戦いにだれもが凍《い》て付いたように身を固くしていた。

時がどれほど流れたか、意識できた者はいなかった。

庭の片隅に立つ神楽囃子の鉦叩きが思わず掌に掻いた汗を着物に擦り付けようとした。

そのとき、鉦に棒が触れて、

ちん

と鳴った。

次郎太兵衛が鉦の音に誘われたように走った。沈めた腰を伸ばしつつ、金杉惣三郎に向かって一気に間合いを詰めた。

金杉惣三郎もまた一瞬遅れて走った。

一間半の間合いが瞬時に縮まった。

次郎太兵衛の斬り下げが惣三郎の額に落ち、惣三郎の、

「寒月霞斬り一の太刀」

が円弧を描いて次郎太兵衛の下半身に向かって伸びた。

金杉惣三郎は肉を斬らせて相手の骨を裁つ覚悟で踏み込んだ。

大岡忠相は息を止めた。

迅速《じんそく》の二つの刃のわずかな遅速が非情にも生死を分かった。

死を覚悟した者の剣が勝った。

次郎太兵衛の痩身が地表から浮き上がった。

高田酔心子兵庫が次郎太兵衛の右脛から左脇腹へと真一文字に斬り上げて、その体を宙

に飛ばしていた。

さらに虚空に疾《はし》った刃が反転し、着地した後、よろめくように後退する次郎太兵衛の肩口を重く斬り下げた。

「寒月霞斬り二の太刀」

が決まった。

次郎太兵衛の肩から、
ぴゅうっ
と血飛沫が拡がり飛んだ。

風もないのに八重桜がはらはらと舞い落ちた。

次郎太兵衛は立っていた。

振り下ろした剣を両手に握り締めて立っていた。

花びらの一片が次郎太兵衛の眼前に舞い落ちようとした。

「無念なり、鷲村次郎太兵衛！」

その言葉が洩れると、
ええいっ
と最後の言葉を発した次郎太兵衛の剣が舞い散る花びらを二つに斬り分けた。

その直後、次郎太兵衛の腰がずるずると沈み、前のめりに痩身が地面に叩きつけられた。

ふうっと金杉惣三郎が息をついた。

血振りをくれた高田酔心子兵庫を背に回した惣三郎が片膝を突いて、大岡忠相に頭を下げた。

忠相は無言の裡《うち》に頷いた。

それだけで二人の心は通い合った。

尾張との戦いは続く、一つの戦いが幕を閉じただけなのだ。

それだけのことだった。

金杉惣三郎はよろめくように立ち上がった。

放心の体《てい》の甚兵衛が呟いた。

「見ろ、寒川神社によ、獅子舞なんぞはねえんだよ」

終章

江戸は八丁堀、南北両町奉行所の与力同心が多く住む役宅の一軒から赤ん坊の泣き声が威勢よく響いた。

男の子の泣き声だ。

「でかしたぞ、野衣」

徹夜してその刻限を待っていた西村桐十郎が呟いた。

陰暦三月二十五日の夜明けのことだ。

相模国高座郡まで大岡忠相の影警護に出向いていた亭主が戻ってきた翌々日のことだ。

「西村晃太郎《こうたろう》、おれの後継ぎじゃぞ！」

桐十郎の誇らしげな叫び声が八丁堀じゅうに響き渡った。

解説――「密命」シリーズ第十弾、まさに感無量の一冊！

文芸評論家　細谷正充《ほそやまさみつ》

めでたい話である。佐伯泰英の「密命」シリーズが、本書『遺恨――密命・影ノ剣』で、ついに十巻の大台に乗ったのである。よろこぶべし。言祝《ことほ》ぐべし。シリーズのファンにとっては、まさに感無量の一冊だ。

それにしてもである。シリーズ第一弾の『密命――見参！　寒月霞《かすみ》斬り』が出版されたのが、一九九九年一月のこと。金杉惣三郎とその仲間たちが読者の前に見参してから、まだ五年しか経っていないのだ。なんだか、もっと長い歳月を、惣三郎たちと一緒に過ごしてきたような気がするが、きっとそれは私たちの心に、彼らの姿が深く刻み込まれているからなのだろう。痛快なチャンバラと、人々の情愛が満ちた心楽しき世界に、また遊べることを感謝しながら本書を開こうではないか。

巨星墜《お》つ。心貫《しんぬき》流の奥山佐太夫《おくやまさだゆう》と並び、関東剣術界の重鎮であった鹿島一刀流の米津寛《よねつかん》兵衛《べえ》が身罷《みまか》った。しかも鷲村次郎太兵衛《わしむらじろうたひょうえ》と名乗る、武芸者との立ち合いに敗れての死だった。剣の道に死すは武芸者の本懐。だが鷲村次郎太兵衛という男、米津寛兵衛と立ち合うために、若い門弟を殺すなど、尋常の武芸者とは思えない行動を見せていた。また、次郎太兵衛の剣「影ノ流」は、薩摩藩伝承の流儀の他に、尾張藩の流儀・新陰流と柳生流の別称としても使われている。尾張藩の刺客との死闘を繰り広げてきた金杉惣三郎の胸に、嫌な予感が過《よぎ》る。はたして、惣三郎と家族に向けて、闇の中から、恐るべき殺気が放たれるようになった。惣三郎の息子の清之助を慕う薬種問屋の娘・葉月《はづき》に、主家筋から持ち込まれた側妾話。立ち退きを拒否する家に放火をする〝追立屋〟の跳梁《ちようりよう》。さまざまな事件を解決しながら、惣三郎は次郎太兵衛の正体と行方を追う。

一方、四国で遍路道をたどりながら修行を続ける金杉清之助は、大師匠である米津寛兵衛死去の報に接してショックを受けるが、これを乗り越え、秘剣「霜夜炎返し」を「霜夜日輪十字斬り」へと進化させた。その清之助を、次々と尾張の刺客が襲う。父と子。遠く離れながら、己《おのれ》の生き方を貫くために、それぞれの闘いの場に身を投じるのだった。

準レギュラーとして、いぶし銀の魅力を発揮していた米津寛兵衛の死。記念すべきシリーズ第十弾は、これ以上はない、ショッキングな報せで幕が上がる。作者はこの悲劇で、一瞬にして読者を物語の中に引き込みながら、同時に、鷲村次郎太兵衛の強さを印象付けた。まことに巧妙な冒頭である。

剣豪小説のシリーズは、巻を重ねるにつれて、主人公が強くなりすぎる、強さのデフレ現象が起こりがちだ。こうしたシリーズの宿命である。そこで問題になるのが、敵の設定だ。主人公に匹敵する強い敵を、いかに説得力をもって描くかが、作者の腕の見せどころとなるのである。その意味で、本書は文句なし。なんといっても、あの米津寛兵衛を倒しているのだから、次郎太兵衛の強さを疑う読者はいないだろう。実際、物語の後半で、ある人物が次郎太兵衛に襲われたときは、ドキドキさせられた。惣三郎ほどではないにしろ、その人物が頭抜けて強いと知りながら、もしかしたら斬り倒されてしまうのではないかと、手に汗握ってしまったのだ。寛兵衛の死は、それほどの強さの説得力を、次郎太兵衛に与えているのである。そんな強敵に、我らが金杉惣三郎がいかにして立ち向かうのか。本書の一番の読みどころだ。

ここから先は読者が、物語を読了していることを前提に話を進めるが、クライマックスの惣三郎と次郎太兵衛の対決シーンには、実に凝《こ》った趣向が盛り込まれている。なんと惣三郎は、獅子舞《ししまい》の姿で登場するのだ。

獅子舞は、元をただせば唐伝来の舞楽である。それが日本の風土の中で変化し、五穀豊穣・邪気払いのため、太神楽《だいかぐら》や各地の祭礼などで舞われる、新年の祝い行事となったのだ。そして、特に注目したいのが〝邪気払い〟という部分である。鷲村次郎太兵衛は、尾張の悪意の象徴であり、惣三郎たちにまとわりつく邪気そのものであろう。その邪気を惣三郎は払わなければならない。だからこそ彼は、獅子舞の姿で登場したのだ。

これに関連して、惣三郎と次郎太兵衛の闘いの決着を告げるゴングが、神楽囃子《かぐらばやし》の鉦《かね》の音《ね》であることにも留意したい。いうまでもないが、神事における歌舞音曲は、邪気を払うものである。惣三郎と次郎太兵衛の迫真の斬り合いは、ただそれだけで興奮させられるが、そこに込められたシンボリズムを読み解くことで、より深く、より鮮烈な感動が味わえるのである。

さて、チャンバラがシリーズのひとつの柱なら、もうひとつの柱が、惣三郎を中心とした、人々の心温まる交流である。たとえば、米津寛兵衛の死を悼《いた》み、江戸の石見《いわみ》道場に剣術家たちが集合する場面。奥山佐太夫の提言で、米津寛兵衛の遺徳を偲《しの》び、その命日に石見道場で、流派の垣根を越えた剣術試合を開催することが決定する。悲しみを乗り越え、先人の遺思を受け継ごうという、剣の道に生きる者たちの心意気が清々《すがすが》しい。

あるいは南町奉行所同心・西村桐十郎《とうじゅうろう》が、葉月を襲った災難を、惣三郎に知らせる場面。そこで桐十郎は、こんなことをいっている。

「私も房之助も清之助さんと葉月さんが互いに心を寄せ合っていることを大切にしたいのです。私と野衣のことを皆さんが親身になって心配し、一緒にしてくれたように」

気持ちのいいセリフだ。かつて桐十郎の幸せのため惣三郎たちが奔走したことを、彼は忘れない。その感謝の念が、今回の行動に繋《つな》がっているのだ。こうした人の意思の連なり、人の心の繋がりを読むたびに、このシリーズに出会ってよかったと、しみじみ思ってしまうのである。

この他にも、西村桐十郎の跡継ぎ誕生や、石見道場の客分師範・棟方新左衛門《むなかたしんざえもん》の見合いなど、お馴染みのメンバーの生活も、ゆっくりと変化している。彼らの人生と付き合っていけるのも、シリーズ物の面白さなのである。また本書では、荒神屋で母親のとめと一緒に働くことになった芳三郎《よしさぶろう》や、見習い同心になったばかりの三留燕次郎《みとめえんじろう》、あるいは石見道場に入門した北沢毅唯《きたざわたけただ》と、若い世代が登場。燕次郎は顔見せ程度だが、芳三郎などは〝追立屋〟の一件にかかわり、存在をアピールした。若者たちの、これからの活躍も期待できそうだ。

ところで、ちょっとだけ気になるのが、惣三郎が自己の老いを見つめる場面が増えてきたことである。

生あるものはいつか滅びる。

(その滅び方を考えるとき)

が惣三郎に迫っていた。

などという文章に接すると、ドキッとさせられてしまうのだ。たしかに江戸時代の五十路といえば老人の部類だが、まだまだ惣三郎が老け込むには早すぎる。ファンの立場で勝手なことをいわせてもらえば、清之助と葉月の間に子供が生まれ、成長して、親・子・孫の三代が一緒になってチャンバラをするなんて場面を、妄想していたりするのだ。できれば、そこまで行ってもらいたいのである。

この先、何年、何十年続こうとも、後をついていく覚悟はとうに出来ている。いつまでもいつまでも、愛《め》でたいシリーズなのだ。

遺恨

一〇〇字書評

切り取り線

購買動機（新聞、雑誌名を記入するか、あるいは○をつけてください）	
□（　　　　　　　　　　）の広告を見て	
□（　　　　　　　　　　）の書評を見て	
□ 知人のすすめで	□ タイトルに惹かれて
□ カバーがよかったから	□ 内容が面白そうだから
□ 好きな作家だから	□ 好きな分野の本だから

●最近、最も感銘を受けた作品名をお書きください

●あなたのお好きな作家名をお書きください

●その他、ご要望がありましたらお書きください

住所	〒				
氏名		職業		年齢	
Eメール	※携帯には配信できません		新刊情報等のメール配信を希望する・しない		

あなたにお願い

この本の感想を、編集部までお寄せいただけたらありがたく存じます。今後の企画の参考にさせていただきます。Eメールでも結構です。

いただいた「一〇〇字書評」は、新聞・雑誌等に紹介させていただくことがあります。その場合はお礼として特製図書カードを差し上げます。

前ページの原稿用紙に書評をお書きの上、切り取り、左記までお送り下さい。宛先の住所は不要です。

なお、ご記入いただいたお名前、ご住所等は、書評紹介の事前了解、謝礼のお届けのためだけに利用し、そのほかの目的のために利用することはありません。またそのデータを六カ月を超えて保管することもありませんので、ご安心ください。

〒一〇一－八七〇一
祥伝社文庫編集長　加藤　淳
☎〇三（三二六五）二〇八〇
bunko@shodensha.co.jp

祥伝社文庫

上質のエンターテインメントを！　珠玉のエスプリを！

祥伝社文庫は創刊15周年を迎える2000年を機に、ここに新たな宣言をいたします。いつの世にも変わらない価値観、つまり「豊かな心」「深い知恵」「大きな楽しみ」に満ちた作品を厳選し、次代を拓く書下ろし作品を大胆に起用し、読者の皆様の心に響く文庫を目指します。どうぞご意見、ご希望を編集部までお寄せくださるよう、お願いいたします。

2000年1月1日　　祥伝社文庫編集部

遺恨《いこん》――密命《みつめい》・影《かげ》ノ剣《けん》　長編時代小説

平成16年4月20日　初版第1刷発行
平成19年12月25日　第19刷発行

著者　佐《さ》伯《えき》泰《やす》英《ひで》

発行者　深澤健一

発行所　祥《しょう》伝《でん》社《しゃ》
東京都千代田区神田神保町3-6-5
九段尚学ビル　〒101-8701
☎03(3265)2081(販売部)
☎03(3265)2080(編集部)
☎03(3265)3622(業務部)

印刷所　堀内印刷

製本所　ナショナル製本

造本には十分注意しておりますが、万一、落丁、乱丁などの不良品がありましたら、「業務部」あてにお送り下さい。送料小社負担にてお取り替えいたします。

ISBN4-396-33162-2　C0193

祥伝社のホームページ・http://www.shodensha.co.jp/

祥伝社文庫

佐伯泰英
初陣《ういじん》 密命⑦
霜夜《そうや》炎返《ほむら》し
将軍吉宗が「享保剣術大試合」開催を命じた。諸国から集まる剣術家の中に、金杉惣三郎父子を狙う刺客が！

佐伯泰英
悲恋 密命⑧
尾張柳生剣
「享保剣術大試合」が新たなる遺恨を生んだ。娘の純情を踏みにじる悪辣な罠に、惣三郎の怒りの剣が爆裂。

佐伯泰英
極意 密命⑨
御庭番斬殺
消えた御庭番を追う惣三郎に信抜流居合が迫り、武者修行中の清之助にも刺客が殺到。危うし、金杉父子！

佐伯泰英
遺恨《いこん》 密命⑩
影ノ剣
剣術界の長老・米津寛兵衛、立ち合いにて惨死！　茫然とする惣三郎、その家族、大岡忠相に姿なき殺気が！

佐伯泰英
残夢《ざんむ》 密命⑪
熊野秘法剣
吉宗公の下屋敷が襲われ、十数人の少女が殺された。唯一の生き残り、鶴女は何を目撃した？

佐伯泰英
乱雲 密命⑫
傀儡《くぐつ》剣合わせ鏡
「吉宗の密偵」との誤解を受けた回国修行中の清之助。大和街道を北上。黒装束団の追撃を受け、銃弾が！

祥伝社文庫

佐伯泰英
追善　密命⑬　死の舞

旗本屋敷に火付け相次ぐ！　背後の事情探索に乗り出す惣三郎。一方、修行中の清之助は柳生の庄にて…。

佐伯泰英
遠謀　密命⑭　血の絆

惣三郎の次女結衣が出奔、惣三郎は尾張へ向かった。清之助に危急を知らせ、名古屋にて三年ぶりに再会！

佐伯泰英
無刀　密命⑮　父子鷹

柳生新陰流ゆかりの地にて金杉父子を迎え、柳生大稽古開催。惣三郎が至った「無刀」の境地とは？

佐伯泰英
烏《う》鷺《ろ》　密命⑯　飛鳥山黒白《こくびゃく》

柳生滞在から帰還した惣三郎一家は飛鳥山へ。平和な土地に横行する辻斬り、その毒牙が身内にも及び…。

佐伯泰英
初心　密命⑰　闇参《さん》籠《ろう》

若狭に到達した清之助は、荒くれの海天狗退治に一肌脱ぐ。越前永平寺で彼が会得した武芸者の境地とは？

佐伯泰英
祥伝社文庫編
「密命」読本

金杉惣三郎十代の青春を描いた中編「虚けの龍」他、著者インタビュー、地図、人物紹介等…。「密命」を解剖！